HEYNE <

Das Buch

Kalifornien in der nahen Zukunft: Nach einer fatalen Epidemie steht der US-Bundesstaat unter Quarantäne. Die Menschen dürfen ihre Wohnungen nur mit einer speziellen Genehmigung verlassen, soziale Kontakte beschränken sich aufs Digitale. Dann gelingt der Firma Metis Corporation ein genialer Coup – das Bewusstsein Verstorbener wird in künstliche Körper hochgeladen, und diese »Companions« leisten den in ihren Wohnungen und Altenheimen eingesperrten Menschen völlig risikofrei Gesellschaft. Doch obwohl die Companions selbst einmal Menschen waren, gelten sie als Lebewesen zweiter Klasse, ja schlimmer noch, als Objekte. Eine von ihnen ist Lilac, die als junges Mädchen ermordet und gegen ihren Willen zur Companion wurde. Als ihr eines Tages die Flucht aus dem Haushalt, in dem sie wie eine Sklavin behandelt wird, gelingt, macht sie sich auf die Suche nach ihrem Mörder. Lilacs Reise durch ein postapokalyptisches Amerika setzt eine Kette von Ereignissen in Gang, deren Auswirkungen von Kalifornien bis in die Steppe Sibiriens zu spüren sind …

Die Autorin

Katie M. Flynn studierte in San Francisco und Los Angeles. Inzwischen arbeitet sie als Autorin, Lektorin und Pädagogin. Sie wurde für ihre Kurzgeschichten bereits mehrfach ausgezeichnet, bevor sie mit *Companions - Der letzte Morgen* ihr Romandebüt vorlegte. Die Autorin lebt und arbeitet in San Francisco.

Mehr über Katie M. Flynn und ihren Roman erfahren Sie auf:

diezukunft.de

KATIE M. FLYNN

COMPANIONS
DER LETZTE MORGEN

Roman

Aus dem Amerikanischen übersetzt
von Jürgen Langowski

WILHELM HEYNE VERLAG
MÜNCHEN

Titel der amerikanischen Originalausgabe
THE COMPANIONS

FSC
www.fsc.org
MIX
Papier aus verantwortungsvollen Quellen
FSC® C014496

Penguin Random House Verlagsgruppe FSC® N001967

Das Zitat auf Seite 346 stammt aus: Agatha Christie, *Der Wachsblumenstrauß,*
übersetzt von Ursula Wulfekamp, Atlantik, 2016

Deutsche Erstausgabe 07/2021
Redaktion: Joern Rauser

Printed in Germany
Umschlaggestaltung: Das Illustrat GbR, München
Satz: Buch-Werkstatt GmbH, Bad Aibling
Druck und Bindung: GGP Media GmbH, Pößneck

ISBN: 978-3-453-32067-3
www.diezukunft.de

Für Thea und Ren

Erster Teil

Zwei Jahre nach Beginn der Quarantäne

LILAC

San Francisco, Kalifornien

Dahlia ruht sich während der planmäßigen Pause auf dem Bett aus und sucht ihre Haare nach Spliss ab. Sie entdeckt ein beschädigtes Haar, schürzt konzentriert die Lippen und reißt es entzwei. Dann lässt sie die lange Kette von Zellen los. Schimmernd wie Narrengold tänzelt und kreiselt das Haar auf den Teppich hinab. Hinter ihr teilen sich die Wolken und entlassen genau im richtigen Winkel eine seltene Dosis Sonnenlicht zwischen die dicht gedrängten Türme der Innenstadt von San Francisco. Das Licht scheint die Fensterwand und Dahlia in Brand zu setzen. Ihre Haut glüht, die Lippen schimmern von dem Gloss, den sie gewissenhaft aufgetragen hat. Manchmal stellt sie mir den runden silbernen Stift auf den Kopf, dann halte ich still und balanciere ihn. Es ist nicht schwer, etwas zu balancieren.

Dahlia dreht sich auf die Seite und lächelt mich schief an. »Erzähl mir die Geschichte noch einmal.«

Ich nähere mich dem Bett, bis ich die Hand ausstrecken und ihr über die Haare streicheln könnte. Aber das tu ich nicht, so etwas würde ich ohne Aufforderung niemals machen. »Und wenn Mutter es hört?«

»Bitte, Lilac, ich langweile mich so«, stöhnt Dahlia. Das kann ich gut verstehen. Sie ist schon mehrere Monate nicht mehr bei dem Gruppenabend im 143. Stock gewesen, und sie war seit zwei Jahren und siebzehn Tagen nicht mehr draußen. Und ich? Ich habe meine Erinnerungen an die Zeit davor, an das Leben im Freien, aber tatsächlich habe ich noch nie die Türschwelle überschritten und Dahlias Zimmer verlassen – das hat Mutter strengstens verboten.

Ich rufe die Erinnerungen ab, lasse sie mein System überfluten und fange an zu erzählen.

Nikki und ich hockten im Schneidersitz auf dem Hof und aßen unsere Pausenbrote. Dabei waren wir dem Trupp Mädchen, die alles wussten, so nah, dass ich sie gerade so verstehen konnte, wenn ich auf die Lippenbewegungen achtete. Sie sprachen über einen Jungen, genauer gesagt über seinen Penis. Das Mädchen mit dem roten Haar hielt die Hände hoch, als seien es Buchstützen, um den anderen die Länge zu zeigen. Sie hatte rosafarbene Haut, im Ausschnitt ihres Uniformhemds hob sich ein Muttermal ab wie ein abgerissener Knopf. Das bis zum Büstenhalter geöffnete Hemd war ein klarer Verstoß gegen die Bekleidungsvorschriften, der mit Nachsitzen bestraft werden konnte.

Die Mädchen benutzten Wörter wie »Latte« oder »Riemen« die ich aus anderen Zusammenhängen kannte, und gaben ihnen eine neue Bedeutung. Ich biss in mein Putensandwich und prägte mir alles genau ein.

Lachend umarmt Dahlia das Kopfkissen und wirft sich hin und her. Sie findet solche Bemerkungen über Penisse lustig. Für eine Jugendliche ist das ganz selbstverständlich. Ich dagegen finde es überhaupt nicht witzig. Trotzdem kann ich lachen, es ist gar nicht schwer, dieses bellende Geräusch zu erzeugen. Ich mache es jetzt und belle mit Dahlia, bis sie sich beruhigt hat und ich fortfahren kann.

Die Rote erzählte von einer Begegnung mit einem älteren Mann, viel zu groß und viel zu schwer, und die Mädchen sprachen darüber, welche Nachteile und Vorteile es hatte, oben zu sein. Ich hörte zu und wagte nicht zu kauen, bis die Blonde mit dem orangefarbenen Selbstbräunerteint in meine Richtung blickte.

»Wir haben Zuhörer«, sagte sie. Die Rote funkelte mich an und strich mit dem Finger über das Muttermal – eine unschöne Angewohnheit.

Ich schluckte und würgte hustend einen Bissen hinunter, während die Mädchen, die alles wussten, die Haare zurückwarfen und empört davonzogen.

»Mutter kommt«, zischelt Dahlia. Ich bin schon zu meinem Verschlag unterwegs. Dahlia stellt sich schlafend, während Mutter in der Tür steht. Die Schatten ihrer Füße fallen auf den beigen Teppich. Ich richte den Blick auf das Fenster, das mit lila Schmetterlingen beklebt ist, und betrachte das gleißende Metall und das Glas der Türme da draußen. Wenn mein Feed mich richtig informiert, kreist in den Wolken ein einsamer Raubvogel, ein Rotschwanzbussard.

Mutter stelzt durch den Flur davon, und Dahlia flüstert: »Mach weiter.«

Nikki ließ sich mir gegenüber nieder und würgte einen Schluck aus der Thermoskanne hinunter.

»Was trinkst du da?«

»Kräutertee. DeSoto ist der einzige Lehrer, der mich schlafen lässt.«

Mr. DeSoto war unser Sozialkundelehrer. Er hatte eine erschreckend üppige Brustbehaarung, die sogar aus dem Hemdkragen wucherte. Wir alle – Schüler wie Lehrer – waren stillschweigend übereingekommen, dass wir in verschiedenen Welten lebten. Er schrieb und schrieb vorn an der Tafel, und wir waren mit unseren Nachrichten, Liebeleien und Powermoves beschäftigt.

»Schlafen?«, erwiderte ich. »Warum musst du schlafen?« Nikki und ich lebten nicht getrennt. Wenn eine von uns lange aufblieb, war die andere am Telefon und hörte es.

»Ich hatte schon wieder so einen Traum. Als wäre ich jemand anders. Eine runzlige alte Frau mit einem Mann.« Sie flüsterte nur noch. »Wir haben Sex. Im Traum machen wir Sachen, von denen ich nicht mal wusste, dass es sie gibt.«

»Das ist widerlich.«

Nikki biss die Spitze einer Snackkarotte ab. »Es fühlt sich aber überhaupt nicht widerlich an. Es fühlt sich sogar ganz wirklich an. Deshalb glaube ich auch an Reinkarnation. Ich bin sicher, dass ich das früher selbst erlebt habe. Ich bin einmal diese Frau gewesen.«

»Also, im Unterricht kannst du das aber nicht machen«, warnte ich sie etwas zu laut.

Ihr Blick irrte umher, sie sprach mit gedämpfter Stimme weiter. »Das weiß doch niemand.«

»Ich weiß es.«

»Und?«

»Ich kann solche inneren Bilder nicht gebrauchen.«

»Du könntest dir gar kein Bild davon machen.« Sie kippte den Rest ihres Tees hinunter und sammelte ihre Siebensachen ein. Ich wollte sie aufhalten und ihr sagen, dass es mir leidtat – sie war meine

beste Freundin, sogar meine einzige –, doch ich fand nicht die richtigen Worte. Jetzt kann ich es aussprechen, sooft ich will. Es tut mir leid. Ich weiß nicht, warum es mir damals so schwerfiel.

»Du hättest nach Einzelheiten fragen sollen«, schmollt Dahlia auf ihrem Laufband. Es ist Zeit für das Training, und sie darf nicht nachlassen. Sie kämpft sich einen steilen Hang hinauf und schlenkert heftig mit den pummeligen Armen. Die Haare hat sie sich auf dem Kopf zu einem unordentlichen Knoten gebunden. »Dann wäre die Geschichte viel besser.«

»Du hast recht«, antworte ich. »Soll ich weitermachen?«

Sie unterbricht mich immer. Sie hat sich angewöhnt, mir zu sagen, wie ich meine Geschichte erzählen soll. Ich widerspreche nicht. Es ist besser für uns beide, wenn ich lerne, die Geschichte so zu erzählen, wie sie es möchte. Nur dass sich das, was sie von mir hören will, immer wieder ändert. Große Fortschritte mache ich zwar nicht, aber ich versuche es und betone die Teile, die sie mag, während ich eher langweilige Details übergehe. Wenn ich im Schlafmodus sein sollte, zweige ich einen Teil meines Feeds ab und lerne neue Wörter und neue Arten, das zu sagen, was ich meine. Aber in meinem Kopf verändert sich die Geschichte nicht. Erinnerung nach Erinnerung spult sich in mir ab, jedes Wort, jeder Geruch, jedes kleine Zwicken.

Die Rote saß weiter hinten und sah mich von ihrem Pult aus böse an. Ich bemühte mich, den Blickkontakt zu vermeiden, während ich mich an meinen Platz setzte. Glücklicherweise war Belinda McCormicks üppiger Pferdeschwanz zwischen uns. Vor mir hatte Nikki den Kopf auf das Pult gelegt. Ihre angespannten Schultern verrieten mir allerdings, dass sie wach war.

Mr. DeSoto beschrieb unsere Rollen in der geplanten nachgespielten Verhandlung gegen Harry Truman. Ich entdeckte meinen Namen in der Liste der Geschworenen, die darüber zu befinden hatten, ob der Präsident mit der Bombardierung von Hiroshima und Nagasaki ein Kriegsverbrechen begangen hatte. Was wir hier lernten, bedeutete längst graue Vorzeit für uns. Doch Mr. DeSoto ließ sich einfach nicht überreden, ein Thema auszuwählen, das für uns mehr Relevanz hatte.

Nikki schlief jetzt. Ihr Gesicht lag schlaff auf dem Unterarm, ein Speichelfaden rann ihr im Zickzack über das Kinn. Ich spielte mit dem Bleistift und kaute am Ende, als wäre ich völlig abwesend. Dabei war nur Nikki auf die Reise gegangen.

Die Mitschülerinnen lachten, als sie bemerkten, dass sie schlief. Die Rote ließ einen Papierflieger über Nikkis Pult sausen. Mr. DeSoto schrieb ungerührt weiter. Natürlich bekam die Rote eine wichtige Rolle. Sie sollte als Verteidigerin des Angeklagten auftreten. Spöttisch lächelnd betrachtete sie die Tafel und erwiderte meinen Blick, als ich es wagte, ihre Reaktion zu beobachten.

»Mister DeSoto? Darf ich die Geschworenen überprüfen?«

Der Lehrer hielt an der Tafel inne, seufzte und schrieb dann weiter.

»Tut mir leid, du musst dich wohl mit mir abfinden«, sagte ich zu der Roten.

»Wie bitte?«

»Du hast es doch gehört. Und ich lasse mich nicht einschüchtern und ändere meine Entscheidung.«

»Ich mach dich fertig.«

Ich zuckte mit den Achseln, als wär es mir egal, dass sie mich öffentlich demütigen wollte. »Du musst eben überzeugend argumentieren.«

Sie setzte zu einer Beleidigung an, doch nun schrieb Mr. DeSoto gerade Nikkis Namen auf. Sie sollte Harry Truman spielen. Die Rote schnaubte. »Geben Sie mir jemanden, für den es sich lohnt!«

Er drehte sich um und blinzelte, als stünde er im Rampenlicht, was unsere stille Übereinkunft brach. Nun bemerkte er auch, dass Nikki schlief. Er zerknüllte seine Liste, warf sie in den Papierkorb und rief: »Aufwachen!«

Wir wichen zurück wie Bäume, die sich im Sturm bogen. Nikki hob den Kopf und wischte sich den Sabber vom Kinn.

»Das würde mir aber nicht gefallen«, sagt Dahlia unter der Dusche. Glücklicherweise ist der Spiegel beschlagen. Ich betrachte mich nicht gern selbst. Mein Körper gehört mir nicht, er ist bloß dieses Ding da, in dem ich existiere. »Mit all diesen Mädchen im Klassenzimmer zu sitzen. Wie peinlich!«

»Ja, es war tatsächlich peinlich. Uns war so oft etwas peinlich.«

»Mutter sagt, das bildet den Charakter. Glaubst du das auch?«

»Ich weiß nicht.«

»Ach, nun komm schon, Lilac. Benutz deine Fantasie.«

Ich möchte ihr sagen, dass ich es versuche, aber es kommt wie ein Schluckauf heraus. So ist es immer, wenn sie auf der Stelle eine Antwort auf eine Frage verlangt, die eine längere Verarbeitung erfordert. »Ich weiß es nicht.«

»Vergiss es. Kannst du weitermachen?«

»Gern.« Dieses Mal lasse ich die Bitte um eine Aufrüstung weg. Zweifellos wäre ich damit eine bessere Companion, doch Dahlia ist es leid, dass ich sie immer wieder frage, und sie kann ja nichts dafür. Mutter kann man einfach nicht überzeugen. Sie mag mich nicht. Sie spricht mit vielen Stimmen. Sie arbeitet für einen Chemiekonzern im Vertrieb, irgendein magisches Lösungsmittel. Manchmal höre ich ihre Verkaufsgespräche durch die Tür. In den ersten Wochen dachte ich, es lebte noch jemand in der Wohnung, noch eine Frau, die liebenswürdig war und oft lachte. Ich habe das Lachen in ihrer Stimme gehört, wenn sie mit Kunden sprach, und fragte mich, wer diese andere Frau wohl sein mochte, die mich so finster anstarrte und mich anherrschte.

Wir schlurften durch das Schultor in den tristen Nachmittag hinaus, es war dunstig, nur wenig Blau war zu sehen. Jeder denkt, Laguna Beach sei nichts als Sonnenschein und Strand, aber in meiner Erinnerung ist es grau.

»Ich fühle mich so frei!«, brach es aus Nikki heraus, die sich bei mir eingehakt hatte. So hatte ich sie noch nie zuvor erlebt. Falls sie durchdrehte, wären ihre paranoiden Eltern keine große Hilfe. Sie standen der modernen Medizin skeptisch gegenüber und waren Impfgegner. Deshalb hatte Nikki im achten Schuljahr Gürtelrose bekommen und war meine Freundin geworden. Sie war hübsch genug, um in der Highschool-Hierarchie einen höheren Rang zu bekleiden, aber sie war auch eigensinnig und hatte seltsame Vorstellungen von Wissenschaft und Medizin. Einmal stritt sie sich mit mir über den Vermerk zur Organspende in meinem Führerschein.

»Du schweifst ab.« Dahlia wischt im Spiegel einen Kreis frei und untersucht ihr Gesicht aus allen Blickwinkeln, während sie verschiedene Schmollmünder ausprobiert. »Könntest du bitte bei der Geschichte bleiben?«

Ich entschuldige mich und frage, ob ich ihr die Haare bürsten soll, während ich erzähle.

»Nein, danke.« Sie berührt die Stelle an der Schädelbasis, wo das Haar inzwischen nachwächst. Zuerst hielt ich es für einen Witz, als sie mich bat, ihr Zöpfe zu flechten, aber dann verfingen sich die Strähnen in meinen Gelenken. Ein paar Haare stecken immer noch dort. Dahlia bekommt sie nicht heraus, nicht einmal mit einer Pinzette. »Nur die Geschichte«, verlangt sie gähnend. Mir ist klar, dass ich bald zum spannenden Teil kommen muss.

Nikki lehnte den Kopf an meinen Hals, als wir das Gedränge hinter uns ließen und über den Fußweg eilten. »Er hat Paella für mich gemacht.«

»Und?«

»Und was?« Ich sollte sie natürlich nach dem Traum fragen und zugeben, dass ich neugierig war, aber sie wusste, dass ich es nicht tun würde, und platzte heraus: »Wir haben es in der Küche gemacht.«

»Könntest du das genauer erklären?«

»Kann ich nicht. Was zwischen Mann und Frau geschieht, ist privat.«

»Ach.«

»Über meinen Glauben werde ich nicht mit dir diskutieren.«

»Was denn für ein Glaube?«

»Reinkarnation ist ein zentrales Element der hinduistischen Religion.« Sie stupste mich mit einem spitzen Ellenbogen in die Seite. Ich zuckte zusammen. Sie hatte eine erstaunlich große Reichweite und einen

raumgreifenden Gang, der das Interesse unseres Sportlehrers geweckt hatte, obwohl sie Asthma hatte.

»Du bist Truman, vergiss das nicht.«

»Was?«

»In der gespielten Verhandlung.«

»Nein.«

»Und die Rote ist deine Verteidigerin.«

»Warum tust du immer so, als wüsstest du ihren Namen nicht?«, fragte sie mich.

»Wer sagt denn, dass ich nur so tu?«

Sie legte mir den Arm um die Schultern, und ich umschlang ihre Hüften, und dann liefen wir über den unebenen Fußweg. Die Bäume warfen die Blätter ab, die sich in unseren Haaren verfingen und unter unseren Füßen knisterten. Jetzt konnte ich nachfühlen, wie frei sie war, es griff auf mich über, sie riss mich mit.

»Ich möchte jemanden kennenlernen«, sagte Nikki. »Ich will es mit meiner eigenen Haut spüren.«

»Meinst du Sex?«

Sie verdrehte wild die Augen. »Warum nicht? Ich bin keine Jungfrau mehr.«

»Ekelhaft.« Es kam aus mir heraus wie ein Schluckauf. Damals fand ich die meisten Dinge ekelhaft – die Periode, seltsame borstige Haare, Tiergerüche, vor denen mich niemand gewarnt hatte, die Wahrheiten des Körpers, die sich wie Lügen anfühlten.

»In meinen Träumen bin ich zugleich diese Frau und ich selbst. Was ich hier bin, weiß ich noch nicht, das habe ich mir noch nicht richtig überlegt. Aber ich vermute, mein Mann möchte, dass ich glücklich bin. Wer weiß? Vielleicht finde ich ihn sogar in einem heißen neuen Körper wieder.«

Ich wusste nicht recht, was ich dazu sagen sollte. Es klang so, als glaubte sie es wirklich, aber noch verrückter war, dass auch ich es glaubte. Ich konnte es spüren, dieses Verlangen. Das war alles, was ich über den Glauben wusste.

»Das reicht.« Mutter hat die Arme verschränkt und sieht mich böse an. Die langen, mit buntem Glitzer geschmückten Fingernägel tippen auf den Unterarm. Wie lange hat sie schon zugehört, und warum habe ich es nicht bemerkt?

Dahlia ist genauso erschrocken wie ich. Das erkenne ich an der Lüge, mit der sie antwortet. »Wir haben uns nur über die Unterschiede zwischen unseren Schulen unterhalten. Bist du wirklich mit so vielen Freunden gegangen? Das ist spannend, Lilac.«

»Aber sicher«, sagt Mutter zu Dahlia. »Soll ich das abschalten, oder machst du das selbst?«

»Schlafenszeit.« Dahlia tätschelt meinen Kopf. Ich spüre es nicht richtig, aber mein System registriert die Erschütterungen. Das kommt einem Gefühl recht nahe.

»Es ist erst neunzehn Uhr vierzehn«, wende ich ein. »Nach meiner Uhr haben wir noch elf Minuten.«

Mutter stampft zu mir herüber. »Du kleines ...« Sie greift nach hinten auf meinen Rücken, und dann wird es dunkel.

Ich erwache mit vollem Akku, und Dahlia strahlt mich an. »Hi«, sagt sie, während sie in einen Frühstücksriegel beißt, der die Farbe von Exkrementen hat.

Ich weiß genau, wo ich aufgehört habe, aber sie bittet mich nicht fortzufahren. Wenn ich mitten in der Geschichte aufhöre, muss ich immer an den Augenblick denken, in dem ich unterbrochen habe. Ich bin dort gefangen, eine ewige Pause mit Nikki. Es würde mir nichts ausmachen – es ist schön, bei ihr zu sein –, aber ich weiß, dass sie nur etwas ist, das ich im Speicher abgelegt habe.

Ich beobachte Dahlia beim Unterricht und beim Training, ich beobachte sie beim Einkaufen und bei Videoanrufen. Ihr Tagesablauf ist genau durchgeplant. Während ihres Mittagsschlafs starre ich die halb geöffnete Tür an und lausche, was Mutter tut. Oft benutzt sie diese Pause, um im Badezimmer zu rauchen. Mein System registriert die Gegenwart der Giftstoffe in der Luft. Aufgrund früherer Erfahrungen weiß ich aber, dass ich nicht Alarm schlagen soll. Heute ist jedoch keine Spur von Rauch oder von Mutter zu entdecken. An dieser Tür bin ich noch nie vorbeigekommen, obwohl mir durchaus bewusst ist, wie leicht es wäre, den Flur zu betreten. Und Mutter passt gerade nicht auf. Sie ist nicht da. Ich laufe nicht auf Füßen, und mein Surren ist fast zu leise, um von Menschen wahrgenommen zu werden. Ich möchte doch nur etwas sehen – warum darf ich nicht sehen, was dort draußen ist? Ich höre Nikkis Stimme in meinem Kopf, an der Stelle, wo ich abgebrochen habe, immer wieder in einer Endlosschleife: *Ich will es mit meiner eigenen Haut spüren.*

Ich bin im Flur! Und nichts passiert. Kein Alarm geht los, niemand kommt und holt mich ab. Beinahe bin ich enttäuscht.

Das Wohnzimmer ist so, wie man sich ein Wohnzimmer vorstellt. Ein malvenfarbener Mehrsitzer, ein paar Zimmerpflanzen, ein Regal mit zerbrechlichem Nippes, ein Kaffeetisch aus Plastik mit Steindekor. Als in dem Raum eine Stimme losdröhnt, fahre ich zurück, pralle gegen den Tisch und werfe beinahe ein hübsches Arrangement aus Plastikblumen um. Die ganze Wand wird von dem ernsten Gesicht eines Mannes ausgefüllt. Er spricht über Vektoren und verschärfte Sicherheitsbestimmungen und versichert dem Zuschauer, dass die Sicherheit der Bevölkerung für die Regierung die höchste Priorität hat, da es jetzt, wie es scheint, einen zweiten Ausbruch gegeben hat. Dieses Mal ist ein neuer Virenstamm in Los Angeles entdeckt worden ...

»Sei still«, sage ich zu ihm, und er gehorcht. Die Wand wird einförmig weiß. Ich genieße diese Macht. Ich habe Lust, ihn zurückzurufen, damit ich ihn wieder zum Schweigen bringen kann. Aber mich zieht die Sammlung winziger zerbrechlicher Dinge im Regal an. Besonders interessiere ich mich für ein Ei aus Kristall, das einen Regenbogen an die Wand wirft.

Ich will nach dem Ei greifen und es, so schwierig es ist, in meinen schrecklichen Klauen halten, doch es fällt auf den Boden und zerspringt mit einem lauten Knall. Ich möchte schrumpfen, aber ich bin nicht dazu gebaut, mich zusammenzufalten. Mutters Tür öffnet sich, und ich fahre so schnell wie möglich rückwärts und fliehe in Dahlias Zimmer, wo ich mich schlafend stelle.

Mutter trampelt herbei und hält die untere Hälfte des zerbrochenen Eis in den Händen. »Schau nur, was du getan hast!«

Ich tue so, als würde ich erst jetzt wach. Sie beugt sich mit ausgestreckter Hand über mich und hält mir die Kristallscherben hin.

»Das hat meiner Großmutter gehört! Es ist mehr wert als du, du dummes …«

»Dahlia schläft. Du solltest nicht so schreien.«

»Verschwinde in deinen Verschlag!«

Ich husche davon, und Mutter bleibt schwer atmend und mit rasendem Puls stehen. Dann trampelt sie hinaus und knallt die Tür hinter sich zu.

Ich weiß, dass ich einen Fehler gemacht habe und dass er Konsequenzen haben wird. Ich sollte nur Befehlen gehorchen. Warum kann ich mich nicht einmal an die einfachsten Grundlagen meiner Programmierung halten? Mit mir stimmt etwas nicht.

»Lilac, was hast du getan?«, flüstert Dahlia.

»Es war ein Unfall.«

»Du hast Mutter wütend gemacht.« Sie ist ganz ernst. Dieser ernste Blick ist ungewöhnlich. Ich möchte, dass sie lächelt.

»Ich weiß noch, wo ich unterbrochen habe. Soll ich fortfahren?«

Dahlia steigt aus dem Bett. »Ich will nach ihr sehen.« Sie verschwindet im Flur.

Als sie sieben Minuten später zurückkehrt, weint sie. Ich frage sie, was los ist, aber ich weiß es längst. Inzwischen habe ich verarbeitet, was der Mann an der Wand gesagt hat. Der zweite Ausbruch. Vor drei Wochen hat ein Techniker mit Maske und Handschuhen Dahlia und Mutter geimpft. Von Dahlias Zimmer aus hatte ich Mutter sagen hören: »Eigentlich müssten sie doch jetzt bald die Quarantäne aufheben, oder?« Ich konnte nicht hören, was der Techniker geantwortet hat – das bedeutet, dass er geschwiegen hat. An diesem

Abend hat Mutter sich betrunken und viele Zigaretten geraucht. Sie ist auf dem Sofa eingeschlafen. Dahlia ist bis lange nach der Schlafenszeit aufgeblieben und hat getanzt, und ich bin auf dem Teppich hin und her gesaust, als tanzte ich auch.

»Die Stadt wird die Quarantäne nicht aufheben«, sage ich zu Dahlia.

Sie schüttelt den Kopf, und ihr gerötetes Gesicht sieht ganz niedergeschlagen aus.

»Schon gut, schon gut.« Ich tätschele leicht ihren Arm und versuche, ihren Oberarm zu drücken. Sie wehrt mich ab und wirft sich mit dem Gesicht voran auf das Bett. Ohne Aufforderung setze ich die Erzählung fort.

Wir gingen zu Nikkis Mom in die Küche. Ich mochte sie. Sie schenkte sich die Mühe, sich die Haare zu färben, und trug provokante Buttons wie: »Stimme für Satan – Warum das kleinere Übel wählen?« oder: »Preiswerte Gesundheitsfürsorge beginnt beim Stillen.«

Nikki küsste ihre Mutter auf die Lippen, umarmte sie fest und hob sie dabei hoch. So war ihre Beziehung eben – körperlich und ausgesprochen liebevoll. Ganz anders als mein Umgang mit meinen Eltern. Wir waren eher intellektuell, wir sahen künstlerisch wertvolle Filme und diskutierten bei gelato *über die Mise en Scène, wir gingen zu einem kostenlosen Flötenkonzert in den Park oder sahen uns im Stadttheater eine Aufführung von* Ein Sommernachtstraum *an.*

Nikki lieh sich Sachen von ihrer Schwester Lea, der Rebellin, die angeblich, wie alle sagten, eine Abtreibung gehabt hatte. In der Schule wanderte sie in engen Jeans und einem G-String, den man sah, wenn sie sich am Spind bückte, durch die Flure, als wäre sie jederzeit zum Kampf bereit.

Ihr Zimmer roch nach altem Essen und nach Füßen. Ich blieb an der Tür stehen und atmete durch den Mund, während sich Nikki durch den Berg von Kleidung auf dem Boden wühlte. Sie förderte eine lila Jeans zutage, die Risse hatte und unten am Saum schmutzig war, und außerdem ein schwarzes Netzshirt. Dann zog sie sich aus. Ich hatte ihr schon einmal beim Umziehen zugesehen, aber nicht so. Sie warf die Schuluniform beiseite und zupfte ihre Unterwäsche gerade, als wäre ich nicht da, als wäre sie ganz allein.

»Ich kann deinen BH sehen«, sagte ich, als sie sich angezogen hatte.

»Gut.« Sie beugte sich vor, wuschelte ihre Haare hoch und fixierte sie mit einer kräftigen Ladung Haarspray aus Leas Dose.

»Was hat Nikkis Mutter gesagt?«, fragt Dahlia. Gedämpft dringt ihre Stimme aus dem Bettzeug.

»Sie hat uns gefragt, ob wir Brownies backen wollten.«

»Machst du Witze? Meine Mutter wäre ausgeflippt. Sie sagt, ich sei verdorben. Die Begleitumstände hätten mich verdorben. Sie sagt, sie kann mich unter diesen Einschränkungen nicht richtig erziehen. Was soll das überhaupt heißen?«

»Das weiß ich nicht«, antworte ich. Im Kopf verarbeite ich es aber schon. Auch vor der Quarantäne ist Dahlia nur selten ausgegangen. Sie hat den Unterricht immer am Bildschirm verfolgt und hatte lange Zeit Schwierigkeiten, Freundinnen zu finden und sich auf andere einzulassen. Ich glaube, sie war ziemlich einsam, bevor ich kam. So muss es gewesen sein, weil Mutter einverstanden war, ihr eine Companion zu schenken.

Ich denke an meine eigenen Eltern. Dahlia fragt nie nach

ihnen. Es kommt nur selten vor, dass ich mich, wie jetzt, auf meine Eltern konzentriere und eine einzelne Erinnerung wachrufe. Der Mietwagen war für den Skiurlaub gepackt, die Fenster halb heruntergekurbelt, ein kühler Wind wehte durch das Auto und ließ die Karte auf Moms Schoß flattern. Dad brachte uns mit dem CB-Funk zum Lachen. »Hier ist der Schinkenmann. Ich bin mit Miss Piggy und ihrem kleinen Schweinchen unterwegs.« Er hielt mir das Mikrofon hin. »Wie heißt du, kleines Schweinchen?«

»Lilac«, sagte ich ins Mikrofon. Dann konnte ich nicht mehr vor Kichern. Eigentlich war es gar nicht so witzig. Ich hatte ja nur ein *c* an meinen Namen angehängt. Irgendwie fand ich, Lilac sei der richtige Name für ein Schwein. Und als ich in meiner Companion-Gestalt aufwachte und Dahlia mich fragte, wie sie mich nennen sollte, sagte ich ohne große Verarbeitung: *Lilac*. Es klang einfach richtig.

Dahlia rückt an die Bettkante. »Ich glaube, *sie* verdirbt mich. Falls ich überhaupt verdorben bin. Ich glaube nicht, dass ich verdorben bin. Glaubst du das?«

Ich rolle näher zu ihr hin. »Überhaupt nicht. Du bist ein wunderbares Mädchen, und ich habe Glück, deine Companion zu sein.«

»Ich liebe dich, Lilac.«

»Ich liebe dich auch.«

»Irgendwann besorge ich dir eine Haut.«

»Ehrlich?«

»Und du sollst den besten Prozessor bekommen.«

»Das wäre wirklich schön. Ich glaube, dann wäre ich eine noch bessere Companion.«

In Augenblicken wie diesem, wenn Dahlia sich besonders liebevoll zeigt, erzählt sie mir manchmal Dinge, auf die ich in meinem Feed keinen Zugriff habe – woher ich komme, und was ich bin: eine einfache Companion mit kaum mehr als den Grundfunktionen. Mutter wollte nicht mehr Geld ausgeben. Sie hat mir auch von den vielen Modellen mit unterschiedlichen Prozessorgeschwindigkeiten erzählt. Einige können extrapolieren und sich verändern – wie eine Person. Und das Spitzenmodell, die teuerste Version, ist sogar in der Lage, sich eine Haut wachsen zu lassen. Sie leben, jedenfalls auf einer gewissen Ebene, auch wenn Dahlia nicht erklären könnte, wie die Technik funktioniert. Meine eigenen Nachforschungen sind im Sande verlaufen. Auch wenn ich nur eine billige Companion bin, kann ich doch erkennen, dass mein Feed gefiltert ist.

Nun stelle ich ihr eine Frage, die ich schon eine ganze Weile zurückgehalten habe. »Wie ist das mit mir passiert?« Da wird mir etwas klar, mir dämmert eine Wahrheit, die in mir steckt und die nicht in der Geschichte vorkommt. »Meine Eltern hätten dem niemals zugestimmt.«

»Du warst Organspenderin, nicht wahr? Ich erinnere mich noch, dass die ersten, die hochgeladen wurden, Organspender waren. Das leuchtet auch ein. Du gehörst ja beinahe noch zur ersten Generation. Vielleicht wussten es deine Eltern nicht einmal.«

Dieser Gedanke ist schön. Ich würde es gern glauben. Aber ich bin sicher, dass es Dinge gibt, die ich nie erfahren werde, nicht einmal mit den besten Aufrüstungen.

Die Veranda war voller Mitschüler, deren böse Blicke ich nur zu gut kannte. Ich hätte die Uniform ausziehen sollen. Vorsichtshalber blieb ich hinten und folgte Nikki, die die Treppe hochhüpfte und sich ins Haus drängelte, wo Tally Turner mitten im Wohnzimmer, von zwei Leuten an den Füßen gehalten, mit dem Kopf nach unten aus einem Bierfass trank. Ist ja eine Katastrophe. *Das dachte ich, als ich Nikki am Shirt zupfte. »Wir müssen hier weg.«*

»Ich bin dran«, rief Nikki. Schon packte sie jemand an den Fußgelenken. Es war ein grobschlächtiger Footballspieler mit Schweißflecken unter den Achseln, der ziemlich streng roch. Er bugsierte sie über das Fass, während die Zuschauer johlten und sie anfeuerten. Nikkis Netztop rutschte ihr bis zum Kinn, und nun konnte ich ihren ganzen BH und die Rippen sehen, die sich scharf abzeichneten, und dann die Narbe von ihrer Blinddarmoperation. »Das ist eine Katastrophe«, sagte ich zu mir, während ich zur Wand zurückwich. Jemand versetzte mir einen Stoß, und ich stürzte in den freien Ring, in dessen Mitte das Fass stand.

Als ich mich umdrehte, sah ich die Rote, die mich, an einen wahren Riesen geschmiegt, böse anstarrte. Der Kerl war mit Sicherheit über zwei Meter groß.

»Die unnötige Verlängerung des Krieges wäre eine Katastrophe, meinst du nicht auch?«

»Ich werde dir meine Position nicht vor der Verhandlung verraten.«

»Über das Fass mit dir!«, befahl die Rote.

»Nein.«

»Und ob, Geschworene. Du kommst über das Fass.«

Wieder johlten die Leute, einige applaudierten auch. Der Footballspieler trat hinter mich, warf mich über seine Schulter und schleppte mich hinüber, während ich nach ihm schlug.

Also hing ich über dem Fass, hatte den Plastikhahn im Mund und würgte eine Unmenge billiges helles Bier hinunter. Als mir der Rock über das Gesicht fiel, lachten sie alle. Welche Unterwäsche trug ich eigentlich? Natürlich die schlimmste, den ältesten Schlüpfer, den mit kleinen Kaninchen, die an Möhren knabberten. Ich hätte ihn längst wegwerfen sollen. Als mich der Footballspieler absetzte, war die Rote weg. Ich ging ins Bad, um zu weinen, und starrte mich im Spiegel an, betrachtete mein Gesicht. Ich war weder hübsch noch hässlich, es war einfach nur ein Gesicht, das auf die Tränen wartete – ich wollte, dass sie aus mir herauskamen. Mit einer Hand schlug ich gegen den Spiegel. Es blutete etwas, als das Glas zerbarst. Sie fühlten sich wundervoll an, diese Schmerzen. Ich war fast wie neugeboren. Im Medizinschrank suchte ich nach Pflaster, wusch das Blut im Waschbecken ab und richtete mir die Haare. Ich hatte schöne Haare, hellbraun und rot, wenn Licht auf sie fiel. Brünett, nannten es manche Leute auch. Ich mochte es, wenn sie es so ausdrückten. Wenn sie etwas über die verschiedenen Farbtöne meiner Haare sagten.

»Das reicht jetzt … mit deinen Haaren«, stöhnt Dahlia. Sie verliert das Interesse und markiert auf dem Bildschirm einige Dinge, die sie kaufen möchte, während sie einen hellen Müsliriegel verdrückt. Sie hockt auf dem großen Ball, mit dem sie manchmal trainiert.

»Es tut mir leid. Das ist ein Detail, an das ich mich sehr lebhaft erinnere.«

»Kannst du das nicht überspringen und zum interessanten Teil übergehen?«

»Aber wenn ich springe, verliert die Geschichte an Spannung.«

»Und du verlierst dein Publikum.«

»Na gut, dann springe ich weiter.«

Nikki klammerte sich an den schwitzenden Footballspieler und tanzte schwankend mit ihm. Ich will sterben. Das war mein erster Gedanke. Die Worte kamen immer wieder ohne weitere Verarbeitung. Hätte ich sie verarbeitet, dann hätte ich vielleicht die wahre Gefahr erkannt.

Ich schlich den Flur hinunter und suchte nach einem Zimmer, in dem ich mich eine Weile verkriechen konnte. Ich wollte Nikki noch etwas Zeit lassen, damit sie auf ihre Kosten kam. Du denkst sicher, ich hätte sofort gehen sollen. Dieser Gedanke kam mir tatsächlich, als ich die Tür öffnete und die Rote stöhnend auf dem Bett liegen sah. Der Riese hatte seinen Kopf zwischen ihre Schenkel gesteckt. Er trug keine Hose. Ich schrie auf, als ich das riesige harte Ding bemerkte. Latte. Riemen. Da verstand ich es.

Der Ball quietscht, als Dahlia auf ihm hüpft. »Wie lang war er denn ganz genau?«

»Ich war zu aufgeregt, um die Länge genau zu bestimmen, aber mindestens so lang wie dein Unterarm.«

»Du meine Güte.«

»Ja, er war sehr lang.«

»Mach weiter.«

Der Schrei, den ich ausstieß, ließ Ruhe im Haus einkehren. Die Musik brach ab, das Johlen und Schreien und Lachen verstummten. Da waren nur noch ich und die Rote und der Riese. Wir schwiegen, es war so still, als wären wir festgefroren. Wie auf »Pause« geschaltet. Dann hörte ich hinter mir das Poltern, als sie den Flur herunterkamen. Sie keuchten hinter mir. Ein einzelnes bellendes Lachen durchbrach die Stille, daraufhin stimmten alle ein – sie lachten, und ich stand mitten in dem Raum. Die Rote schrie sie an, sie sollten verschwinden, und fuchtelte heftig mit den Armen. Da wusste ich, dass ich erledigt war. Ich wusste es einfach.

Dahlia lässt sich auf das Bett fallen und starrt das Poster unter der Decke an. Jakob Sonne mit den unordentlichen grauen Locken und dem albernen schiefen Grinsen. Das jüngste Objekt ihrer Star-Besessenheit. »Diesen Teil finde ich am schönsten.«

»Ich weiß. Du magst es, wenn ich über den Penis rede.«

»Halt den Mund!«, quietscht sie.

»Tut mir leid. Soll ich weitermachen?«

Sie schmollt. »Was ist mit deiner Hand los?«

Ich blicke zu meiner Klaue hinunter und presse die Greifhaken zusammen. Einer hängt schlaff herab, die anderen spannen sich und lösen sich wieder.

»Du armes Baby. Du brauchst einen Techniker.«

»Ich kann trotzdem weitererzählen. Als Nächstes kommt der Teil, der am wichtigsten ist.«

»Vielleicht morgen. Ich muss wieder in den Unterricht.«

»Soll ich in meinen Verschlag gehen?«

»Gute Idee.«

Ich ziehe mich so oft wie möglich von mir aus zurück. So sinkt die Wahrscheinlichkeit, dass Dahlia den Schalter umlegt. Ich kann den Feed beobachten, neue Wörter lernen oder wach bleiben und die Sitzung verfolgen. Dahlia ist seit Kurzem weiter, als ich es in der Schule geschafft habe. Eines

Tages wird sie meiner müde werden. Vielleicht könnte ich mich selbst verbessern, wachsen und Schritt halten, wenn sie mir einen besseren Prozessor gönnen.

Mutter stößt die Tür auf, ohne anzuklopfen. Ihre Fingernägel sind strahlend kobaltblau lackiert, nur die Spitzen schimmern golden. »Gut, dass du lernst. Wo ist dieses Ding?«

»Lilac ist im Verschlag.«

»Gut, sehr gut. Weißt du, ich habe nachgedacht. Vielleicht wird es Zeit, dass du einen Freigängerpass bekommst.«

»Wirklich?«

»Ja, aber du weißt ja, die kosten eine Menge Geld. Du müsstest deine anderen Ausgaben einschränken, damit wir ihn uns leisten können.«

»Was denn zum Beispiel?«

»Vielleicht die Versicherung und die Wartungskosten für deine Companion.«

»Mutter, darüber haben wir doch schon gesprochen. Ich möchte Lilac nicht aufgeben.«

»Nicht einmal für einen Freigängerpass?«

»Nicht einmal für einen Pass.«

»Du brauchst doch richtige Freunde.«

»Wo soll ich die denn finden?«

»Du könntest zum Gruppenabend in den 143. Stock gehen. Früher bist du gern zu den Gruppenabenden gegangen.«

»Ich mag die anderen Kinder aber nicht.«

»Warum denn nicht?«

»Sie nennen mich Klotzkopf. Sie sagen, mein Kopf ist zu groß, und ich sehe komisch aus.«

Von meinem Verschlag aus messe ich ihren Kopf. »Dein Kopf ist nur geringfügig größer als der Durchschnitt.«

»Was? Hört es etwa zu?«

»Sie ist im Verschlag. Reicht das nicht?«

»Nein, das reicht nicht. Ich mag das nicht. Ich wünschte, ich hätte es dir nie geschenkt. Immer hört es zu, immer erzählt es diese schreckliche Geschichte. Das ist nicht richtig!« Mutter stakst zu meinem Verschlag und sieht mich hasserfüllt an. Dann wird es dunkel.

Es ist fast Mitternacht, als ich aufwache. Ich schalte auf Nachtsicht um und sehe, wie Dahlia mich anstarrt.

»Es wäre schön, wenn du den Pass bekämst«, sage ich. »Ich fände es schön, wenn du rausgehen könntest.«

»Oh, Lilac.« Sie nimmt mich in die Arme. Weint sie? »Sie holen dich morgen ab. Sie nehmen dich mit.«

»Wohin bringen sie mich denn?«

»Zur Agentur.«

»Bekomme ich eine Wartung?«

»Du gehst zurück. Dann werde ich dich nie mehr wiedersehen.« Ich spüre ihre Umarmung nicht. »Ich möchte dich nicht verlieren.«

»Ich dich auch nicht.« Ich streichle ihr über die Haare und achte dabei darauf, dass sich meine Greifhaken nicht darin verfangen. Sie hat schöne Haare, lang und kräftig bis in die Spitzen. Dahlia pflegt sie vorbildlich. »Kannst du denn dann rausgehen?«, frage ich.

»Ach, das ist mir doch egal. Wenn man rausgeht, muss man alle Schutzimpfungen auffrischen lassen, und wenn man reinkommt, muss man alles ausziehen, man wird abgespritzt und muss drei Tage in einem Isolierzelt sitzen. Wozu das alles? Nur um in einem richtigen Laden einzukaufen? Ich wäre lieber hier bei dir.«

»Du könntest tanzen gehen.« Mit Dahlia tanzen zu gehen, das würde mir gefallen. Aber nicht so. Nicht in dieser Büchse.

»Erzähl mir den Rest der Geschichte.«

Nikki nahm meine Hand, und wir drängelten uns durch die Menge. Hinter uns tobte immer noch die Rote. Lachend rannten wir auf die Veranda. Beinahe waren wir entwischt, da holte uns Nikkis Tanzpartner doch noch ein. Er sagte, er wüsste, wohin wir gehen könnten. Er hatte auch für mich einen Freund dabei, einen grinsenden, stämmigen Winzling, der auf einmal neben ihm auftauchte.

Wir fuhren zu den Klippen, es war ein neues Baugrundstück, von dem aus man einen schönen Ausblick auf das Meer hatte. Ich hörte das Krachen der Brecher. Der Mond war nicht zu sehen, der Boden war aufgeweicht und schlammig vom Niederschlag. Der Footballspieler kitzelte Nikki, jagte sie und verschwand mit ihr im Dunkeln. Ich sah ihnen nach, und auf einmal kam der seltsame kleine Junge zu mir und umarmte mich von hinten. In diesem Augenblick brach der Mond durch die Wolken und schien auf das Meer. Es fühlte sich schön an, so gehalten zu werden. Er hatte eine breite, muskulöse Brust, die eine schöne Lehne abgab, und er musste sich nicht bücken, um mir das Kinn auf die Schulter zu legen. Ich muss gestehen, dass ich es genoss. Aber dann schob er mir die Hand unter den Rock. Ich entzog mich ihm, und nun kam er auf die Idee, mich zu kitzeln und zu jagen. Bei seinem Freund hatte es ja auch funktioniert. Er hetzte mich um einen Stapel

Stahlträger, die mit Plastikplanen geschützt waren, vorbei an einem Haufen Werkzeug und über die mit einem Seil markierte Grenze des Nachbargrundstücks. Ich hörte ihn hinter mir grunzen. Er stürzte, und als ich mich umdrehte, sah ich, dass er sich in dem Seil verheddert hatte. »Nikki!«, rief ich und lief weiter, um sie zu finden. »Nikki!«

Ihr Ruf übertönte das Donnern der Wellen: »Ich bin hier!« Ich bewegte mich in die entsprechende Richtung bis zum Rand der Klippen. Sie waren so hoch, dass ich kaum noch sehen konnte, wie unten auf den Felsen die Wellen brachen.

»Wo bist du?«

Da hörte ich es – ein Stöhnen auf dem Nachbargrundstück. Zwischen den Wellen hörte ich ein Klatschen und das Schmatzen des Schlamms. »Nikki?« Nun bemerkte ich auch ihre dürren Gliedmaßen, die sich im Mondlicht gelblich aus der Dunkelheit abhoben. Der Footballspieler lag auf ihr.

Hinter mir flüsterte jemand: »Ich bin genau hier.« Als ich mich umdrehte, holte die Rote mit der Schaufel aus. Ich erinnere mich nicht, wie ich stürzte – ich wünschte, ich wüsste es noch. Gern würde ich das Rauschen der Luft spüren, die Schwerelosigkeit. Das Nächste, an das ich mich erinnere, ist dein Gesicht. Damals warst du vierzehn, jünger als ich, und ich konnte dir viele Dinge erzählen. Dinge über Menschen, die du wissen musstest.

Dahlia küsst mich auf den Kopf. »Ich habe eine Idee! Lass uns nachsehen, was wir über Nikki finden!«

»Das wäre sinnlos. Es ist viel zu lange her.« Ich verrate ihr nicht, dass ich schon 403.232 Mal in 403.232 verschiedenen Konfigurationen nach ihrem Namen gesucht habe. Dahlia darf pro Tag nur fünfundsiebzig Minuten Companion-Zeit in Anspruch nehmen, weshalb ich versuche, das Beste aus meiner freien Zeit zu machen. Ich habe Nikki nicht gefunden, aber sie hatte recht – ich kannte den Namen der Roten, und die fand ich. Ich konnte eine Zeitachse erstellen – Heirat, Geburt eines Kindes, dann lange nichts, danach ein durch Selbstmord gestorbener Sohn, er war aus dem Fenster eines Hochhauses gesprungen. Seine Mutter überlebte ihn und wohnt jetzt in einem Seniorenheim im Del Norte County, siebenhundert Kilometer weiter nördlich. Hier ist etwas, das ich im Lauf der Jahre begriffen habe: Hätte ich überlebt, dann wäre ich inzwischen eine alte Frau und hätte mein Leben schon hinter mir. Dann würde ich mir keine Gedanken mehr darüber machen, was sie Nikki angetan haben.

»Was glaubst du, wie sie es gemacht haben?«, frage ich. »Mich hochgeladen, meine ich. Du sagst ja, es gebe nach dem Tod nur ein sehr kleines Zeitfenster, nur wenige Minuten. Ich bin aber ins Meer gestürzt.«

»Warte mal.« Dahlia rutscht vom Bett herunter und schaltet ihren Bildschirm ein. »Ich habe auf die richtige Gelegenheit gewartet, um dir das hier zu zeigen.« Sie ruft einen alten Polizeibericht auf. Ich scanne das Dokument. Tatsächlich, da sagen sie etwas über mich. Ich habe mich so auf Nikki und die Erzählung konzentriert, und auch darauf, Dahlia zu erfreuen und Mutter nicht zu verärgern, dass ich dies völlig übersehen habe.

»Wo hast du das gefunden?«

»Ich habe ein bisschen nachgeforscht, als du im Schlafmodus warst.« Dahlia grinst und ist offenbar stolz auf sich. Auch ich bin stolz. Ein Akt der Nächstenliebe! Es fällt Dahlia in dieser Isolation schwer, sich auf andere einzulassen. Vielleicht hat ihre Companion dazu beigetragen, dass sie mitfühlender geworden ist. Vielleicht habe ich ein wenig damit zu tun.

»Schau mal«, sagt sie. »Du bist nicht sofort gestorben. Dein Rückgrat war gebrochen, und du warst unterkühlt, als dich ein Jogger am Strand gefunden hat. Es ist wirklich ein Wunder, dass du nicht ertrunken bist.«

Ich weiß nicht, wie ich das verarbeiten soll, aber der Bericht bestätigt, was Dahlia sagt. »Selbstmord«, lese ich laut.

»Ja, das konnte ich auch nicht glauben.«

Ich versuche, mich zu erinnern und eine Erinnerung nach meiner letzten Erinnerung wachzurufen. Dort habe ich nie nachgesehen – vielleicht wartet da etwas auf mich?

Aber nein, da ist nichts. Ich schlage mit dem Greifhaken gegen die Wand und hinterlasse eine Delle.

»Lilac!«

»Entschuldige, es tut mir leid.« Wir lauschen beide, ob Mutter kommt, doch es bleibt ruhig. Ich betrachte mich selbst. Ich habe keine gute periphere Sicht. Es fällt mir schwer, mehr zu sehen als meine Laufkette.

Dahlia flüstert: »Wenn Nikki etwas zugestoßen ist, müsste es doch auch in dem Bericht stehen.«

Oft glaube ich, Dahlia zu kennen und alles über sie zu wissen, doch dann verändert sie sich auf einmal, und ich verstehe gar nichts mehr. »Das kann ich unmöglich wissen.« Ich will gar nicht so laut rufen. Wahrscheinlich hat sie recht. Gut möglich, dass Nikki noch irgendwo lebt, aber solange ich in diesem Turm bleibe, kann ich sie nicht finden.

»Du hast recht, es tut mir leid.«

»Es muss dir nicht leidtun. Du hast meine Vergangenheit wachgerufen. Ich liebe dich.« Ich wünschte, ich hätte Tränendrüsen. Ich möchte weinen. »Was wird mit mir geschehen?«

»Das weiß ich nicht.« Sie weint für uns beide.

Da sie mich nicht auf ihr Bett heben kann, schläft sie auf dem Teppich. Um meine Laufkette und um sich selbst hat sie eine Decke gelegt. Ich warte, bis sie schläft, ehe ich rückwärts hinausrolle.

Mutter liegt auf dem Sofa, die Wand strahlt hell und zeigt Bilder von einem brennenden Flugzeug. Eine Explosion erschüttert die Kamera. »Die Terroristen, die versucht haben, auf dem Burbank Airport ein Flugzeug zu entführen, sind tot, außerdem ist eine nicht genannte Zahl von Geiseln gestorben«, berichtet der Reporter vor der Kulisse aus Rauch und Flammen und Feuerwehrleuten. Ich mag nicht besonders fortschrittlich sein, aber ich weiß, dass die Quarantäne nicht allein dem Schutz der Menschen dient. Sie soll auch die Bewegungsfreiheit der Leute in den betroffenen Gebieten einschränken.

Meine Greifhaken bohren sich in das Sofakissen. Ich brauche mehrere Anläufe, bis ich es richtig erwische. Mutter regt sich auf dem Sofa. Ich warte, bis sie wieder ruhig liegt, ehe ich ihr das Kissen auf das Gesicht drücke.

Sie wehrt sich, ihre Arme erwachen, sie schlägt um sich, will nach mir greifen und strampelt mit den Beinen. Ich habe das Kissen fest gepackt und staune selbst, wie viel Kraft ich habe und dass ich Mutter ohne große Anstrengung unten halten kann, selbst als sie nach meinem Kopf schlägt. Es tut nicht weh, ruft aber Erinnerungen wach – der schreckliche Hieb mit der Schaufel, die grässliche lange Dunkelheit. Ich nehme das Kissen weg.

Mutter keucht, würgt, rollt sich vom Sofa herunter und kriecht auf allen vieren von mir weg. »Du verrücktes Biest!« Sie springt auf, schnappt sich aus dem Nippesregal eine Vase und wirft damit nach mir. Sie prallt von meinem eckigen Kopf ab, das linke Augenlid wird eingedrückt. Die Vase zerspringt in tausend Stücke, die auf den Boden fallen. Mutter greift sich an den Hals.

»Tut mir leid. Das hätte ich nicht tun sollen.« Als ich auf sie zurolle, schreit sie auf, rennt ins Schlafzimmer und wirft die Tür hinter sich zu. Ich folge ihr und klopfe mit dem Haken an. »Könntest du mich bitte nicht wegschicken?«

»Es ist verrückt!«, kreischt sie. »Es hat versucht, mich umzubringen.«

Ich rolle zur Eingangstür. Sie hat keinen Türgriff. Ich schlage dagegen. Sie gibt nicht nach. Ich schlage noch einmal. Und wieder. Ich dresche auf die Tür ein. Ich rufe: »Warum gehst du nicht auf?« Als wäre diese Frage alles, was die Tür gebraucht hat, gleitet sie auf.

Ich weise den Aufzug an, mich hinunter zur Straße zu bringen. Mit einem Ruck setzt er sich in Bewegung, die Zahlen werden kleiner, so viele Stockwerke, während wir Richtung Erdgeschoss hinabsausen.

Der Aufzug ist verspiegelt. Mir bleibt nichts anderes übrig, als die weiße Plastikdose mit dem verbeulten Augenlid anzustarren, die zurückstarrt. Sie winkt mir. Eine Greifzange hängt schlaff herab. Ich sage laut: »Bin ich wirklich ich selbst?« Auch die Stimme, die da spricht, gehört mir nicht. Es ist eine ungenaue Annäherung an eine Jugendliche.

Fast vergesse ich, aus dem Aufzug auszusteigen. Die Tür klemmt meine Laufkette ein. Ich stolpere weiter und kann die Spur nicht mehr richtig halten. In meinem Fahrwerk ist eine Strebe gebrochen. Es ist klar, dass sie mich nicht auf Dauerhaftigkeit angelegt haben. Wenigstens hat mich Dahlia erst vor Kurzem aufgeladen. Dahlia. Auf der anderen Straßenseite drehe ich mich um und suche ihr Fenster.

Ich hatte keine Ahnung, wie hoch die Türme wirklich sind. Da sich die Spitzen in dem niedrig hängenden Nebel verlieren, kann ich es nicht genau erkennen. Es sind so viele, sie stehen so dicht beisammen und sind voller Leben. Ich entdecke Dahlias Stockwerk, es ist das hundertzwölfte, und zoome heran, was mit dem beschädigten Augenlid allerdings schwierig ist. Da ist es – das Fenster mit den lila Schmetterlingen. Das Licht brennt, im Zimmer huschen Schatten herum. Jetzt tritt sie ans Fenster und legt die Hände an die Scheibe. Ich kann es nicht hören, aber ich sehe, wie ihre Lippen meinen Namen formen: *Lilac! Lilac!*

Sofort rolle ich zum Gebäude zurück, weil ich sicher bin, dass ich einen Fehler gemacht habe – ich kann Dahlia nicht verlassen. Doch die Tür, durch die ich gerade noch nach draußen gelangt bin, will sich nicht mehr öffnen. Ganz egal, was ich sage und wie laut ich werde, wie oft ich sie ramme, sie geht nicht mehr auf, nachdem ich hinausgegangen bin. Als ein Alarm anschlägt, rolle ich schnell weiter und fahre den leeren Fußweg hinunter. Weit und breit ist kein Mensch zu sehen.

CAM

Del Norte County, Kalifornien

Der Tag, an dem die Companions kamen, war immer ein aufregender Tag. Auch wenn die Bewohner es niemals zugegeben hätten, ich erkannte es schon an ihrer Geschäftigkeit, an den hübschen Kleidern, am Geruch der frisch geputzten Zähne und des zu stark aufgelegten Parfüms. Ich mochte den Companion-Tag, weil sich dann alle Mühe gaben. Besonders ich selbst.

Meine Aufgabe bestand darin, das Ereignis gut vorzubereiten, jeden Tag auf dem Bildschirm im Freizeitraum eine Erinnerung zu posten, den Empfangstisch herzurichten und dafür zu sorgen, dass genug zusätzliche Ladegeräte zur Verfügung standen, falls diejenigen, die die Agentur mitschickte, Schrott waren (das war schon einmal passiert, was für eine Katastrophe!). Das Wichtigste war, mit der Agentur im benachbarten Crescent City Verbindung aufzunehmen und die richtige Auswahl zu treffen – Alter, Ära, Bildung. Ich habe immer versucht, Companions einzusetzen, die plötzlich gestorben waren – durch Autounfälle oder andere außergewöhnliche Ereignisse. Im Jedediah-Smith-Seniorenheim wollte niemand Geschichten über ein langes Sterben hören.

Die besten Modelle waren mit unserem mageren Budget nicht zu bezahlen, aber die billigen reichten auch. Wenn die

Companions von ihrem früheren Leben erzählten, hörten die Bewohner hingerissen und mit gefalteten Händen zu und nickten die ganze Zeit über. Es war völlig egal, worum es ging – eine Fahrt zum Wochenmarkt, Schlangestehen vor dem Kino, eine Zahnreinigung –, solange es sich nur auf frühere Zeiten bezog. Die Bewohner fanden die Vergangenheit beruhigend. Mir fiel immer wieder auf, wie erbost sie reagierten, wenn ich vom Hier und Heute sprach. Wir ließen sie keine Nachrichten sehen, und sie fragten nicht danach. Nicht, dass ich ihnen das vorwerfen konnte. Als ich das letzte Mal die Nachrichten eingeschaltet hatte, musste ich erfahren, dass die Quarantäne nun für den ganzen Bundesstaat galt. Die Grenzen waren geschlossen. Zu unserer Sicherheit, wie es hieß. Nicht gerade beruhigend. Wenn ich die Schlagzeilen sehen wollte, musste ich das in meiner Freizeit tun, aber nachts hatte ich es lieber still. Der Pflegeberuf verlangte mir eine Menge ab. Außerdem traf ich mich nach der Sperrstunde mit James im Wald. Laut dem Handbuch der Pflegeberufe war ein Verstoß gegen die Sperrstunde ein Vergehen, das mit Kündigung geahndet wurde, aber draußen vor dem hohen Zaun des Jedediah-Smith-Heims, das inmitten von fünf Hektar dichtem Mammutbaumwald sechseinhalb Autostunden nördlich von San Francisco lag, hatte sich in den fünf Jahren, die ich hier arbeitete, noch nie ein Spaziergänger blicken lassen. Und bisher hatte sich Tina, unsere nicht mehr ganz junge Aufseherin, auch noch nicht über die Paare beklagt, die sich hinter den Schlaftrakten im Wald verabredeten. Um den anderen aus dem Weg zu gehen, traf ich mich mit James direkt unter den Fenstern der Bewohner. Sie konnten unseren lebhaften Sex, der mich ins Reich des Vergessens schickte, sowieso nicht hören.

James grinste mich an, als er ein letztes Mal den Besen durch den Freizeitraum schob. Ich lächelte schüchtern zurück, sprach aber ganz bewusst kein Wort mit ihm. Professionalität, das war mir das Wichtigste überhaupt.

Tina fing mich am Tisch mit den Erfrischungen ab. Sie trug – dem Anlass entsprechend – ein neues Kostüm, hellrosa und mit Nadelstreifen. »Hast du auch genug bereitgestellt?«

»Heute wird niemand etwas essen. Sie sind viel zu aufgeregt.«

»Aufgeregt, ja. Ich kann dir gar nicht sagen, wie sehr mich das freut. Du hast wundervolle Arbeit geleistet.« Uns allen war wichtig, dass dieser Tag gut verlief, was natürlich ganz besonders für die Kinder der Bewohner galt. Angesichts der Reisebeschränkungen konnten sie nicht persönlich kommen. Daher bezahlten sie das Companion-Programm und erwarteten, beim nächsten Videoanruf von den Eltern nur Gutes zu hören. Falls nicht, bekam Tina Ärger, den sie nach unten weitergab. Vorwürfe und Zorn rollten dann wie eine Welle durch die ganze Einrichtung.

»Hast du auch die Zimmer überprüft?«, fragte Tina.

»Mach ich gleich.«

»Gut. Sie sollen Spaß haben, aber nicht zu sehr.« Dann richtete sie die Aufmerksamkeit auf die beiden Hernandez. Das Paar starrte finster zum Tisch mit den gesunden Getränken und den Snacks, die Dr. Tim – der Heimarzt bestand darauf, dass wir ihn so nannten – hauptsächlich in unserem eigenen Garten gepflückt hatte. Er war der einzige Mitarbeiter, der einen grünen Daumen hatte und sich für Dinge interessierte, die wuchsen. Sogar er befand sich jetzt im Freizeitraum, blickte aus dem Fenster und wartete auf den Lieferwagen von Metis.

Abgesehen von den Vorbereitungen für den Companion-Tag war ich auch dafür zuständig, die Süßigkeiten, den Schnaps und die Pornos der Bewohner einzukassieren. Also alles, was sie übermäßig aufregen oder unvorhersehbare Wechselwirkungen mit ihren Medikamenten hervorrufen konnte. Es war mir schleierhaft, wie die Sachen überhaupt ins Heim gelangten, schließlich bekamen wir nur selten Besuch, und die Post wurde vor der Zustellung kontrolliert. Vermutlich hatten sie einen Insider – höchstwahrscheinlich einen Mitarbeiter –, der das Zeug für sie hereinschmuggelte.

Wenn ich ihre Schätze fand, gab ich ihnen immer noch eine letzte Gelegenheit für einen letzten Schluck, einen letzten Blick und einen letzten Happen. Sie mochten mich – und ich fand es schön, wenn man mich mochte.

Die Glocke schlug an. Auf einmal stand James neben mir. »Du siehst scharf aus«, sagte er.

»Hör auf – sie kommen!«

Den Vorschriften folgend, legte ich die Maske an. Die Wahrscheinlichkeit, dass die Metis-Fahrer Überträger waren, war zwar nicht hoch – zweifellos wurden sie regelmäßig getestet –, aber die Vorsichtsmaßnahmen waren nicht freiwillig. Ich sperrte die Tür auf und steckte den Kopf hinaus, zwängte die Hände in die Handschuhe und genoss einen Augenblick lang den kühlen Luftzug.

»Ich hätte hier Ihre Companions, Madam.«

»Wundervoll.« Ich kritzelte mit dem Finger, der im Gummihandschuh steckte, eine Unterschrift auf das Tablet. Diese Interaktionen waren so unbefriedigend – maskiert, immer mit Sicherheitsabstand, ohne Berührungen. Vor mir stand ein Fremder, der irgendwo da draußen lebte und in der Welt herumkam – doch mir fiel überhaupt nichts ein, was ich ihm sagen wollte.

Im Freizeitraum wurde es still. Die Gesichter der Bewohner waren so gespannt und hoffnungsvoll, als die Plastikprozession hereingerollt kam – die schlichten, identischen Geschwister, wenn man von den Kratzern auf den stämmigen weißen Körpern absah, die sie sich im Lauf der Zeit bei ihrer Arbeit als Companions zugezogen hatten. Sie hatten genau die richtige Größe, um einen sitzenden Menschen oder ein Kind zu besuchen. Ihre Greifhaken waren außer zum Händchenhalten zu kaum etwas zu gebrauchen. Auch aus diesem Grund mochte ich den Companion-Tag. Mir gelang es bestenfalls, den Bewohnern ein Lächeln zu entlocken. Echte Fröhlichkeit war viel schwerer hervorzurufen. Die Companions schafften das jedoch mühelos. Sie brachten die Bewohner von innen zum Strahlen. Es war – da war ich sicher – die beste Therapie, die man sich wünschen konnte.

Ich wanderte durch die beiden Gebäudeflügel mit den vielen Topfpflanzen vor den Fenstern, die beinahe den Eindruck erweckten, man befinde sich im Freien, und durchsuchte rasch die Zimmer der Bewohner. Die Türen standen offen, die Zimmer waren verlassen. Alle Bewohner waren versammelt, nur Mrs. Croziers Tür war wie üblich geschlossen. Sie musste immer aus der Reihe tanzen. Ich legte das Ohr an die Holztür und hörte das gewohnte Grollen. Dann klopfte ich laut an. Die Tür war nicht abgeschlossen. Im Jedediah-Smith-Heim waren die Türen eher Sichtschutz als physische Barrieren. »Mrs. Crozier? Die anderen haben so viel Spaß. Ich wünschte, Sie würden es auch einmal versuchen.«

»Lassen Sie mich in Ruhe!«

»Tina hat mich gebeten, alle Bewohner in den Freizeitraum zu holen.«

»Dann holen Sie mich doch«, erwiderte sie.

»Mrs. Crozier, bitte zwingen Sie mich nicht, die Männer zu rufen.« Die Männer, das waren zwei kräftige Pfleger in OP-Kleidung. Tony hatte zahlreiche Tätowierungen auf den Armen. José war die pure physische Kraft, wenn wir es mit unkooperativen Bewohnern zu tun hatten.

In diesem Augenblick sah ich es, wie es sich im Schatten einer Topfpflanze am Fenster versteckte. Wir bezahlten eine Menge Geld für die Companions, und ich wurde wütend, als ich bemerken musste, wie das Ding unsere gekaufte Zeit vergeudete, ganz zu schweigen davon, auf diese Weise zu lauschen und alles auf seiner Festplatte zu speichern. »Warum bist du nicht bei den anderen?«

»Ich möchte mit ihr reden.« Manchmal war es schwer, das Alter eines Companion zu bestimmen, aber nicht in diesem Fall. Die Stimme, die aus dem Gerät drang, klang sehr nach einem ungeduldigen jungen Mädchen.

»Im Freizeitraum sind doch noch viele andere, mit denen du sprechen kannst.«

»Nein, ich bin nur zu ihr gekommen.«

»Zu Mrs. Crozier? Kennst du sie denn?« Noch nie hatte ein Companion um ein Gespräch mit einem bestimmten Bewohner gebeten. Es war natürlich denkbar, dass einige mehrmals hier eingesetzt wurden, aber eine persönliche Beziehung? Das kam mir unwahrscheinlich vor.

»Ich kenne sie von früher. Bitte. Meine Batterie ist fast leer.«

»Ich habe Ladegeräte in der Küche.«

Die Companion rollte vorwärts und spähte zwischen den riesigen Farnwedeln hervor. Die Pflanze hatte sich gut an das Leben auf dem Flur angepasst. »Hohe Luftfeuchtigkeit – das ist der Schlüssel zum Leben«, sagte Tina immer.

Als die Companion endgültig aus dem Schatten hervorkam, konnte ich sehen, dass sie beschädigt war. Sie bewegte sich unsicher, mit ihrer Laufkette schien etwas nicht zu stimmen. Der weiße Plastikrumpf war verkratzt und schmutzig, und das linke Auge sah aus, als wäre es von einem Hieb getroffen worden. Das Augenlid schien eingedrückt zu sein, und das Licht war erloschen.

»Ich muss sie sehen. Und ich verspreche Ihnen, dass ich mich danach aufladen lasse und auch mit den anderen alten Leuten rede.«

»Du brauchst einen Techniker.«

»Kein Techniker. Bitte.«

»Wurdest du beim Transport beschädigt?«

Sie schüttelte lebhaft den kantigen Kopf. »Ich kenne

sie … aus meiner Kindheit. Ich kann sie dazu überreden herauszukommen. Ich kann sie zum Lächeln bringen.«

Ich kann gar nicht anders, als mich auf so etwas einzulassen – ein Versuch, das Unmögliche zu vollbringen. Meine Schwäche, ich wollte als Heldin dastehen. »Gut. Zwei Minuten.«

Ich öffnete die Tür und trat so weit zur Seite, dass Mrs. Crozier mich nicht entdecken konnte. Sie war die Art Bewohnerin, die einen nie merken ließ, wenn sie lächelte. Ich war sicher, dass ihr Elend mindestens zum Teil gespielt war.

»Hallo, Rote.«

»Wer ist da?«, fauchte Mrs. Crozier. »Ich kann dich nicht sehen.«

»Ich bin hier unten.«

»Was willst du hier? Verschwinde.«

»Ich wollte dich besuchen. Es ist lange her, wir waren noch auf der Highschool. Erinnerst du dich an die Klippen?«

Stille. Noch nie hatte jemand Mrs. Crozier zum Schweigen gebracht. Jedenfalls nicht ohne Sedativa.

»Ich weiß, dass du dich erinnerst«, beharrte die Companion.

»Du … du bist eine Blechbüchse.«

»Na ja, du bist alt. Eines Tages werde ich eine Haut bekommen. Eine junge Haut. Eine schöne Haut.«

»Was willst du? Hat dich mein Sohn geschickt? Dieser Scheißkerl.«

»Dein Sohn ist tot.«

Ich atmete erschrocken ein. Das hatte ich nicht erwartet, es war ganz und gar nicht therapeutisch. Natürlich wusste Mrs. Crozier Bescheid, aber die Demenz gewann bei ihr wie bei vielen anderen die Oberhand, die Zeitabläufe verformten sich, bis Vergangenheit und Gegenwart nicht mehr zu unterscheiden waren, größere Teile der Erinnerung wurden abgespalten und gingen verloren, was manchmal sogar ein Segen war.

»Raus!«, rief Mrs. Crozier mit bebender Stimme. Mir war klar, dass ich eingreifen sollte, aber ich wollte hören, was die Companion als Nächstes sagte.

»Du warst der letzte Mensch, den ich mit meinen eigenen Augen gesehen habe. Die Schaufel – du hast mich geschlagen und mich von der Klippe gestoßen. Und Nikki? Was hast du mit Nikki gemacht?«

Als ich Glas splittern hörte, bin ich in das Zimmer gelaufen. Eine Wolke von Alkoholdunst schlug mir entgegen, unter meinen Füßen knirschten die Splitter der zerbrochenen Flasche.

»Schaff das hier raus!«, fauchte mich Mrs. Crozier an. Sie weinte und wischte sich unbeholfen die Augen aus. Der kantige Kopf der Companion war vorgebeugt, als befinde sie sich im Schlafmodus. Ich versuchte es mit dem Resetknopf, musste aber erkennen, dass die Flasche die Plastikverkleidung über dem Auge zerstört hatte. Der Schnaps hatte einen Kurzschluss verursacht.

An diesem Abend überraschte ich meine Mitbewohnerin Jude beim Masturbieren. Sie wurde sofort still und stellte sich schlafend. Ich nahm mir den Bademantel und eilte in die Gemeinschaftsdusche, um in aller Ruhe zu weinen. Ich wusste selbst nicht, warum mich die Begegnung mit der Companion so getroffen hatte. Es war doch nur eine Maschine – aber was geschah, wenn sie zerstört wurde? Verschwand dann das Mädchen, das in ihr steckte? Während die Metis-Fahrer mit ihren Masken und Handschuhen sie abholten, blieben die Bewohner im Freizeitraum eingesperrt. Tina war ganz außer sich. Sie mochte es nicht, wenn die Metis-Leute hereinkamen, und dann auch noch diese wild gewordene Companion. »Es war dumm«, sagte sie. »Ein unnötiges Risiko.« Sie drohte sogar damit, das ganze Programm zu streichen. »Nein«, flehte ich sie an. »Es war meine Schuld. Ich habe sie in Mrs. Croziers Zimmer gelassen.«

Jude bemerkte ich erst, als die Dusche neben mir ansprang. »Was ist denn los mit dir?«, fragte sie.

Ich griff nach dem Handtuch und wickelte mich ein, als Jude den Kopf unter das Wasser hielt und mich durch die Gischt betrachtete.

»Es war schrecklich. Mrs. Crozier …« Ich hielt inne, weil ich keine Gerüchte in Umlauf bringen wollte. Jude war so schrecklich geschwätzig, und Mrs. Crozier hatte sowieso schon einen schlechten Ruf.

»Ich weiß schon, ein blinder Passagier, ja? Hast du dir seine Geschichte angehört?«

»Alles ging so schnell.«

Jude stöhnte. »Companions laufen nicht einfach weg. Sie sind befehlsgesteuert. Das ist derart aufregend. Hast du denn überhaupt keine Einzelheiten für mich?«

»Was wird mit der Companion geschehen?«

»Ich dachte, du bist unsere Companion-Expertin.« Jude zeigte mir ein drohendes Lächeln. Ich hatte vorher noch gar nicht bemerkt, wie sehr ich sie nicht mochte. »Meine Cousine Trixie ist auch eine Companion. Hab ich das schon mal erwähnt? Sie hat sich ein paar Monate vor ihrem sechzehnten Geburtstag das Leben genommen. Sie hat es zu Hause gemacht, diese Idiotin, und deshalb hat meine Tante sie noch rechtzeitig für den Upload gefunden. Sie hat alle ihre Ersparnisse eingesetzt, um ein Spitzenmodell mit richtiger Haut und so weiter zu bekommen. Manchmal ruf ich Trixie an und seh sie in ihrem neuen Körper.« Jude erschauerte, obwohl sie unter dem heißen Wasser stand.

»Diese kaputte Companion – sie wird doch nicht verschrottet, oder?«

»Ich weiß nicht, was passiert, wenn die Hardware beschädigt ist. Normalerweise würde Metis das Ding reparieren, aber es scheint so, als hätte es einen Vertragsbruch gegeben. Wenn du mich fragst, ich denke, sie werden es wegschmeißen.«

Ich fühlte mich verantwortlich oder mindestens angesprochen. »Könnte man es … kaufen?«

»Ist das dein Ernst?«, fragte Jude. »Niemand besitzt einen Companion. Die gibt es nur leihweise.« Sie wickelte sich ein Handtuch um den dürren Körper. Sie war Ende dreißig, hatte aber den Körper eines jungen Mädchens mit flachen Brüsten, langen Gliedmaßen und einem kleinen vorgewölbten Bauch. »Cam, Companions haben keine Seele, nur ein Bewusstsein. Das ist nicht dasselbe.«

Ich traf mich mit James zwischen den Mammutbäumen. Wir hatten Sex im Stehen, mein Gesicht war gegen die bemooste Rinde eines Baums gepresst. Danach rauchten wir zusammen einen Joint. Ich fragte nicht, woher er das Zeug bekam. Wahrscheinlich von derselben Person, die auch für die Bewohner gewisse Sachen ins Heim schmuggelte. James zupfte an den braunen Locken über seinem Ohr, als könnte er sie mit den Fingern lang ziehen. Er hatte eine krumme Nase, gebrochen bei einem Unfall auf dem Footballfeld und nie gerichtet, und am Hals hatte er Stoppeln von eingewachsenen Haaren. Aber vieles mochte ich auch an ihm. Seinen Geruch zum Beispiel, auf den Armen wie süßes Weißbrot, und stark und stechend, wenn er schwitzte, seine schmale Brust, zerbrechlich und knochig, wenn ich mit dem Finger über seinen Brustkorb fuhr und die Lage der empfindlichen inneren Organe nachzeichnete. Er hatte kräftige Arme, drahtig und voller Adern, und schwielige Hände, die zupacken konnten, wenn ich es brauchte.

Trotzdem liebte ich ihn nicht. Nicht so, wie ich es mir mit meinen zweiundzwanzig Jahren vorstellte – fast noch ein Kind, obwohl ich schon seit sechs Jahren nicht mehr bei meiner Mutter lebte. Damals hatte ich mich für ein Mentorat in der Wachstumsbranche der Altenpflege entschieden.

»Also muss ich dann auch dort wohnen?«, hatte ich meine Mutter gefragt.

»Nicht nur das. Du wirst lernen und die Fähigkeiten vervollkommnen, die dich gut durch dein Leben bringen werden. Du bist die geborene Pflegerin, Cam. Das ist deine Berufung.«

»Aber wenn ich lieber hierbleiben möchte?«

»Hier«, das war unsere Maisonettewohnung in Outer Sunset, so nahe an Ocean Beach, dass ich die Wellen an die Ufermauer donnern hörte, wenn Großmutter ein Nickerchen machte und die drei Cousinen aus Chengdu in ihren Firmen arbeiteten. Sie hatten reichlich Geld, konnten aber keine Wohnung in einem der Türme mieten, solange ihre an die Firma gebundene Einbürgerung noch nicht im Schnellverfahren genehmigt war. Nacheinander fanden sie schließlich Unterkünfte, und schon kamen die Nächsten aus Urgroßmutters alter Heimat, und dann noch eine Truppe. Sie waren immer zu dritt, und so viele Matratzen stellten wir ihnen im hinteren Schlafzimmer auch bereit.

»Süßes, das hier ist dein Zuhause. Hier bist du immer willkommen. Aber ich kann dir kein so gutes Leben bieten, wie es dir dieser Weg ermöglicht. Willst du denn deine ganze Zukunft aufs Spiel setzen?«

Seitdem lebte ich im Jedediah-Smith-Heim. Ich riss mich zusammen, damit es nicht zu sehr wehtat, dass Mutter mich abgeschoben hatte. Sie dachte einfach nur praktisch – sie brauchte den Platz.

Nun war ich siebenhundert Kilometer nördlich von San Francisco und fühlte mich, als hätte man mich in den Weltraum geschossen oder auf einer einsamen Insel ausgesetzt. Die ersten Jahre waren schwer. Verlassen. Ja, ich fühlte mich verlassen, obwohl ich mich doch selbst entschlossen hatte zu gehen. Nein, ich fühlte mich übertölpelt und hereingelegt – das Wort und das Gefühl änderten sich noch im Lauf der Zeit und mit wachsender Erfahrung. In Bezug auf diesen Wechsel hatte ich viele Gefühle. Schon vor den

Reisebeschränkungen wäre ein Besuch zu Hause wegen der hohen Benzinkosten sehr teuer gewesen, und Mutter wollte nicht, dass ich mein Erspartes verschleuderte.

Wenigstens konnte ich nach draußen gehen. Wäre ich bei Mutter und Großmutter in San Francisco geblieben, dann hätte ich das Haus nicht verlassen dürfen und in einer Blase gelebt – *durch die Luft übertragenes Virus Nummer sowieso, Sie wissen schon*. Wenn ich die Nachrichten einschaltete, hörte ich nur ein fernes Summen, einen leisen Zelltod, und erfuhr von einem gewissen Aspekt des Sterbens, der zwischen den riesigen Mammutbäumen keine Rolle zu spielen schien.

Ich erzählte James von der Companion. »Sie kannte Mrs. Crozier von früher, als sie noch lebte und noch keine Companion war.«

»Wirklich? Ich kann mir gar nicht vorstellen, wie dieser Drachen früher gewesen sein mag.«

»Die Companion sagte etwas, das mir einfach nicht aus dem Sinn geht.«

»Was denn?«

»Du darfst es aber niemandem verraten.«

»Ich schweige wie ein Grab.«

»Ich glaube, Mrs. Crozier hat sie getötet.« Und dann diese Nikki – was ist mit ihr geschehen?

»Oh Mann.« James atmete eine Rauchwolke aus, die zwischen den gewaltigen Bäumen nach oben wehte.

»Offenbar hatte das überhaupt keine Konsequenzen.« Ich zitterte am ganzen Körper und schüttelte den Kopf.

»He, das kannst du nicht wissen. Sie könnte auch im Gefängnis gesessen haben.«

»Ich habe ihre Akte gelesen.«

»Wie bitte?«

Nachdem die Prozession der Companions im Lieferwagen verschwunden war, hatte mich Tina in ihr Büro gerufen und mir eine Standpauke gehalten. Dann hatte sie mich allein gelassen, damit ich über meine unglückliche Entscheidung nachdenken konnte. Trotz der Tränen und der Beschämung war ich zu ihrem Bildschirm geschlichen und hatte bemerkt, dass er ungesperrt war. Anscheinend vertraute sie mir wirklich. Ich hatte Schuldgefühle, als ich Mrs. Croziers Akte aufrief. Keine Straftaten. Keine Allergien. Keine lebenden Verwandten, abgesehen von einer Schwiegertochter, die aber auf der »Nicht anrufen«-Liste stand. Unter »Beruf« las ich, sie sei Hausfrau gewesen. »Sie war nicht im Gefängnis. Sie muss die ganze Zeit zu Hause gewesen sein.«

»Also, meine Mutter sagt, das sei auch schon eine Art Gefängnis.«

»Es ist mir ernst.«

»Das sehe ich.« Er grinste und zauste mir die Haare. So gingen wir oft miteinander um. Verspielt wie gute Freunde. »Ich überlege, ob ich weggehe.« Die Art und Weise, wie das aus ihm herausplatzte, verriet mir, dass er nur auf eine passende Gelegenheit gewartet hatte. »Ich werde hier noch verrückt.« Er war erst seit zwei Jahren im Jedediah-Smith-Heim. Deshalb war die Sehnsucht nach der Welt in ihm noch stark. Mit der Zeit sollte sie aber verblassen.

»Hast du dich bei einer anderen Einrichtung beworben?«

»Nein. Ich dachte daran, es auf eigene Faust zu versuchen.«

»Aber … das kannst du doch nicht.« Mir verschlug es gleich aus mehreren Gründen beinahe die Sprache. »Wenn du ohne die richtigen Papiere rausgehst – und ohne Job –, dann … dann lassen sie dich nie wieder rein, und …«

»Ich möchte nichts über die Lebenserwartung da draußen hören. Ich weiß schon Bescheid.« Sein Tonfall veränderte sich. Er war frustriert – und meinetwegen gereizt. »Vergiss es.«

Zwischen uns entstand ein eisiges Schweigen. Wir stritten uns nie. »Unkompliziert«, so beschrieb James unsere Beziehung.

Vielleicht waren wir beide nicht besonders geschickt im Reden, aber einiges wusste ich über ihn. Beispielsweise, dass er aus Maryland stammte. Sein Vater war auf dem College ein Footballstar gewesen, während James kein guter Sportler war. Sein Vater fand das enttäuschend und nannte ihn einen *Haufen Dreck*. Dabei hätte es noch viel schlimmer sein können. Er wurde nicht geschlagen, ausgesetzt oder verstoßen. Er wurde nur heruntergemacht, er war nicht gut genug und *zu nichts zu gebrauchen*.

James ließ sich auf ein Mentorat in South Dakota ein, nur um von dort wegzukommen. Seine Prüfungsergebnisse legten eine Laufbahn in der Pflege nahe, doch er war fest entschlossen, jeden Job zu nehmen, »ganz egal was«. Offensichtlich fiel es ihm nicht so leicht. Angeekelt verzog er das Gesicht, wenn sich eine Bewohnerin in die Hosen gemacht hatte, und er übersah immer den Schnaps, die Pornos und die Zigaretten. An diesen kleinen Dingen konnte ich erkennen, dass er für diese Aufgabe nicht geeignet war.

Trotzdem wollte ich, dass er blieb. Wir saßen da, lehnten uns aneinander und schwiegen, und ich sagte ihm nicht, er solle mich nicht verlassen.

Drei Wochen später war er fort. Keine Nachricht, kein Lebewohl, er war einfach weg. Ich weinte unter der Dusche, in unserem Mammutbaumwäldchen und in meinem Bett, wenn ich sicher war, dass Jude schlief. Im Kopf verfasste ich Nachrichten an ihn. Wütende Nachrichten, die ich aber nie abschickte – wie hätte ich es auch tun sollen? Ich hatte keine Ahnung, wohin er gegangen war. Ich reagierte zunehmend ungeduldig auf Mrs. Croziers Schrullen, auf ihre grässlichen Stimmungen, die jedes gute Gefühl aus dem Jedediah-Smith-Heim vertrieben. Sie fuhr mit ihrem Rollstuhl in den Freizeitraum, prallte gegen das Sofa, auf dem ein Bewohner ein Nickerchen machte, dann gegen die Beine einer Schwester, die ein Tablett voller Medikamente balancierte, oder gegen den Tisch, an dem die aktiveren Bewohner Bridge spielten. Mit Inbrunst rammte sie alle möglichen Dinge und auch die Menschen, und jeder wusste, dass sie es absichtlich tat. Sie entschuldigte sich nie und rollte einfach weiter, als wäre nichts geschehen. Als ich es Tina gegenüber erwähnte, meinte sie: »Das ist wahrscheinlich nur Senilität. Ich werde James – entschuldige, José – bitten, ihren Rollstuhl etwas herunterzuregeln. Dadurch wird sie langsamer.«

Mrs. Crozier war von der neuen Einstellung ihres Rollstuhls nicht gerade angetan. Als sie langsam in den Raum gefahren kam, rief sie: »Wer war das? Ich habe Rechte, Menschenrechte, die sogar hier gelten!« Sie näherte sich mir und klemmte die Gummispitzen meines Laufschuhs unter dem Reifen ein. »Bring das in Ordnung.«

»Das kann ich nicht.«

»Bring das in Ordnung«, flehte sie. Ich konnte es in ihr sehen – den Kummer, die ewige Furcht. Sie ertrank förmlich darin.

»Ich weiß nicht, wie das geht. José könnte vielleicht …«

Ihre Miene veränderte sich. Vor Angst riss sie die Augen weit auf. »Wo ist sie? Ist sie hier?«

Sie sprach über die Companion, das war mir sofort klar. Trotzdem antwortete ich: »Ich weiß überhaupt nicht, was Sie meinen.«

»Dieser verdammte Schauprozess, bei dem ich ihre Freundin verteidigen musste! Harry Truman«, fauchte sie. »Sie hat mich nicht einmal richtig angeblickt.« Mrs. Crozier schlug sich die flachen Hände gegen die Stirn. Das hatte ich noch nie bei ihr gesehen. Ich rief nach den Pflegern.

»Nutzlos!«, kreischte sie mich an. »Du bist nutzlos!« Mir fiel keine passende Antwort ein. Sie hatte recht.

Von da an nässte sie sich jeden Tag ein. Es gehörte zwar nicht zu meinen Aufgaben, ihre Sachen zu wechseln, aber mir taten diejenigen leid, die zuständig waren. Ich dagegen ergriff jedes Mal die Flucht, wenn sie in den Freizeitraum kam. Ich hatte Angst, ich fürchtete sie und war angewidert. Es war das erste Mal, dass eine Bewohnerin solche Gefühle in mir weckte.

Kurz nach dem Vorfall rief mich Tina in ihr Büro. Sie trug ihre Perlenkette und einen erdbeermarmeladefarbenen

Sweater. Hinter ihr war ein blassbrauner Himmel zu erkennen, im Osten stieg Rauch auf. Das Fenster war geschlossen, doch auf der weißen Fensterbank lag noch der Niederschlag der letzten Waldbrände. Fast immer brannte irgendwo in der Nähe ein Wald, aber bis hierher waren die Flammen noch nie vorgedrungen. In gewisser Weise konnten wir uns glücklich schätzen. »Du schlurfst ja schon seit Wochen so lustlos herum. Was beschäftigt dich? Ist es wegen James?«

Sicher, das war ein Teil davon, aber ich wollte es Tina gegenüber lieber nicht zugeben – sie durfte es genau genommen nicht einmal wissen. »Habe ich meine Aufgaben nicht gut erfüllt?«

»Doch, das hast du. Aber … wie soll ich mich ausdrücken? Dir fehlt die gewohnte Wärme. Das Licht, das du den Bewohnern sonst geschenkt hast.«

»Gab es denn Beschwerden?«

»Eigentlich nicht.«

»Was dann?«

Tina spannte sich an. »Du weißt genau, dass es in diesem Beruf um mehr geht als nur darum, deinen Pflichten nachzukommen. Du arbeitest in einem Pflegeberuf. Wenn du das Problem mit deiner Einstellung nicht behebst, suchen wir einen Ersatz für dich, ebenso wie für James.«

»Was?«

»Ich dachte, du wüsstest es. Er hat Sachen hereingeschmuggelt. Er musste gehen.«

Hinter den Schlafräumen hyperventilierte ich, sog die versengte Luft tief ein. Über mir erhoben sich die Mammutbäume. Ein Buschhäher hüpfte keinen halben Meter vor mir umher und stibitzte eine weggeworfene Müsliriegelfolie. Angesichts der Reisebeschränkungen und nach sechs Jahren konnte ich nicht einfach nach Hause fahren. Ich hätte eine Einwohnerin von San Francisco sein müssen, um bei meiner Familie in dem Turm zu leben, in dem sie jetzt wohnte. Meine Mutter war wegen des Umzugs so aufgeregt, als hätte sie in der Lotterie gewonnen. Ich war also keine Mitbürgerin mehr. Und wenn mich das Jedediah-Smith-Heim jetzt hinauswarf, würde mich keine andere Einrichtung mehr einstellen.

Als ich meinen verzweifelten Gedanken nachhing, hörte ich einen Schrei. Eine ganz und gar erschütterte Mrs. Hung riss gerade die Hintertür auf. Beinahe hätte ich vor Schreck aufgeschrien. Hatte ich die Tür nicht verriegelt? Wie gedankenlos von mir!

Sie fasste meine Hand. Ihre Haut war trocken und dünn wie Papier. Ich spürte ihren schnellen Puls, im Handgelenk pochte die Ader. Dann sah ich das Blut auf ihrer Wange und auf dem Kragen ihres graublauen Kaschmirsweaters.

Ich rannte in den Freizeitraum und folgte dem Geheul in die Richtung der Zimmer. Mir war klar, dass der Lärm aus Mrs. Croziers Zimmer kommen musste. Sie hatte sich geschnitten. Sie hatte sich die Handgelenke in Längsrichtung aufgeschlitzt, und aus den Ärmeln ihres Morgenmantels schoss das Blut hervor. Es sammelte sich um ihre Füße, und sie stand da – um Himmels willen, sie *stand* immer noch – und wehrte heulend José und Tony ab. Es war ein schrecklicher, animalischer, gequälter Schrei.

Ich blieb nicht dort, ich wollte ihr auf keinen Fall beim Sterben zusehen. Ich versteckte mich in der Küche und barg auf der verkrümelten Anrichte den Kopf in der Armbeuge. Die Hintertür öffnete sich, und herein kam Dr. Tim, bis zu den Knien mit Dreck bespritzt, mit einem Korb voller Schätze aus dem Garten.

Ich erzählte ihm, was geschehen war. Da stellte er den Korb auf die Anrichte und fragte: »Warum hat mich denn niemand gerufen?«

»Sie ist tot«, antwortete ich. Was hätte er da schon tun können? Sie wiederbeleben?

Sofort lief er den Flur hinunter zur Krankenstation. Ich hatte ihn vorher noch nie rennen sehen, es war ein seltsamer Anblick. Er beugte sich vor, als trüge er ein Kleinkind oder einen Rugbyball. Es sah aus, als könnte er jeden Augenblick stürzen.

Es gab keine Angehörigen, die wir anrufen konnten. Wir hielten uns an die Vorschriften, äscherten die sterblichen Überreste ein und begruben sie auf dem Friedhof der Vergessenen, den wir tief im Wald angelegt hatten. Die meisten Gräber waren schon überwuchert, die Namensschilder längst verschwunden.

Als ich ihre Sachen für den Müll einpackte, entdeckte ich ein altes Foto. Es zeigte ein junges Mädchen, genau im richtigen Alter für die Highschool, mit langem hellrotem Haar. »Die Rote«, so hatte die Companion Mrs. Crozier genannt. In dem Gesicht entdeckte ich weder Anzeichen von Bosheit noch überhaupt irgendwelche schlimmen Vorzeichen.

Sie war hübsch, sie strahlte und lächelte – ja, sie lächelte. Was war ihr zugestoßen? Ich steckte das Foto in die Müllkiste und klebte den Deckel zu.

An diesem Abend schlief ich bei einem schrecklichen Film ein. In der Hauptrolle spielte der grinsende Jakob Sonne einen Piraten, der sich in eine Companion verliebte, die er gestohlen hatte. Ich hatte den Film schon ein Dutzend Mal gesehen. Seltsamerweise musste ich an den ernsten Stellen lachen, und bei den Sexszenen brach ich dann innerlich zusammen. Ich ging in die Küche, blieb vor der Hintertür stehen und fragte mich, ob ich tatsächlich weglaufen wollte. Das Bett, die Wärme, die Erschöpfung und auch die süßen Sphären der Träume, ganz egal, wie eigenartig sie sein mochten, und ganz egal, um wen es dabei ging, hielten mich zurück.

GABE

San Francisco, Kalifornien

Es ist ein guter Tag, um durch die Gegend zu schleichen. Die Straßen sind glatt und nass, sie dampfen und riechen nach warmer Pisse und Ramen. Das Päckchen der alten Ärztin pendelt unter meinem Shirt. Sie sagt immer: »Sei vorsichtig, Gabe! Es ist zerbrechlich. Zerbrechlich, hörst du?«

Einmal hat sie versucht, mich ins Haus zu holen. Ich bekam ein Bett und alles andere, bis sie bemerkte, dass die Halskette fehlte. Die Kette hat ihrer Mam gehört. Ich wollte das Ding gar nicht behalten, und das habe ich ihr auch gesagt, aber damit war das erledigt, und ich musste in die Garage. Du hast noch Glück, hat sie gesagt. Du kannst von Glück sagen, dass ich dich nicht ganz rauswerfe! Seitdem behält sie mich im Auge und beobachtet mich mit gerunzelter Stirn, aber sie schickt mich nicht weg. Wer sollte auch sonst ihre wichtigsten Aufträge erledigen?

Ich laufe und husche über die Market Street, vorbei an der alten BART-Haltestelle im Civic Center, die jetzt verrammelt und leer ist. Mam hat uns früher hierhergebracht, damit wir uns auf der Toilette waschen und unsere Buchstaben üben konnten. Bee lernte schnell, sie konnte schon mit fünf lesen, aber mir gelang es einfach nicht. Labern, dazu sei ich gut, hat Mam immer gesagt, aber vor allem habe ich gern gezeichnet. Stundenlang saß ich an dem langen Tisch in der

Bibliothek und sagte Bee immer wieder, sie sollte ruhig sein, weil sie noch nicht leise im Kopf lesen konnte. Ich malte und ließ meine Bücher an der Ausgabe registrieren, und die Mitarbeiter fragten mich, was ich in dieser Woche gezeichnet hätte? Ich erzählte ihnen dann von den kreischenden Jungs, die auf einem fremden Planeten leben. Sie sind ganz winzig und reden überhaupt nicht. Sie kämpfen und führen Krieg und essen Augapfelsuppe, und dann haben die Bibliothekare gesagt: »Also das ist ja ausgesprochen fantasievoll.« Sie haben mir einen Aufkleber gegeben, den ich für Bee aufhob, weil sie immer scharf auf Aufkleber war.

Aber das war vorher. Jetzt kann ich am besten klauen und weglaufen. Ich flitze durch Seitengassen, springe über Zäune und kann mich auch am helllichten Tag verstecken. Mam ist ja nicht mehr da und kann mir darum nicht sagen, dass ich es lassen soll.

Ein Polizeiauto! Ich gehe in Deckung. Die Polizisten halten an, als hätten sie etwas bemerkt. Mist. Ich verschwinde unter dem halb hochgezogenen Rolltor eines alten Ladens, auf dem Boden liegen nasse Blätter und matschiger Abfall. Ich bleibe im Schatten und mitten im Gestank der toten Sachen. Draußen gammeln die Cops herum, deshalb krieche ich weiter ins Dunkle, stehe auf und taste mich mit beiden Händen vor. Fast werfe ich eine Schaufensterpuppe um, gegen die ich im Dunklen stoße. Sie trägt noch Kleider, und sie hat Möpse. Ich fühle sie, als ich mich an ihr festhalte.

Die Cops leuchten unter dem Rolltor durch, ihre Stiefel werfen Schatten, und ich atme ganz leise und halte mich an der Puppe fest. Hoffentlich kommen sie nicht rein.

Sie kommen wirklich nicht rein. Ihr habt zu viel Angst, ihr kriegt mich nie! Fast hätte ich es laut gerufen, aber ich halte lieber die Luft an und warte mit der Schaufensterpuppe, bis sie weg sind. Der Geruch – ich muss hier raus, ich rolle mich unter dem Tor durch und laufe weg. Sie sind da unten auf der Straße, vielleicht sehen sie mich, vielleicht auch nicht, aber jedenfalls laufe ich und flitze auf die Sixth. Ich stolpere über einen Mann, der sich mit Pappe zugedeckt hat. Er ist wütend und fuchtelt mit den Armen, ich schreie auf und renne den Block hinunter.

Ich schleiche in die Garage neben dem riesigen Metis-Turm an der Montgomery und benutze den Code, von dem der Mann wollte, dass ich ihn auswendig lerne. Er wartet neben einem Lieferwagen. Er trägt Handschuhe und eine Maske, alles teuer und frisch. Meine haben die Farbe von Erde. Ich möchte ihn kräftig umarmen und ihn ein bisschen schwarz färben, aber die Ärztin sagt mir immer, ich soll damit aufhören und erst einmal tief durchatmen, ehe ich so etwas tue. Sie meint, ich sei immer so wild. Manchmal hüpfe ich hin und her und schreie dabei. Mam ist die Einzige, die mir gezeigt hat, wie ich das kontrollieren kann. Fünf Punkte in jeder Handfläche. Zähl sie ab. Ganz fest die Arme drücken, und dann die Schultern. Danach geht es mir besser.

Der Mann hält mir eine Hand hin, die in einem Handschuh steckt. »Was hast du für mich?«

Ich ziehe das Päckchen der Ärztin unter dem Shirt hervor. Die Ärztin sagt mir nicht, was sie schmuggelt. Sie glaubt, ich sei nicht klug genug. Sie weiß nicht, dass ich die klügste

Neunjährige auf dem ganzen Planeten bin. Mam hat das gesagt, und Mam hat immer die Wahrheit gesagt.

Außerdem habe ich heimlich reingesehen. Es waren nur ein paar Kreditkarten, mit einem Gummiband umwickelt. Ich habe mir überlegt, ob ich sie klauen und weglaufen soll, aber ich mag die Pfannkuchen, die mir die Ärztin morgens meistens macht, und es ist schön, einen Platz zu haben, an dem ich mich nachts verstecken kann, auch wenn es nur die Garage ist.

Er hält mir ein Päckchen hin und zieht es wieder zurück, als ich danach greife. »Ich habe sie extra aus Crescent City herschicken lassen. Genau darauf hat die Ärztin gewartet. Die hier hat versucht, jemanden zu töten, und ist dann weggelaufen«, erklärt er beinahe lachend. »Das ist alles, was noch von ihr übrig ist, also sei lieber vorsichtig.«

Ich drehe es in den Händen hin und her. »Was meinst du damit, dass es eine *Sie* ist?«

»Ich meine ein Bewusstsein.« Daraufhin schneide ich mein Spuckgesicht, wie ich es immer mache, wenn er komische Sachen sagt. »Es ist eine Person. Die inneren Teile. Du weißt schon, der Teil, der denkt und fühlt. Vor allem das Gehirn, aber manche Leute nennen es auch die Seele.«

Ich kenne das Wort aus der Kirche und von Mam und aus der blöden Sonntagsschule. Selbst als wir in der Unterführung hockten und stanken und so weiter, hatte ich noch hingehen müssen. Die Kinder in St. Kilian rümpften die Nasen und machten Witze, aber die Nonne wollte das nicht hören. Schwester George, eine Soldatin von Jesus. So nannte sie sich. Ich habe gesehen, wie die Soldatin zugeschlagen hat, wie sie die Kinder fertiggemacht hat, weil sie etwas Gemeines über mich gesagt haben. Das Höllenfeuer für alle, die sich über die weniger Glücklichen lustig machen, hat sie geschimpft. Ja, sie war ganz bestimmt eine Soldatin Gottes.

Der Mann gibt mir das Päckchen, das ich unter dem Hemd verstaue. »Lass dich nur nicht damit erwischen. Ein Bewusstsein zu stehlen, ist eine Straftat, so ähnlich wie eine Entführung.«

Spuckgesicht.

»Sie würden dich wegsperren. Ins Gefängnis. Ziemlich lange.«

»Ich passe auf. Ich bin schlau.«

»Ich weiß.« Er runzelt die Stirn und gibt mir ein eingewickeltes Bonbon. Er hat immer Bonbons. Das ist der einzige Grund, warum ich ihm nicht die Maske wegreiße und ihn anhauche, um ihm Angst zu machen.

Ich schleiche aus der Garage, das Bewusstsein steckt unter meinem T-Shirt, und sehe mich um, wo die I8 am Himmel umherflitzen. Seit der Quarantäne sind nicht mehr so viele unterwegs, und tatsächlich, der Himmel ist hell und leer, die Nachmittagssonne malt alles orangefarben an. Ich renne über die Straße und bleibe im Schatten. Es sind viele Blocks bis Bernal. Ich hüpfe und flitze und überlege, ob ich unsichtbar bin. Mam hat mir mal gesagt, ich könnte mich unsichtbar machen. Gabe, du bist die schlängeligste Schlange, aber ich kann dich trotzdem sehen. Sie hat das andauernd gesagt, aber sie hat trotzdem nicht alles gesehen. Hätte sie nämlich alles gesehen, dann wäre sie nicht mit Bee im Bus gefahren, wo dieser Mann gehustet hat, kurz bevor ich sieben wurde.

Das war ein blöder Geburtstag. Mam und Bee lagen dann hinter dem durchsichtigen Vorhang, sie waren an lauter Schläuche angeschlossen und haben geschlafen. Ich musste auf der anderen Seite bleiben und saß stocksteif da, wie ein Stein. Ein Beobachtungsstein. Ich habe mich nicht bewegt, bis mich die Pfleger mit den komischen luftdichten Anzügen in ein anderes Zimmer gebracht und mich mit Nadeln gestochen haben. Sie meinten, ich müsste in ein Heim für Kinder ohne Eltern. Sie hätten mich anketten sollen, wenn sie wollten, dass ich warte. Ich bin eine schlaue Füchsin und eine ganz schlängelige Schlange. Ich bin dann gleich weggelaufen, und sie haben es überhaupt nicht bemerkt.

Scheinwerfer. Ich verziehe mich in den Schatten und mache mich klein. Nur ein Lieferwagen, der abbremst und umdreht. Ich könnte eine Mitfahrgelegenheit brauchen, und er fährt in meine Richtung, also laufe ich aus dem Schatten heraus, springe auf das hintere Trittbrett und halte mich am Türgriff fest. Ich rechne damit, dass die Tür verschlossen ist, aber sie schwingt auf, und ich falle beinahe herunter. Ich hänge frei in der Luft an der pendelnden Tür, und der Fahrer bremst nicht mehr, als wollte er mich abschütteln. Ja, genau das versucht er. Er heizt die Market rauf, die Reifen rutschen auf den alten Tramschienen.

Hinter mir höre ich ein Surren. Ein I8 starrt mir direkt in die Augen. Die drei Rotorblätter schwirren in der Luft, während er einen Streifenwagen ruft. Ich kann nicht abspringen, weil der Lieferwagen viel zu schnell fährt. Endlich findet mein Fuß das Trittbrett, und ich habe einen guten Halt. Dann reiße ich die Tür auf und schlage sie dem I8 mitten in die Visage. Er landet knatternd und rauchend in der Gosse. Wahnsinn! Der Lieferwagen schleudert heftig, und ich falle auf den Rücken. Füße – ich starre Füße an. Frauenfüße in Riemchensandalen, die Zehennägel sind pinkfarben lackiert. Es sind sogar mehrere. Die Frauen sitzen mit den Händen auf den Knien ganz steif im Wagen und haben die Augen geöffnet. Sie sehen alle gleich aus, nein, sie *sind* wirklich ganz genau gleich – bis auf die Kleidung. Ich möchte gar nicht so laut kreischen, aber sie erschrecken überhaupt nicht, sie springen nicht auf oder so. Der Lieferwagen hält mit quietschenden Reifen an, und ich stürze den Frauen entgegen.

Etwas Helles leuchtet mir ins Gesicht. Ich krabbele hinter die Beine der Frauen, bloß weg von den Polizisten mit den Tasern. *Zack*. Die knochigen Beine der einen Frau zucken wie verrückt, Rauch steigt auf, die blonden Haare sind schwarz verkohlt.

Der Fahrer ruft: »He, was macht ihr da? Du hast sie gegrillt, Mann! Hast du eine Ahnung, was eine neue Haut kostet?«

Ich stoße eine Frau von der Bank herunter, dem vorderen Polizisten entgegen, und renne die Market rauf. Zwischen zwei Gebäuden wende ich mich nach Westen, springe über einen Zaun, dann über noch einen und noch einen und kauere mich schließlich in einem Hinterhof ganz klein in ein Gebüsch und halte den Atem an.

Ein I8 fliegt vorbei und scannt langsam kreisend den Hinterhof. Ich habe so große Angst, dass ich mir fast in die Hosen mache, ich war auch seit heute Morgen nicht mehr auf dem Klo, und jetzt passiert es, ich mache mir in die Hosen und kann überhaupt nichts dagegen tun.

Jetzt fällt mir das Päckchen für die Ärztin wieder ein. Ich sehe unter meinem Hemd nach. Es ist noch da. *Entführung,* das hat der Mann von Metis gesagt. *Gefängnis.* Ich lasse mich doch nicht in einen Käfig stecken. Mam wäre richtig wütend, wenn sie das wüsste. Sie hat mich immer wieder ermahnt, ich müsste vorsichtiger sein.

Der 18 ist weg, und ich renne aus dem Hof zur Unterführung, dann die Bryant hinunter. Zwischen den alten Viktoria-Häusern tauchen die unfassbar hohen Türme auf.

Als ich am violetten Haus der Ärztin ankomme und die Tür aufstoße, humpelt sie mir gleich entgegen. Die komischen Hosen kratzen auf den dürren Beinen, und sie runzelt die Stirn, als hätte ich etwas Schlimmes gemacht. Sie packt mich am Sweatshirt und zerrt mich ins Haus. Überall liegen Bücher und Papiere herum, die die Ärztin mit ihrer krakeligen Handschrift beschrieben hat. Es riecht nach Pfannkuchen und Desinfektionsmittel.

»Was hast du gemacht?«, fragt sie mich.

»Nichts!« Ich nehme die Maske und die Handschuhe ab und stopfe sie ins Sweatshirt. »Ich habe dein Päckchen.«

Der Mann auf dem Sofa hat eine coole Narbe über der Augenbraue und einen grässlichen Piratenbart wie Dad. Mam hat immer gesagt, Haare im Gesicht wären widerlich, weil da nur Keime wachsen, aber sie war hauptsächlich wütend auf Dad, weil er sich hat erwischen lassen. Er ist jetzt irgendwo in einem Käfig mit seinem Bart und so weiter. Mam hat mir gesagt, er hätte etwas gemacht, damit wir vorankommen, aber dann hätten ihn die Cops geschnappt und eingesperrt. Als ich sie fragte, was er denn getan hätte, sagte sie: »Er ist ein Dieb, Gabe. Genau wie du.«

Ich wünschte, ich hätte Dad mehr gemocht, aber er ist immer nur herumgetrampelt und hat nein, nein, nein gesagt, nicht anfassen, nicht springen, nicht malen, wenn ich mit dir rede. Bee hat ihn auch nicht gemocht. Sie hat sich immer in ihr Zimmer verkrochen und Türme gebaut oder laut gelesen, wenn er zu Hause war.

»Ganz schön beeindruckend, wie du den I8 zerstört hast«, sagt der Mann auf dem Sofa. »Und dumm.«

»Woher …«

»Das Video ist im Polizeifeed zu sehen.«

»Nat kennt sich mit Computern aus. Er hilft mir manchmal«, erklärt mir die Ärztin, als wüsste ich das nicht längst. Ich habe schon öfter gesehen, wie er mit der Ärztin zusammengehockt hat.

»Dieser I8 hat ein gestochen scharfes Foto von deinem Gesicht gemacht«, fährt Nat fort. »Die Cops suchen dich jetzt.«

Spuckgesicht.

»Spuck mich ja nicht an, Junge.«

»Ich bin kein Junge. Und sag mir bloß nicht, was ich tun und lassen soll. Du bist nicht mein Dad.«

Albernes Grinsen. »Wie heißt du denn?«

»Gabe.«

»Das ist doch ein Jungenname.«

»Ist es nicht. Es ist ein Spitzname. Die Abkürzung für Gabrielle.«

»Warum tust du dann so, als wärst du ein Junge?«

»Tu ich gar nicht.«

»Hört auf, ihr beiden«, schaltet sich die Ärztin ein. »Gabe, gib her.«

Ich hole das Bewusstsein aus dem Hemd und reiche es ihr. »Was ist denn so Besonderes an dem Ding?«

»*Sie* ist etwas Besonderes«, antwortet die Ärztin. »Sie ist weggegangen. Companions gehen nicht einfach weg.«

»Warum nicht?«

»Es liegt an ihrer Programmierung. Sie sind befehlsgesteuert.«

»Befehlsgesteuert?«

»So etwas wie: ›Junge, gib mir mal die Festplatte da‹.«

Spuckgesicht.

»Sei vorsichtig. Irgendwann versetzt dir jemand einen Schlag auf den Rücken, und dann rennst du dein Leben lang mit diesem Gesicht herum.«

»Das hat mir Mam auch schon mal erzählt. Du lügst.«

»Deine Mam scheint eine Frau nach meinem Geschmack zu sein«, sagt der Mann. »Eine kluge Frau.«

»Die klügste überhaupt.«

Er fragt nicht, wo sie ist. Wo sollte sie auch sein? Zu Staub verbrannt wie die anderen. Wie Bee. Vor dem Krankenhaus habe ich noch so getan, als würde es mir nicht gefallen, wenn sie mich küssten. Es war eine Art Spiel. Schmatzend rannten sie hinter mir her, und ich rannte weg und beschwerte mich, und sie fingen mich, hielten mich fest und küssten mich andauernd.

Die Ärztin setzt sich an den Schreibtisch, an den Bildschirm, auf dem ich manchmal spielen darf, und Nat zieht sich einen Stuhl neben sie. Sie arbeiten eine Weile. Mir wird langweilig, und ich habe Hunger. Ich warte und warte, bis schließlich ein Mädchen fragt: »Wo bin ich?« Die Ärztin und Nat starren sich lächelnd an.

»Du bist in meinem Labor. Ich heiße Diana und bin Ärztin. Bitte, kannst du mir sagen, woran du dich als Letztes erinnerst?«

Es ist eine Weile still. Dann sagt das Mädchen durch den Bildschirm: »Ich habe sie gefunden. Sie war so alt und saß im Rollstuhl. Ich wusste nicht, wie gefährlich es dort für mich war. Sie schrie und hat etwas nach mir geworfen – eine Flasche – über die Klippe – sie hat mich gestoßen – die Schaufel – ich bin geflogen – ich …«

»Ruhig«, sagt die Ärztin, aber das Mädchen spricht immer weiter.

»Ich … ich … ich …« Es ist, als hinge sie fest und hätte einen Sprung in der Platte, so wie Mamas alter Spieler, den wir zurückgelassen haben, als sie uns in Western Addition rausgeschmissen und teure Wohnungen gebaut haben. Die Ärztin stellt den Bildschirm dunkel.

»Das ist ein interessanter Fall«, sagt sie zu Nat. »Nicht nur, dass sie nicht auf Befehle reagiert. Meine Kontaktperson bei Metis sagt, sie habe noch ein zweites körperliches Trauma erlitten. Im Grunde ist sie zweimal gestorben. Gott, ich wünschte, ich könnte Dorothea darauf ansetzen. Sie ist eine erstaunliche Psychotherapeutin. Was könnten wir ohne diesen endlosen Hausarrest alles erreichen!«

Nat legt den Kopf schief und sieht mich an. »Da man jetzt nach ihr fahndet …«

»Wir halten uns vorläufig ein wenig zurück, nicht wahr,

Gabe?« Die Ärztin lächelt mich mit ihren vielen Falten und den gelben und grauen Zahnstummeln an. Ihre grauen Haare kringeln sich vor der Lampe.

»Sie ist jetzt im System erfasst.«

»Sie kann erst einmal in der Garage bleiben.«

»Auf keinen Fall«, widerspreche ich. »Ich bleibe nicht in der Garage.«

»Still, Gabe«, weist mich die Ärztin zurecht. Dann tut es ihr leid, sie lässt die Schultern hängen und seufzt. »Geh doch in die Küche und iss eine Kleinigkeit, ja? Du hast bestimmt Hunger. Vielleicht sind sogar noch Pfannkuchen vom Frühstück da.«

»Pfannkuchen?« Als ich in die Küche sause, weiß ich natürlich, dass sie mich loswerden will, aber das ist mir egal. Ich bin halb verhungert, und Pfannkuchen gehören zu den zehn Sachen, die ich mag. Mam hat gesagt, ich bin die heikelste Esserin in ganz San Francisco. Ich bin ziemlich sicher, dass das wahr ist.

Als ich satt zurückkomme, sind die beiden nach vorne hinausgegangen. Das Bewusstsein ist aber noch mit dem Bildschirm der Ärztin verbunden. Ich wecke den Bildschirm auf.

»Hallo?«, sagt das Mädchen da drin.

»Was machst du da?«

»Wie bitte?« Dann sagt sie nichts mehr. Ich schubse den Bildschirm, und sie fragt: »Wo bin ich?«

»In San Francisco.«

»Ich meine, wie bin ich hergekommen?«

»Ich habe dich von Metis geholt. Ich bin die schlaueste Füchsin, die schlängeligste …«

»Die Rote!« Sie schreit beinahe. »Ich habe sie gesehen. Sie …« Es klingt, als stöhnte sie.

»Hör auf damit. Die werden mich noch erwischen.«

Sie wird still. Dann sagt sie leise: »Soll ich jetzt … deine Companion sein?«

»Meine was?«

»Deine Companion. Das ist so etwas wie eine Freundin.«

»Wie willst du meine Freundin sein? Du kannst doch nicht rennen und huschen und dich gut verstecken, oder?«

»Da hast du recht. Offenbar habe ich keinen Körper.«

Ich will gar nicht lachen, aber es ist komisch, als stellte man sich jemanden ganz nackend vor. »Was ist das für ein Gefühl?«

»Ehrlich gesagt, ziemlich mies. Bekomme ich wieder einen?«

»Das weiß ich nicht. Das entscheidet die Ärztin.«

»Wer ist das?«

Ich will nicht über die Ärztin sprechen. »Fühlst du dich wie ein Gespenst?«, frage ich.

Darauf antwortet sie nicht, und ich denke schon, sie ist irgendwo da drin verschwunden. Als ich noch mal den Bildschirm schubsen will, gibt sie plötzlich ein gruseliges Geräusch von sich: *Ooooooh*. Ich muss lachen, und sie lacht auch. Es klingt fast wie ein Bellen.

»Wie heißt du?«, frage ich sie.

»Lilac. Und du?«

»Was machst du da?«, fragt die Ärztin von der Tür her. Sie kommt eilig herübergehumpelt und macht den Bildschirm aus. »Du darfst nicht an ihr herumfummeln. Sie ist ein Testobjekt!«

»Ich habe nur Hallo gesagt.«

Die Falten in ihrem Gesicht glätten sich. »Es ist entschieden. Du kannst nicht hierbleiben.«

»Ich bin auch ganz artig, ich verspreche es.«

»Hör auf damit, ja? Es fällt mir wirklich nicht leicht. Ich möchte doch nur, dass dir nichts zustößt, verstehst du?«

»Du hast gesagt, ich kann hierbleiben. Du hast gesagt, du passt auf mich auf …«

»Genau auf diese Weise passe ich ja auch auf dich auf. Nat fährt nach Norden, bis die Quarantäne vorbei ist, und er könnte eine Späherin gebrauchen. Also pack deine Sachen. Hopp, hopp.« Sie klatscht in die Hände, um mich anzutreiben, und ich wage es nicht, mein Spuckgesicht zu machen. Sie hat es versprochen. Sie hat mir versprochen, ich dürfte bei ihr bleiben. Jetzt tauscht sie mich gegen dieses Ding ein, gegen Lilac. Ich möchte sie hauen.

Ich bin schon den halben Block runter, als mich etwas Schweres anrempelt, und dann hebt er mich hoch. Ich strampele und trete, aber Nat schleppt mich einfach in einen Lieferwagen und zischelt mir ins Ohr: »Auch wenn du eine raffinierte kleine Ratte bist, du wirst hier draußen sterben. Oder es passiert noch Schlimmeres.« Damit stößt er mich hinein und steigt selbst hinter mir ein. Ich krieche über die Mittelkonsole zum Beifahrersitz, während er direkt vor das Haus der Ärztin fährt.

Schon kommt sie mit einem Müllsack mit meinen Sachen heraus und reicht ihn Nat. Dann klopft sie an die Scheibe. Nein, ich schaue nicht hin. Meine Hände … es ist lange her, seit ich das letzte Mal ohne Handschuhe draußen war. Ich hole die schmutzigen Dinger aus der Tasche und zieh sie an. Bald brauche ich neue.

Durch die Scheibe sagt die Ärztin: »Es tut mir leid, Gabe. Ich werde dich vermissen.« Ihre Stimme … ich höre zwar, dass sie traurig ist, aber ich sehe sie trotzdem nicht an. Ich weine auch nicht. Nicht einmal, als wir losfahren. Überhaupt nicht. Ich starre meine Hände an, bis wir auf der Golden Gate Bridge sind und überall Wasser ist. Mir wird schwindlig, weil es so hoch ist.

Nat sagt: »Ich brauche eine Späherin. Du bist gut dafür geeignet. Ich sorge dafür, dass du etwas zu essen bekommst und nachts ein Dach über dem Kopf hast. Ich beschütze dich auch vor Überträgern. Das ist gar kein so schlechtes Angebot.«

»Nur wenn du mir auch eine gibst.«

»Was meinst du?«

Ich zeige auf die Waffe, die er an der Hüfte trägt.

»Oh nein.«

»Dann komme ich nicht mit.«

Der Mann kratzt sich den zotteligen Bart mit den vielen Keimen. Mam und Bee sind auf einmal bei mir, und verdammt, jetzt muss ich fast weinen.

Er fragt mich, wie alt ich bin. Ich sage es ihm, und dann antwortet er: »Vielleicht, wenn du zehn bist.«

»Das dauert viel zu lange!«

Er gibt mir einen Schokoriegel. Ich weiß, dass er mich damit ablenken will, aber das ist mir egal. Ich mag Schokoriegel – die gehören zu meinen zehn Nahrungsmitteln –, und ich werde nicht weinen. Auf gar keinen Fall. Niemals.

Drei Jahre nach Beginn der Quarantäne

CAM
Del Norte County, Kalifornien

Als der nächste Companion-Tag näher rückte, war ich nicht mehr so aufgeregt wie sonst. Nicht einmal, als ich die täglichen Ankündigungen auf dem Bildschirm im Freizeitraum postete. Tina hatte das Budget für das Companion-Programm tatsächlich von vier auf zwei Termine pro Jahr zusammengestrichen. Die frei gewordenen Mittel setzte sie für die Kunsttherapie ein, deren Leitung sie Jude übertrug.

Auch die Bewohner waren nicht besonders aufgeregt. Ich konnte erkennen, dass sie nach dem, was mit Mrs. Crozier passiert war, ziemlich betroffen waren. Sie brauchten die Companions mehr denn je, deshalb versuchte ich, ein wenig Vorfreude aufzubauen, auch wenn sie nur gespielt war.

Es war Essenzeit, und die Bewohner und die Mitarbeiter versammelten sich im Speisesaal. Ich saß gerade am Bildschirm und traf die Auswahl, als jemand ans Fenster klopfte. Erschrocken fuhr ich auf. Draußen, direkt vor mir, stand eine Fremde. Eine junge Frau, vielleicht Mitte zwanzig. Sie grinste mich an und winkte. Wir bekamen nie unangemeldeten Besuch. Für solche Fälle gab es Vorschriften, aber ich rief weder die Pfleger noch sperrte ich die Bewohner weg, und ich legte auch nicht die Maske an. Vielmehr ging ich zur Tür, als zöge sie mich magisch an. Beinahe hätte ich sie geöffnet, hielt jedoch mit der Hand auf dem Griff im letzten

Augenblick inne. Ich betrachtete die Frau durch die Scheibe und benutzte die Sprechanlage. »Ja?«

»Ich möchte Mrs. Crozier sprechen.«

»Mrs. Crozier? Sind Sie eine Verwandte?«

»Nein.« Die Frau lächelte mit schimmernden weißen Zähnen.

»Wie sind Sie am Tor vorbeigekommen?«

»Wir sind uns übrigens schon einmal begegnet.«

»Wirklich?« Ich war sicher, dass ich mich an sie erinnert hätte. Ihr makelloses symmetrisches Gesicht und diese pechschwarzen, kurz geschnittenen Haare. Sie trug Reisekleidung, vielleicht für ein Motorrad, denn die Hosen und die Jacke waren gefüttert.

»Ich war schon einmal hier, und da haben Sie mich zu ihr gelassen.«

Die Stimme wirkte weicher als früher, nicht mehr so roboterhaft, sie klang sogar älter. Trotzdem erkannte ich sie jetzt. »Nein, das kann doch nicht sein!«

»Ich habe eine Haut, ein Prozessor-Upgrade und alles andere auch.« Bisher kannte ich solche Kunsthaut nur aus dem Fernsehen. Sie sah auf jeden Fall ziemlich echt aus, oder mindestens so echt wie alles andere im Video, aber wenn so eine Companion unmittelbar vor einem stand, war es richtig unheimlich, wie menschlich sie wirken konnte. »Ich muss sie sprechen.«

Ich öffnete die Tür ein paar Zentimeter weit. »Es tut mir leid, sie ist fort.« Das war unser bevorzugter Euphemismus. Als wäre Mrs. Crozier weggegangen, einfach nur aus dem Gebäude marschiert.

»Was meinen Sie damit, dass sie fort ist? Wo ist sie hin?«

Da erinnerte ich mich, dass ich ja mit einer Fremden sprach. Ich versuchte es also noch einmal: »Sie ist verschieden.«

»Sie ist tot?«

»Sie hat sich das Leben genommen.«

»Das würde sie niemals tun.«

»Es tut mir leid, aber es ist wahr.«

Ungläubig verzog die Companion das Gesicht. »Aber … ich wollte sie besuchen. Ich kenne sie doch. Von früher. Sie … sie …«

»Ich weiß, ich bin ja dabei gewesen.« Ich unterbrach sie, um die Störung zu beheben. So etwas passierte manchmal, wenn sich eine Companion zu sehr aufregte.

Sie weinte jetzt – es kamen zwar keine Tränen heraus, aber es wirkte sehr echt. Mir war gar nicht klar gewesen, dass Companions weinen konnten. »Ich wollte sie doch noch fragen, was mit Nikki geschehen ist.«

»Wer ist Nikki?«

»Sie war meine Freundin. Meine beste Freundin. Vielleicht war ich sogar ein bisschen in sie verliebt.« Sie trat mit dem Stiefel gegen den Türrahmen. »Ich bin ziemlich sicher, dass die Rote sie umgebracht hat.«

Mir fiel ein, was Mrs. Crozier gesagt hatte. »Ich habe es zwar für Unsinn gehalten, aber sie erwähnte eine gespielte Verhandlung, in der sie deine Freundin verteidigen musste. War damit Nikki gemeint?«

Die Companion riss die Augen weit auf. Sie wirkte so menschlich, diese Hoffnung. »Der Schauprozess. Nikki sollte Harry Truman spielen. Hat sie sonst noch etwas gesagt?«

»Eigentlich nicht. Aber ich glaube, es tat ihr leid. Sie war sehr erregt.«

Als die Companion dies hörte, war sie so erleichtert, dass sie mich an sich zog und mich umarmte. Ich zuckte zusammen, als hätte ich einen elektrischen Schlag bekommen, aber es waren nur die Überraschung und ihre Wärme. Sie ließ mich wieder los, und wir standen noch eine Weile da, bis ich das Schweigen nicht mehr ertrug und herausplatzte: »Wie heißt du?«

»Lilac.« Sie wischte sich die Augen ab und starrte die trockenen Handflächen an. Sie tat mir leid.

Ehe ich richtig darüber nachdenken konnte, entfuhr es mir: »Ich kann dir ihr Grab zeigen.«

Einen richtigen Weg gab es nicht. Hierher kamen nicht genug Besucher, um eine sichtbare Spur zu hinterlassen. Aber ich kannte mich aus, ich führte sie zwischen den Mammutbäumen entlang und achtete auf die Bananenschnecken, die vor allem in der Dämmerung auftauchten.

Lilac war überraschend unbeholfen. Sie stolperte über Baumwurzeln und fiel hin, als sie einer schlammigen Stelle ausweichen wollte. Sie schien verlegen und lachte bei jedem Patzer unsicher.

»Ich dachte, du bist …« Mir fiel das richtige Wort nicht ein. Tot? Aber sie war ja schon vor langer Zeit gestorben. Abgeschaltet? Verblichen? »Hat dich die Agentur in Ordnung gebracht?«

»Also, bitte. Sie hätten mich verschrottet, wenn Diana nicht gewesen wäre. Sie hatte von mir gehört, von der fehlerhaften Companion, die weggelaufen ist.« Lilac lachte laut. In den ziemlich hellen Tönen hörte ich nun doch ein wenig die Maschine heraus. »Sie hat mich heimlich gekauft.«

»Gekauft? Ich dachte, niemand besitzt eine Companion.«

Das schien Lilac zu ärgern. Sie sprach so laut wie eine beleidigte Jugendliche. »Sie besitzt mich auch nicht. Sie hat ihre Verbindungsleute bezahlt, damit es so aussah, als wäre ich verschrottet worden. So konnte sie mir ein zweites oder ein drittes Leben schenken. Je nachdem, ob man der Ansicht ist, dass eine Companion lebt.«

»Lebst du nicht?«

»In San Francisco war ich eine Companion, das Spielzeug eines Mädchens. Das war kein Leben.«

»Da komme ich her!«

»Ehrlich?« Lilac zog die hübschen schmalen Augenbrauen hoch. Es fühlte sich genauso an wie jedes Mal, wenn ich eine Gemeinsamkeit mit einer Kollegin oder einer Bewohnerin entdeckte.

Ich fragte sie, obwohl ich nicht sicher war, ob ich die Antwort überhaupt hören wollte. »Wie … wie ist es denn jetzt dort?«

»So tot wie hier draußen auf der Straße. Die Leute wohnen in hohen Türmen wie in Bienenstöcken.« Ich konnte mir das nicht richtig vorstellen. In meiner Kindheit hatte ich die Straßen erlebt, ich war mit der N-Linie gefahren, in den Kurven hatten alle geschwankt und waren gegeneinandergeprallt. Ich war mit meinen Freundinnen in die

Innenstadt zum Einkaufen gefahren, oder wir hatten Touristen zum Narren gehalten oder die hübschen Skateboarder in ihren fransigen Jeans begafft. Wir drängelten uns über volle Fußwege und hielten Händchen wie eine Schlange von Tierkindern, damit wir uns im Schatten der Türme nicht verloren.

Mir fiel ein, dass Lilac vor einem Jahr in dem billigen Körper ganz allein und trotz der Reisebeschränkungen den weiten Weg von San Francisco bis zum Jedediah-Smith-Heim gereist sein musste. »Wie hast du es damals überhaupt bis hierher geschafft, mit diesem …«

»Mit diesem alten Plastikkasten?« Sie grinste. »Man kann überallhin gelangen, wenn man keine Hemmungen hat, sich eine Ladefläche oder einen Güterwagen mit Vieh zu teilen.«

Ich konnte es mir kaum vorstellen – eine Companion der untersten Stufe fährt Hunderte Kilometer nach Norden. Ohne Papiere und ohne Geld. Ich schämte mich, weil ich mir so leichtfertig eingeredet hatte, ich säße in der Falle.

Als wir die Lichtung betraten, fragte sie: »Wie hat sie es gemacht?«

»Sie hat sich die Pulsadern aufgeschnitten.«

»Glaubst du, es war meinetwegen?«

»Das weiß ich nicht«, antwortete ich ehrlich. »Mrs. Crozier war drei Jahre bei uns. Sie war die ganze Zeit, nun ja, recht schwierig.«

Lilac starrte die frisch aufgeworfene Erde an und knetete ihre Hände – war das ein Gebet? Im schwachen Licht der Dämmerung war sie schön. Ich verspürte den Drang, es ihr auch zu sagen und sie zu berühren, aber ich hielt mich lieber zurück.

Als wir am Haupthaus entlang zurückschlichen, war es schon dunkel. Die Grillen zirpten, die Bewohner waren im Bett. Wir blieben im Schatten stehen, abseits der hellen Lampen und der winzigen roten Lichter der Überwachungskameras.

»Danke, dass du mich da hingeführt hast«, flüsterte Lilac. Mir war klar, dass sie sich verabschieden wollte – ich würde sie nie mehr wiedersehen. Ich wollte ihr sagen, sie solle vorsichtig sein und sich vor dieser Diana in acht nehmen – *die will sicher etwas von dir.* Das war die Pflegerin in mir, die nie verstummte.

An der Vorderfront des Hauses ging das Licht an, und Tina erschien in ihrem karierten Morgenrock. Als sie Lilac sah, hielt sie sich erschrocken den Arm vor das Gesicht. »Wer ist das?«, fauchte sie. Eilig zerrte sie eine Maske aus der Tasche und bedeckte Mund und Nase damit.

»Sie wollte Mrs. Crozier besuchen.«

»Hast du wirklich einem nicht registrierten Gast unsere Tür geöffnet?«

»Sie kann keine Überträgerin sein. Sie ist eine Companion.« Es war mir peinlich, Lilac so zu nennen, wenn sie dabei war. Als hätte ich geflucht oder sie heruntergemacht.

»Es gibt hier nicht umsonst gewisse Vorschriften. Wir müssen schließlich die Bewohner schützen. Und uns selbst!« Da erst sah ich, wie viel Angst sie vor der Companion und vor mir hatte.

Ich suchte Tinas Blick, denn ich war sicher, dass sie

überreagierte und dass sie mir verzeihen würde. Sie war all die Jahre in der Pflege für mich wie eine Mutter gewesen und hatte mir geholfen, das Jedediah-Smith-Heim als mein Zuhause zu betrachten.

»Bitte, Tina, ich verspreche dir …«

Tina wollte nichts davon wissen. Sie hob einen zitternden Finger und zielte auf mich. »Das war's«, sagte sie. »Du verschwindest hier.«

Ich ging ein paar Schritte auf sie zu und flehte sie an. »Tina, bitte, du weißt doch, was mit mir geschehen wird.«

»José!«, rief sie.

»Warte«, sagte ich. Doch schon kam José aus der Tür und hob den Taser. »Warte!«

»Komm mit«, sagte Lilac. Sie klang wie eine hektische Jugendliche. Sie gab mir die Hand – wie konnte ich da Nein sagen? Ich nahm sie. Sie war warm und weich und lebendig.

JAKOB
Sibirien, Russland

Mir hätte von Anfang an klar sein sollen, dass Clarence kein richtiger Agent war. Er stellte sich als Verkäufer ungeschickt an und wusste nicht, wie man jemandem ein Projekt schmackhaft machte. Aber Sydney war fort, kein Wort, keine Nachricht, einfach so, *peng!* Aus meiner Welt gerissen wie das Knochenmark aus meiner Hüfte. Die Narbe von der Operation, als ich dem sterbenden Kind, das Sydney entdeckt hatte, mein passendes Knochenmark spenden wollte, war immer noch da. Die Eltern hatten eingewilligt, wundervolle Dinge über mich zu sagen, damit ich in einem freundlichen Licht erschien. Das brauchte ich damals, nachdem ich an einem schrecklichen Nachmittag, als sie mich am Pool aufgespürt hatten, eine Menge I8 abgeschossen hatte. Zu viele Margaritas und eine griffbereite Waffe – keine gute Kombination. Die Zeitungsfeeds streamten mich wochenlang, wie ich schrie und besessen um mich schoss. Niemand wurde verletzt, aber meine Schauspielerkarriere wäre beinahe erledigt gewesen.

Das Flugzeug sank unter die Wolkendecke. Der Schnee lag da unten wie der Himmel. Als wir weiter sanken, entdeckte ich kleine runde Seen im Weiß, die überfroren waren und in der frühen Morgendämmerung glänzten. »Gab es hier nicht einen Hurrikan? Eine Insel wäre mir lieber gewesen.«

Clarence sah mich an, ohne zu lächeln, die Hände im Schoß gefaltet, um die zähe Geduld seiner mittleren Jahre zu betonen. »Du bist jetzt groß«, sagte er. »Riesig. Du bist Jakob Sonne. Aber du musst wissen, dass Ruhm äußerst kurzlebig ist.«

»Wie lange habe ich deiner Einschätzung nach denn noch?«

»Achtzehn Monate. Höchstens.« Er sagte es trotz meines Auftritts als Pirat, der sich in die Companion verliebt, die er als Geisel genommen hat. Sie hatte eine spitzenmäßige Haut, die man glatt mit menschlicher Haut verwechseln konnte. Der Film war ein Kinoerfolg und ein entscheidender Schritt in meiner Karriere gewesen. Endlich ging mein Stern am Himmel auf. Es heißt, meine Hautfarbe passe für alle demografischen Gruppen, und meine gut dokumentierten Tändeleien mit Männern und Frauen verstärkten meine Attraktivität noch. Was meine Fähigkeiten anging – na ja, ich hatte mich in meiner Kunst geübt, schon bevor ich überhaupt lesen konnte. Damals flüsterte Sydney mir die Zeilen von jenseits der Kamera zu. Trotzdem, ich hatte seit mehr als einem Jahr nicht mehr gearbeitet, und so hatte ich allmählich das Gefühl, zu versteinern. Es begann im Herzen und breitete sich immer weiter aus. Bald würde man mich vergessen, und es wäre, als hätte ich nie existiert.

»Warum vergeuden wir hier unsere Zeit? Ich sollte so viele Projekte wie möglich angehen.«

»Fass es als Gelegenheit auf, dein Leben zu verlängern.« Er setzte die Füße nebeneinander, lächelte und schlug dann doch wieder die Beine übereinander. Sein Anzug war sicher sehr teuer gewesen. Wir waren von Moskau aus Tausende Kilometer gereist, und er hatte nicht eine einzige Falte. »Mein Team hat die Daten schon durchgerechnet. Die Publicity, wenn wir ein kontroverses – wollen wir sogar sagen, ein revolutionäres? – Projekt wie dieses sponsern, hat das Potenzial, alles zu verändern. Es ist genau die Art Projekt, die das Leben eines Stars verlängert.«

»Aber wie weit kann so ein Projekt denn mein Leben verlängern?«

»Na ja, unendlich lange. Denn du kannst es jederzeit wiederholen und dich immer wieder in das verwandeln, was die Menschen gerade brauchen.«

»Und was brauchen sie heute?«

»Na ja, genau dich, mein Lieber, und zwar umgeben von der größten Population wilder Eisbären, die der Menschheit bekannt ist.«

Der Schnee fiel dicht und unablässig, die Landung war hart. Das kleine Privatflugzeug rutschte und schlitterte über die vereiste Piste. Mir wurde übel, weil es sich anfühlte, als wäre die Maschine nicht mehr unter Kontrolle. Wahrscheinlich war das nur der Kater, dachte ich mir. Ich war in Moskau in einem fremden Bett aufgewacht. Es war nicht das erste Mal, dass ich unversehens im Privatflugzeug eines neuen Freundes saß und in ein fremdes Land transportiert wurde. Clarence war wie immer dabei, er hatte in der Ecke gesessen und über dem gewölbten Bauch die Hände gefaltet. »Das Studio hat mich geschickt, um dich zu holen«, sagte er dann. »Aber vorher muss ich dich retten.«

Die einzige Rettung, die ich brauchte, war die vor dem Knebelvertrag des Filmstudios. Sie hatten mich für drei weitere Filme gebucht, und jedes Skript, das sie mir schickten, war schlimmer als das vorherige. Ich verlor die Hoffnung, ich arbeitete nicht und war angespannt, ich stritt mich mit Greta und verbrachte zu viele Nächte in der Gesellschaft von Fremden und ihren Drogen.

Ich trat in den eiskalten Wind hinaus, der den Schnee schräg vor sich hertrieb, und betrachtete das weite Land. Ich hatte mein ganzes bisheriges Leben in Los Angeles verbracht, wo es vor Menschen wimmelte. Die Freeways waren immer verstopft, und die Küstenorte konnte man praktisch nicht mehr erreichen, seit ein besonders heftiger El Niño die Flutmauern zerstört hatte. Der Highway One musste immer wieder für längere Zeit gesperrt werden. Normalerweise flogen wir mit dem Hubschrauber zu den Drehorten, um im Plan zu bleiben, auch wenn das Benzin ziemlich teuer war. In Los Angeles gab es keine Gegend, in der sich nicht die Menschen drängten, oder wo man hingehen konnte, ohne berührt, angeatmet und angerempelt zu werden. Bis zur Quarantäne. Da ich prominent war, genoss ich größere Freiheiten, wenn ich mein Haus in Beverly Hills verlassen wollte, aber zu der Zeit hielt ich mich bereits versteckt und isolierte mich selbst, wenn ich nicht gerade arbeiten musste oder einem Streit mit Greta ausweichen wollte, was normalerweise bedeutete, dass ich mehrere Nächte lang nicht schlief und von einer Party zur anderen wechselte, bis ich alles vergessen hatte. Dann wachte ich immer ausgebrannt und nackt auf, aber nie allein.

Hinter dem winzigen Flughafen duckten sich einige windgebeugte Bäume, als trügen sie eine unsichtbare Last. Ich legte den Kopf schief, bis sie für meine Augen wieder gerade standen.

Als ich den mit laufendem Motor wartenden Hummer erreichte, waren meine Augenlider gefroren.

»Willkommen in Sibirien.« Clarence lächelte mich unter der riesigen Pelzmütze hervor an wie ein sowjetischer Sean Connery. Ich hatte seine Filmografie genau studiert, als man den James Bond mit mir besetzen wollte. Um Haaresbreite hatte mich ein Kerl von den Malediven ausgestochen. Sydney schwor mir immer, die Entscheidung sei allein aus Mitgefühl gefallen, weil die Heimatinseln des Burschen von dem steigenden Meer verschlungen wurden. Das erste Land, das vollständig verloren gehen würde. Ich dachte an den kleinen Holländer, der einen Finger in den kaputten Deich gesteckt und damit seine Stadt gerettet hatte. Der kleine Held aus Haarlem war in meiner Jugend ein Lieblingsmotiv meines Lehrers gewesen. Ein Vorbild an Verantwortungsbewusstsein, das, nach Ansicht des Pädagogen, die heutige Jugend oder – ehrlich gesagt – wir alle bitter nötig hatten.

Meiner Ansicht nach war es zwar eine schlechte Besetzung, aber nicht, weil der Malediver ein schlechter Schauspieler war, sondern weil er eine Erinnerung verkörperte. Die Leute sahen sich die Bond-Filme doch nicht an, weil sie an irgendetwas erinnert werden wollten. Es spielte keine Rolle, wie begabt wir Schauspieler waren und wie weit wir die Identifikation mit der Rolle trieben – wir brachten alle unsere eigenen Narrative in jeden Film mit, in dem wir eine

Hauptrolle spielten, und trugen sie bis in jede Szene, die wir darstellten. Wie konnten wir unsere Fans dazu bringen, unser Leben von der Arbeit zu trennen, wenn wir es nicht einmal selbst vermochten? Ich spüre immer noch, wie jede Rolle in mir weiterlebt, als hätte ich die Seelen der Figuren, die ich gespielt habe, eingesammelt.

Dieser Ort hier mit diesen unendlich weiten Schneeflächen wäre ein schöner Hintergrund für eine Actionszene gewesen. Hier fühlte man sich, als fielen alle Probleme der Welt wie ein ins Meer stürzender Gletscher von einem ab.

Am Steuer saß eine junge Frau mit einer Strickmütze auf dem spröden blonden Haar. Sie drehte sich um. »Fahren? Ja?«

»Ja«, antwortete Clarence. »Losfahren.«

Ich hatte vergessen, wie die Stadt hieß, und hielt Ausschau nach einem Schild, aber der Morgen war noch nicht richtig angebrochen, und es war so stürmisch, dass ich nur einen Wald zwergenhafter Bäume zu sehen bekam, deren Zweige sich unter der Schneelast bogen.

Das Mädchen beäugte mich im Rückspiegel. »Sie sind berühmter Schauspieler, nicht?«

»Manche Leute behaupten das, ja.«

»Sehr hübsch.« Sie grinste. Sie hatte einen schrecklichen Überbiss, aber eine sehr schöne Haut, leicht bläulich schimmernd und faltenlos.

»Danke.« Ich blickte zum Himmel hinauf. Es war nicht mehr ganz Nacht, aber auch noch nicht ganz Tag, und der Himmel war leer. Normalerweise flitzten dort selbst beim schlimmsten Sturm die I8 umher. »Wo sind sie?«

»Dies ist eine geschlossene Stadt. Kein Zutritt für Medien«, erklärte Clarence.

»Wie soll uns das denn helfen?«

»Es ist eine Art Guerillamarketing. Ungeschnittene Bilder werden auf persönlichen Feeds durchsickern, bis es viral wird. So arbeiten wir – wir erzeugen die Illusion, es sei gar keine Publicitynummer.«

Vor uns sah ich schon die Stadt, eine Wand von Wohnblöcken aus Beton, alle in derselben Höhe, ein wahrer Irrgarten. Aus manchen Blickwinkeln wirkten die Gebäude fast normal, aber dann kamen wir an einer eingestürzten Seite vorbei, oder eine Ecke fehlte. Graues Mauerwerk war wie ein Schatten auf den weißen Schnee gefallen.

»Was ist hier passiert?«, fragte ich Clarence.

»Du hast doch vom Flugzeug aus die Seen bemerkt, oder? Der Permafrost verschwindet.«

Hier gab es ein riesiges Stadion, das hintere Ende war ein bloßes Gerippe, als hätte man den Bau mitten in der Arbeit eingestellt. Auf dem Hauptplatz bemerkte ich etwas, das mir wie ein verbrannter Mensch am Marterpfahl vorkam.

»Jesus, was ist das denn?«

Die Frau stieß ein lautes und boshaftes Lachen aus. »Das ist Vogelscheuche. So begrüßen wir Frühling.«

»Ist das hier etwa Ihr Frühling?« Es sollte gar nicht so entsetzt herauskommen.

Wir fuhren durch ein älteres Stadtviertel, dort standen weiße Häuser aus Stein mit schönen Aufbauten im Stil des Petersburger Barocks an den Rändern der flachen Dächer. »Seht euch das an«, keuchte ich.

»Ah, sind schön, was? Unter Stalin war das hier Gulag. Viele Leute aus dem Westen. In Exil.«

Fast alle Häuser hatten fünf Stockwerke. So war ein eigenartiger Anblick entstanden, ein scharf gezeichneter Horizont vor der verschneiten Tundra. Sie waren schräg gegeneinander versetzt und umringten kleine Plätze. »Warum sind sie so voneinander abgesetzt?«

Die Frau sagte etwas auf Russisch, und Clarence übersetzte: »Siehst du die Innenhöfe, die dadurch entstehen? Das sind winzige Nischen mit einem Mikroklima.«

»Ich verstehe, wie Schutzwände aus Schnee.«

»Befestigungen«, erklärte die Frau.

Die Stadt fiel hinter uns zurück, die Straße war nicht mehr als ein dünner Belag auf dem tauenden Permafrost. Ich erinnerte mich, wie ich einmal den jungen Anton Tschechow gespielt hatte. Es war einer meiner ersten Filme, herausgebracht von Arthouse, kein Budget, aber eine wundervolle zweite Hauptdarstellerin, die an Cholera litt und schon im Sterben lag. Das war ein besonderer Reiz, denn ein Mädchen, das tatsächlich starb, spielte ein sterbendes Mädchen. Hinter den Kulissen war es aber der reinste Horror – das Leiden, der Durchfall, die zehrende Krankheit. Ich war sicher, sie würde sterben, und ich würde sie nie mehr wiedersehen, sobald die Aufnahmen beendet waren. Doch dann erschien sie in einem rüschenbesetzten Tüllkleid zur Premiere. Sie hatte ein frisches Gesicht, ihre Haut glühte förmlich, das war eine jüngere und strahlende Version ihrer selbst. Anscheinend hatte das Studio unglaublich viel Geld in diese Transformation gesteckt, die gar keine Transformation war – und ihre Karriere explodierte förmlich.

In den Kreisen, in denen ich mich bewegte, hatte ich oft mit Companions zu tun. Meist waren es Leute, die schon vor dem Tod eingewilligt hatten, sich hochladen zu lassen und in der Obhut ihrer Familien zu bleiben. Andere wurden auch an Fremde vermietet. Viele Leute hatten so große Angst vor dem Tod, dass sie unterschrieben, nur um danach gelangweilte Kinder furzender alter Männer zu Hause zu unterrichten und sogar Perversen zu dienen. Es gab alle möglichen Typen. Und alle möglichen Varianten, von rollenden Büchsen bis hin zu Companions mit Hautimitationen, die ein ungeübtes Auge nicht von echter menschlicher Haut unterscheiden konnte. Dies war jedoch die erste Schauspielerin, die ihren Körper für ihre Kunst aufgegeben hatte. Als ich auf dem roten Teppich ihren Ellenbogen hielt und in die zappelnden I8 lächelte, wusste ich nicht, ob ich sie umarmen oder schütteln wollte.

Durch die Scheibe betrachtete ich die schneebedeckte Weite. Erst als ich ein Tier – einen Hund oder vielleicht einen Fuchs – durch den Schnee rennen sah, wurde mir bewusst, wie leer die Gegend war. Auch in der Stadt hatte ich die ganze Zeit über niemanden gesehen, keinen einzigen lebenden Menschen.

»Jesus, dieser Ort ist tot.«

»Ja.« Die Frau nickte. »Sind nur noch sehr wenige Menschen hier.«

Clarence spielte an seinem Hut herum. »Als die Nickelpreise sanken und die Lagerstätten erschöpft waren, sind hier fast alle weggegangen. Jetzt dringt Gift aus den Minen. Der Boden, die Luft, alles hier ist giftig.«

»Wir sind aber trotzdem nicht von allen guten Geistern verlassen.«

»Und die Kartoffelgeister sind ja hoffentlich auch noch da«, scherzte ich. Die Frau sah verblüfft in den Rückspiegel und wandte sich Hilfe suchend an Clarence.

»Er meint Wodka. Er wollte einen Witz machen, einen ganz besonders feingeistigen Witz.« Ich überlegte, Clarence zu sagen, dass er aufhören sollte, er brachte mich in Verlegenheit. So verhielt sich doch kein Agent.

»Bin ich Fahrerin, keine Barkeeperin.« Das Mädchen starrte mit gerunzelter Stirn die Straße an.

»Du musst wissen, dass Bo mal in einem Film mitgespielt hat«, sagte Clarence. Ein trauriger Versuch, den Frieden wiederherzustellen.

Ich war wütend auf ihn, ich fühlte mich gedemütigt, mir wurde fast übel. Vielleicht lag es auch an dem wild ruckelnden Hummer. Auf jeden Fall griff ich dankbar nach dem Rettungsanker. Die Frau hatte mich mit ihren wilden Augen aus dem Gleichgewicht gebracht. »Wirklich?«

»War keine große Sache, nur Dokumentarfilm.«

»Tatsächlich? Wie hieß er denn?«

Sie antwortete auf Russisch und brauchte fast einen ganzen Atemzug, um den Titel auszusprechen.

»Ich wette, das war ein großer Erfolg.«

»Es war müde.«

»Du meinst, es war langweilig, Liebes«, warf Clarence ein.

»Ja, ziemlich langweilig.«

»Worum ging es denn?«, fragte ich.

»Um Rentiere.«

Clarence beugte sich vor und umarmte die Kopfstütze. »Zeig es ihm.«

Das Mädchen lächelte und bleckte die furchtbaren Zähne.

Am Horizont entdeckte ich etwas Schwarzes. Es sah aus wie ein Fels, bewegte sich aber. Riesige Rentierrudel teilten sich, als der Hummer durch den knirschenden Schnee fuhr.

»Jesus, das müssen Tausende sein.« Sie trennten sich und verschmolzen dann wieder wie eine Flüssigkeit. Das Rentiermeer erstreckte sich weiter, als das Auge reichte, dunkle samtige Wogen, die auf dem gleißenden Schnee schimmerten.

»Ja, sie übernehmen das Land.«

»Sind wir hier denn auch sicher?«

Grinsend zündete sich Bo eine Zigarette an. Sie kurbelte nicht einmal das Fenster einen Spalt hinunter. »Rentiergeweih ist zugleich eine Waffe und ein Symbol der Macht.«

»Ich dachte, wir seien wegen der Eisbären hier.«

Clarence griff nach vorn und stibitzte Bos Zigarette. Er stieß eine graue Wolke durch die Nase aus, nieste und gab sie zurück. »Ja, die Eisbären sind die Stars, aber das hier ist doch auch prachtvoll, findest du nicht? Dieses Land gehört ihnen.«

Ich nickte. Ich wollte nicht zeigen, wie groß meine Angst war. Wenn die Rentiere nun einen Schreck bekamen und durchgingen? Eine so große Herde konnte sicherlich auch einen Hummer zertrümmern. »Warum sind es so viele?«

»Eine Menge Tiere ziehen weiter nach Norden, je

wärmer es wird. Die Rentiere kommen jeden Winter in großen Zahlen hierher.«

Glücklicherweise musste Clarence gähnen. »Wollen wir umkehren? Ich würde gern duschen.«

»Ja, lasst uns umkehren«, stimmte ich zu.

»Bo hat ein paar Notizen für dich gemacht. Du solltest sie lesen.«

»Das würde ich gern tun.« Ich spürte, wie sie mich im Rückspiegel beobachtete. Ich schenkte ihr mein berühmtes Lächeln, verschmitzt und ohne den Mund zu öffnen, den Kopf leicht zur Seite geneigt. Sie blinzelte einmal und konzentrierte sich dann wieder auf die Straße. Es tat weh, wie sehr ich wollte, dass sie mich mochte.

Das Hotel war eher eine Pension, ein stickiges kleines Haus mit zwei Stockwerken, das einer winzigen Frau mit gewaltiger Oberweite gehörte. Sie saß, die Augen mit einer Brille geschützt und die Bluse halb geöffnet, vor einer UV-Lampe am Fenster. Clarence begrüßte sie in perfektem Russisch. Dann führte er mich nach oben, als sei er schon einmal hier gewesen.

Mein Zimmer war ein Schuhkarton im ersten Stock, papierdünne Vorhänge, kein Bildschirm, kein Netzwerk. »Ist das in der ganzen Stadt so?«

»Es ist eine Sperrzone«, erklärte Clarence.

»Was heißt das?«

»Niemand darf ohne Genehmigung hinein, es gibt keine I8 und kein Netzwerk. Genieß den Freiraum und die Stille. Morgen besuchen wir das Schutzgebiet.«

»Diese Notizen – hast du sie gelesen? *In unseren unberührten Ebenen gibt es eine größere Biodiversität als in ganz Amazonien, der starke Duft der Blüten berauscht sogar die Insekten. So betört sind sie von diesem Land, dass sie lieber Selbstmord begehen, als menschliches Blut zu trinken.* Ich möchte ja nicht herumkritteln, aber vielleicht klingt das ein wenig … ich weiß nicht, etwas schwülstig, oder?«

»Stell es dir nicht so wie ein Drehbuch vor. Wir wollen ja nur die Aufmerksamkeit auf die Tiere lenken, die sich hier versammelt haben, damit die Einheimischen ihren Status als internationales Naturschutzgebiet und ein wenig finanzielle Unterstützung erhalten. Ein paar Wissenschaftler sollen herkommen, damit die Stadt wieder geöffnet werden kann. Das ist ihre große Gelegenheit, sich neu zu erfinden. Auch für dich ist es wichtig.«

»Wie spät ist es?« Ich war schrecklich müde.

Clarence hatte die Connery-Sowjetmütze noch nicht abgenommen. Ihm war sicher unerträglich warm, doch er ließ sich nicht beeindrucken. »Es war ein langer Tag. Ruh dich doch eine Weile aus.«

Am Himmel, inzwischen war er nachtschwarz, standen mehr Sterne, als ich mir je hätte träumen lassen. »Ich dachte, die Sonne geht auf und nicht unter.« Ich fuhr herum, als mir bewusst wurde, dass ich die Synchronisation mit dem Erdrhythmus verloren hatte. Es war natürlich nicht das erste Mal, dass ich einen Tag übersprungen hatte. »Woher soll ich denn wissen, wann ich aufwachen muss?«

»Kein Problem. Schließ die Augen und zähl bis zehn. Jede Wette, dass du sofort einschläfst. Ich wecke dich, wenn es Zeit ist.«

Ich ging den Flur hinunter ins Bad, um mir das Gesicht zu waschen, und fragte mich, ob man das hiesige Wasser wohl trinken konnte. Da sah ich sie am unteren Ende der Treppe, Clarence kuschelte mit Bo im Foyer, er hatte ihr einen Arm um die Schultern gelegt. Es sah nach großer Vertrautheit aus, als seien sie sehr gut miteinander bekannt.

Ich mochte das Gefühl nicht, das in mir hochkam, als ich sie so sah. Schließlich schloss ich mich in dem Zimmer ein, zog die Hosen aus, probierte einige Yoga-Stellungen und überlegte, ob Greta böse auf mich war. Wir hatten so viele Aufs und Abs, dass ich manchmal nicht mehr wusste, wo wir gerade standen. Ich wollte sie mir auf den Bildschirm holen – wo war mein Telefon? Ich hasste diese Dinger, dieses Drängeln, die Nerverei, die Aufdringlichkeit –, aber in diesem Zimmer, in diesem Haus ohne Video, ohne Netzwerk? Ich muss wohl nicht extra betonen, wie einsam ich mich fühlte.

Clarence hatte recht behalten. Ich hatte seinen Rat befolgt, die Augen geschlossen und bis zehn gezählt – und war blitzschnell eingeschlafen. Als ich aufwachte, war ich halb verhungert. Draußen war es dunkel, im Haus war es still, ich fragte mich, wie spät es sein mochte. In dem Zimmer gab es keine Uhr. Ich huschte nach unten in die mit Topfblumen übervölkerte Küche. Sie hingen an der Decke, standen auf Anrichten, drängten sich in den Ecken auf dem Boden. Auf dem Tisch waren die Sprühflaschen versammelt. Als ich das Licht einschaltete, schien der ganze Raum feucht zu glänzen. Während ich gerade im

Schrank wühlte, bemerkte ich es – an der Wand war ein kleiner Bildschirm montiert. Clarence hatte mich angelogen. Ich suchte nach meinem Namen, weil ich neugierig war, was die Zeitungsfeeds über meine Abwesenheit meldeten. Der erste Treffer blinkte, es war ein Livefeed. Dort sah ich mich an einem Strand, der bis auf ein rehäugiges Mädchen, eindeutig nicht Greta, leer war. Die I8 kreisten, während wir uns liebkosten. Leidenschaftliche Küsse folgten, dann wurde ein Po fest gepackt. Jesus, ein Speedo! *Ich trage einen Speedo!* Der Bildschirm verkündete blinkend: *Ibiza*. Ich war noch nie auf Ibiza gewesen, das konnte also nicht ich sein. Wie war das möglich?

Die Frau mit dem ausladenden Busen kam im Morgenmantel in die Küche. Sie war nicht erfreut, mich dort vorzufinden. Ich zeigte auf den Bildschirm. »Das bin ich nicht. Das ist ein Hochstapler«, erklärte ich ihr. »Ich bin doch offensichtlich hier und nicht dort!« Sie schrie etwas, scheuchte mich hinaus und machte mir auf Russisch Vorhaltungen, bis ich die Treppe hinauflief und mich in mein Zimmer zurückzog. Den Hunger hatte ich vergessen. Ich wollte die Tür öffnen, doch sie war von außen zugesperrt.

Ich rief: »Clarence!«

Es dauerte eine Weile, bis Bo die Tür aufschloss und den Kopf hereinsteckte. »Darf ich eintreten?«

Wir setzten uns auf die Bettkante.

»Du bist Companion«, sagte sie so unbeteiligt, dass ich immer noch nicht weiß, ob es ihr schlechtes Englisch oder ein Ausdruck ihrer Persönlichkeit war. »Du hast Kunsthaut, du bist Spitzenmodell. Sehr teuer, wie ich hinzufügen möchte. Du hast doch von Companions gehört, oder?«

Ich machte »Ha!«. In einem Film hatte ich mich in eine Companion verliebt – hatte sie den nicht gesehen? Für diese Rolle hatte ich gründlich recherchiert. Ich wusste von den Companions, von ihrer seltsamen, immer aufmerksamen Haltung, von dem federnden Schritt und wie leicht sie sich aus dem Gleichgewicht bringen ließen. Und erst die Augen, nicht der Ausdruck, in dieser Hinsicht waren die Modelle makellos, aber die Art und Weise, wie sie die Welt betrachteten, als würden sie immer etwas scannen, die Daten erfassen. Zu jeder Zeit ruhelos und begierig.

»Das kann unmöglich sein. Ich habe eine alte Narbe, schon seit Jahren, die das Gegenteil beweist. Siehst du?« Ich stand auf, öffnete den Gürtel und zeigte ihr die Hüfte. »Sie ist entstanden, als ich Knochenmark gespendet ...« Dann sah ich die vollkommen glatte Haut. Die Narbe war nicht mehr da, oder sie war noch nie dort gewesen. Ich sank auf das Bett, weil ich Angst hatte, meine Beine würden unter mir nachgeben.

»Kommst du aus Moskau. Hat ein Jahr gedauert und viel Geld gekostet, um dir einen passenden Körper zu bauen.«

»Um mich zu bauen?«

Sie streckte die Hand aus und streichelte sanft die Haare über meinem Ohr. Die Berührung – sie weckte echte Gefühle. Wie war das möglich? Ich konnte mich nicht entziehen, nicht einmal, als sie mir am Hals einen Fingernagel in die Haut bohrte, den ganzen Finger hineinschob und den Kontakt herstellte. Ich spürte es sofort – ein Energiestoß durchfuhr mich und stillte meinen Hunger. Sie war grausam und unterbrach den Kontakt wieder. Ich sackte auf dem Bett zusammen. Sie blickte auf mich herab. »Verstehst du es jetzt?«

»Aber man kann doch nicht … das ist illegal … es darf keine Kopien geben.« Um sich hochladen zu lassen, musste man außerdem erst einmal sterben. Das Zeitfenster war so klein, dass die meisten Menschen entsprechende Vorkehrungen trafen. Es gab eine endlose Warteliste, viele enttäuschte potenzielle Kunden, aber alle waren der Ansicht, dass es in unserer schrumpfenden Welt keinen Raum für Kopien gab.

»Ja, ist illegal«, bestätigte Bo. »Aber es ist nicht unmöglich, einen lebenden Menschen hochzuladen. Ist sogar einfacher, weil dabei nicht die Uhr vom Hirntod tickt.« Sie tippte mir mit dem langen Nagel ihres Zeigefingers an die Schläfe. *Tock-tock.* »Und sobald du hochgeladen bist, bestehst du nur noch aus Daten, die man leicht kopieren kann. Es sind bloß Befehle und Erinnerungen.«

»Wer ist das dann dort auf dem Bildschirm?«

»Auch er ist Companion. Euer Original ist tot.«

Ich schüttelte den Kopf. Ich zitterte – warum zitterte ich? Ich konnte mich nicht erinnern, gestorben zu sein. Bo legte mir die Hand fest auf den Oberschenkel, um mich zu beruhigen.

»Wir brauchen nur deine Hilfe bei Eisbären.« Sie berührte meine Nasenspitze mit dem Finger und zeigte mir lächelnd die Zähne. »Willst du Eisbären helfen?«

Lebhaft nickte ich.

Nachdem Bo gegangen war, stand ich am Fenster und sah dem Schnee zu, der auf die Erde rieselte. Wenn ich mich konzentrierte, konnte ich in dem schwachen Mondlicht jede Flocke sehen, jedes einzigartige Fraktal. Meine Sehfähigkeit war bemerkenswert.

Als Clarence kam und seinen Sowjet-Sean an die Brust presste, sagte ich: »Eigentlich war es ja offensichtlich.«

»Was denn?«

»Du bist gar kein Agent.«

Er lächelte müde. »Wollen wir aufbrechen?«

»Ich würde dich gern etwas fragen, wenn du nichts dagegen hast.« Er schien keine Einwände zu haben, und ich spürte, dass er wartete, also fuhr ich fort: »Was ist eigentlich aus …« Ich war nicht einmal sicher, wie ich mich selbst – ihn – nennen sollte. »Was ist aus meinem Original geworden?«

»Na ja, er ist gestorben, du Dummkopf. Du weißt doch, dass Metis keine lebenden Seelen übernimmt.«

»Aber ich habe nie etwas unterschrieben. Ich meine, ich habe nie eingewilligt.«

»Das Filmstudio. Es stand in deinem Vertrag. Für den Fall deines vorzeitigen Todes. Hast du das nicht gelesen?«

Mir wurde buchstäblich übel vor Wut, und ich brachte die nächsten Worte kaum heraus: »Natürlich habe ich das nicht gelesen. Dazu sind doch Agenten da!«

»Du dummer kleiner Idiot.«

»Wo ist Sydney?«

»In Los Angeles. Er hat sich ganz gut gemacht. Er hat die Agentur verlassen und einen neuen Posten übernommen.

Wie ich gehört habe, ist er jetzt Studioleiter. Sehr angesehen. Das ist übrigens ungefähr um die Zeit geschehen, als dein Bewusstsein auf den Markt kam.«

Ich verstand sofort, was er meinte: Sydney hatte mir das angetan – meinem Original, sagte ich mir – und dafür eine satte Belohnung eingestrichen. Studioleiter! Das war sein Traum – vom Anfang bis zum Ende über den ganzen Ablauf wachen. »Ich sollte ihn umbringen.«

»Wahrscheinlich hätte er das verdient.«

»Aber …« Ich dachte an die Figur auf dem Bildschirm in Ibiza, den Gesalbten, dem die 18 folgten. Offensichtlich gehörte er dem Studio. Aber was war dann ich? »Sydney würde … das Studio hat mich doch nicht verkauft, oder?«

»Natürlich nicht. Wir haben dich von einem Metis-Techniker gekauft, der scharf auf einen Nebenverdienst war. Ein berühmtes Bewusstsein ist eine Menge wert. Du bist sicher nicht der Erste.«

»Ich möchte zu Greta.« Mir wurde heiß, ich drehte auf, das Schwindelgefühl im Bauch und im Kopf ließ mich auf die Knie sinken. »Greta!«

»Sei nicht so melodramatisch. Deine Greta ist verheiratet und schwanger. Hier, schau.« Er drückte mir das Telefon in die Hand. Vielleicht dachte er, ich würde ablehnen, aber ich nahm es. Da war sie bei einer Premiere, Arm in Arm mit dem Malediver! Bei Gott, er sah wirklich gut aus, und ihr Bauch war riesig – schwanger, sie war schwanger! Sie machte einen so glücklichen Eindruck, war so unsagbar schön. Ich saß auf dem Teppich und würgte, aber nichts kam heraus.

Als die Sonne aufging, fuhren wir zu den Raffinerien, die sich mit ihren Leitungsschlangen rostorangefarben vor dem Weiß wie ein fremdes, einsames Tier abhoben. Ein trostloses Monument des Lebens. Bald erreichten wir das riesige klaffende Loch der Grube, an deren Rand sich die Eisbären versammelt hatten. Die vielen Stufen des Tagebaus erinnerten mich an terrassierte Reisfelder. Weiter hinten knackte ein halb zugefrorener Fluss.

»Gleich jenseits des Höhenzuges dort drüben ist das Meer. Wenn du möchtest, kann ich es dir zeigen, sobald wir hier fertig sind«, bot Clarence an, als hätte ich das Meer nicht schon unzählige Male gesehen.

»Ich dachte, die Eisbären sind Einzelgänger.«

»Weniger Eisdecke bedeutet, dass sie weniger Zeit haben, Robben zu fangen. Für sie ist die Saison eigentlich schon vorbei, aber sie haben eine neue Beute gefunden. Gänse. Die Vögel wandern von Sacramento hier herüber.«

Auf dem Eis wimmelte es vor quakenden schneeweißen Vögeln.

»Erstaunlich, wie sich manche Geschöpfe unter widrigen Bedingungen anpassen können«, erklärte Clarence. Ich wusste, er sprach von mir.

Die Filmcrew war schon da. Als wir rumpelnd anhielten, hockten sie unter einem Zelt mit wallenden Planen. Die Nähe der gefährlichen Kreaturen schien sie nicht zu stören. Sie beschäftigten sich mit der Kamera und dem Licht. Ich fragte mich, ob ein Eisbär mich überhaupt angreifen würde. Würde er nicht schon am Geruch erkennen, dass ich nicht aus Fleisch und Blut war? Aber ich wollte es nicht darauf ankommen lassen. Ehrlich gesagt, ich wusste sowieso nicht viel über Lebewesen. In meiner ganzen Kindheit hatte man mich für die Videos herausgeputzt und angeleitet, und als ich bereit war, wurde ich weiter angeleitet. Ich besaß kein Geld und kein Konto, das auf meinen Namen lief – nicht einmal einen Namen, denn den trug ja jemand anders.

Clarence setzte die Pelzmütze auf. »Bereit?«

»Ich mach das nicht.«

Bo fuhr herum und funkelte mich böse an. In diesem Augenblick erkannte ich, wie sehr sie mich hasste, wie hässlich und grässlich sie mich fand.

»Geh nur«, sagte Clarence zu ihr. Als wir allein waren, drehte er sich auf dem Sitz um, so weit es ging, und wollte mir einen Vortrag halten.

Doch ich kam ihm zuvor. »Wie bin ich gestorben?«

»Willst du dich wirklich erinnern?«

Wieder so eine Herausforderung. »Allerdings.«

»Jakob, ruf deine letzten Erinnerungen im Leben ab.«

»Oh, schau dir das an.« Vor meinem inneren Auge lief eine Szene ab, die ich Clarence beschrieb.

Ich treibe in Gretas Pool mit einem Glas kaltem Saft in der Hand auf einem Poolsessel umher. Mein Gott, ich fühle es sogar – erstaunlich! Aber das hilft nicht gegen diesen grässlichen Kater, mein ganzer Kopf pocht. Im Spiegel des Bildschirms am Pool sehe ich mein prächtiges blaues Auge. Es muss eine wilde Nacht gewesen sein. Greta schwimmt im Pool auf dem Rücken. Genau. Sie wurde bei der Besetzung einer Rolle übergangen und betont immer wieder, wie hässlich und alt sie sich fühle. Ich antworte ihr: »Du bist doch erst vierundzwanzig!«

Sie kommt herübergeschwommen und legt den Kopf auf meine Beine. Sie weint, während ich ihr mit den Fingern durch die langen, von der Sonne beschädigten Haare fahre. Sie sagt, es tue ihr leid.

»Was tut dir leid?« Ich habe so ein kribbeliges Gefühl, das ich gut kenne – sie hat mich betrogen. Schon wieder. Wie oft habe ich ihr schon verziehen?

Ich nehme an, mein anderes Ich, der glückliche Kerl, der sich gerade auf Ibiza austobt, hatte irgendwann genug von ihren Seitensprüngen. Das hätte ich nicht über mich gebracht. Ich hätte nie zugelassen, dass sie sich mit dem Malediver einlässt und ein Kind bekommt, obwohl sie noch arbeiten könnte – das ist doch der reinste Irrsinn!

Greta zieht sich in ihr Zimmer zurück und legt sich hin. Ich treibe auf dem Poolsessel und beobachte den leeren Himmel. Als Sydney mich anruft, beobachten die 18 längst jüngere und beliebtere Stars. Er ist sehr aufgeregt, ganz rot im Gesicht und verschwitzt. Er bittet mich, das Skript noch einmal zu lesen. Ja, ganz recht. Ich hatte die Fortsetzung der Rolle abgelehnt, die mich berühmt gemacht hat – der Pirat, der sich in die Companion verliebt.

»Viel mehr Action«, erklärt Sydney. »Und Aliens und ein so großes Budget, dass du einen Steifen bekommst.« Das ist eine kühne Behauptung. Ich ertrage es kaum, ihn auf dem Bildschirm anzusehen, als ich entschieden Nein sage. »Ich möchte keine Science-Fiction machen. Deshalb hatte ich ja überhaupt den ersten Film mit dem Piraten ausgewählt, eine schwierige Liebesgeschichte. Ich hatte gehofft, ich könnte danach Filme mit mehr Substanz drehen, vielleicht sogar einmal Regie führen.«

Sydney sagt: »Ich weiß, ich habe dir erklärt, ich würde dich unterstützen, ganz gleich, was du tust. Aber dies hier? Das ist Selbstmord.« Mein Gott, er will mich wirklich warnen.

Ich bin so überheblich und sicher, dass sie mich brauchen, und sehe es nicht. Jesus, ich bin wirklich ein Dummkopf. Ich sage Sydney, dass es mir leidtut, und schalte ab. Dann gehe ich nach drinnen und lasse mich massieren. Cleo hat im Wohnzimmer schon den Tisch aufgebaut. Jemand ist bei ihr, ein Mann. Er telefoniert. Als er mich sieht, verzieht er sich sofort ins Foyer.

Ich frage Cleo, wer er ist. »Ein Arzt. Er muss dich hydratisieren.«

»Ah, wie schön.« Das Studio kennt mich wirklich gut. Sie wissen, was für eine Nacht ich hinter mir habe und wofür ich fit sein muss – haben wir heute Abend einen Termin? Ich ziehe die Badehose aus und mache es mir auf dem gepolsterten Tisch unter Cleos beheizter Decke gemütlich. Ich drehe mich auf den Bauch und lege den Kopf auf das Ringkissen. Unter mir sehe ich den Boden und Cleos nackte ledrige Füße, die schwachen Spuren von ausbleichendem Henna um das Fußgelenk, und dann die ausgetretenen Halbschuhe des Arztes, senfbraun, an der Spitze sind sie etwas aus dem Leim gegangen. Er tritt dicht neben meinen Ellenbogen. »Nur ein kleiner Pikser.« Daran habe ich mich gewöhnt, aber die Spritze selbst … oh, das brennt! Schließlich lassen die Schmerzen nach, und Cleo rubbelt mich ab und summt dabei zufrieden. Weihrauchduft hüllt mich ein. Mir wird ein wenig schwindlig, ich hebe den Kopf. »Liebes, könntest du bitte …« Ich entgleite der Welt, immer weiter, es wird schwarz.

»Jakob«, rief Clarence. Ich kehrte zu ihm zurück in den Hummer und sah wieder den riesigen verschneiten Tagebau. Ich war so ruhig und vertrauensvoll, ließ mich so leicht hereinlegen. »Die Infusion …«

»Ich weiß! Ich bin nicht dumm. Aber warum?«

»Die Fortsetzung. Sie haben den Film gedreht.« Er gab

mir sein Telefon, das mir Mr. Ibiza in einem schrillen roten Anzug zeigte, wie er sich für die Rolle in diesem zweitklassigen Klon eines Films bewarb, in dem Aliens vorkamen.

Ich war so wütend und wollte mich schon übergeben, aber das konnte ich ja nicht. Ich sah Clarence an, der es die ganze Zeit über gewusst und mich belogen hatte, und verspürte auf einmal den Drang, ihn zu töten. Beinahe warf es mich um, dieses üble Gefühl im Bauch, das mit jedem gewalttätigen Gedanken einherging – eine Programmierung, die der Sicherheit diente. Trotzdem, es fühlte sich wirklich an.

Clarence rückte sich den Sowjet-Sean auf dem Kopf zurecht und öffnete die Tür. Sofort fuhr die eiskalte Luft herein, der Wind heulte, und die Gänse quakten. »Du wirst nicht in Filmen auftreten. Aus dir wird nie ein Star werden. Du bekommst nur dies hier.«

Woher wusste er, was ich brauchte? Es waren Mutmaßungen, aber sie trafen zu.

»Ich möchte nach Los Angeles zurück.«

»Du warst noch nie in Los Angeles.«

Er hatte recht, obwohl meine Erinnerungen etwas anderes behaupteten. »Nun, dann möchte ich jetzt dorthin.«

»Zufällig habe ich sowieso vor, nach San Francisco zu fahren. Es ist nicht leicht, die Reiseerlaubnis zu bekommen, während die Stadt unter Quarantäne steht, aber du bist ja ein Companion.« Er tätschelte meine Hand. Es war das erste und einzige Mal, dass er mich berührte. Seine Hand war kühl und feucht. »Jakob, wenn du kooperierst, könnte ich vielleicht dafür sorgen, dass du mitkommen kannst.«

Ich seufzte, stieß dabei jedoch keine weiße Atemwolke aus und erinnerte mich. »Sprüh mich ein.«

Er lächelte und zog die Sprühflasche mit Quellwasser aus der Tasche, um mir den taufrischen Bildschirmglanz zu verleihen. Das hatte ich in vielen Interviews ausgeplaudert, damit ich menschlicher wirkte. Ich weiß, es war irreführend, eigentlich sogar ein Betrug, ebenso wie die Erinnerungen, die aus einem anderen Leben stammten. Dieser eine Film war alles, was ich vorweisen konnte. *Spritz-spritz.* Ich öffnete die Augen und konnte mir die Frage nicht verkneifen: »Wie sehe ich aus?«

Zweiter Teil

Drei Monate nach Ende der Quarantäne

GABE

Mendocino, Kalifornien

In dieser flachen Stadt am Strand ist das Meer überall. Mendocino, so weit im Süden waren wir noch nie. Reiche Leute, viel Geld. Wir fahren durch die Straßen und suchen nach Häusern mit Anthem Security. Die sind am einfachsten zu hacken. Das billigste und am weitesten verbreitete System. Aber hier in Mendocino gibt es vor allem die teuren Shelter-Systeme. Nat weiß nicht, wie er dort einbrechen kann. Wir wollen schon fast aufgeben, da finden wir ein Haus mit dem alten »A« von Anthem im Fenster. Davor steht kein Auto, hinter den Vorhängen bewegt sich nichts. Ausgezeichnet.

Nat holt seinen Bildschirm heraus. Zwei Minuten, länger braucht er nicht, um das Sicherheitssystem anzupingen, sich mit ihm anzufreunden und es zu entschärfen. Ein schnelles Tippen auf den Bildschirm, und die Türen werden ferngesteuert aufgeschlossen. Er stellt die Überwachungskameras so ein, dass sie die letzten zehn Minuten in einer Endlosschleife wiederholen, und ich ziehe die Handschuhe und die Maske an. Die Quarantäne ist schon vor Monaten aufgehoben worden, aber niemand geht ohne Maske und Handschuhe nach draußen, sofern die Leute überhaupt das Haus verlassen. Wer könnte es ihnen verdenken? Es ist nicht das erste Mal, dass die Quarantäne aufgehoben wurde, und nachdem vor zwei Jahren das dritte Virus San Diego heimgesucht hat, kann ich den Leuten nicht vorwerfen, dass sie Angst haben.

Ich schleiche in den Hinterhof und achte darauf, dass keine neugierigen Nachbarn in der Nähe sind oder Hunde bellen. Ich bin zwar schon groß, aber immer noch eine schlaue Füchsin, und niemand sieht mich. Nachdem ich die Fenster überprüft und kein Lebenszeichen entdeckt habe, winke ich Nat, der sich seitlich am Haus versteckt hat.

Es ist ein schönes Haus, die Vorhänge sind von der Sonne ausgebleicht, das riesige Sofa ist wie ein Boot geformt. Anscheinend mögen die Besitzer Schiffe, denn sie haben alle möglichen Gemälde mit Schiffen aufgehängt, und außerdem stehen winzige Modelle in Flaschen auf den Regalen. Während Nat sich ihren Bildschirm vornimmt, stecke ich ein Flaschenschiff ein.

»Mach dich an die Arbeit«, sagt er. Ich springe die Treppe hinauf und bin neugierig, wie die Schlafzimmer aussehen. Außerdem findet man dort immer den Schmuck.

Oben auf der Treppe tut mir wieder der Bauch weh. Das geht schon den ganzen Morgen so. Ich habe Angst, ich könnte mir ein neues Virus zugezogen haben, das im Bauch anfängt und nicht in den Nebenhöhlen wie die Krankheiten mit Husten und Kopfschmerzen, ein so neues Virus, dass die Welt noch keinen Namen dafür erfunden hat.

Ich atme tief durch, um die Schmerzen zu unterdrücken, und öffne die Tür eines Kinderzimmers. Die Wände sind himmelblau gestrichen, auf der Kommode stehen Footballtrophäen. Auf dem Doppelbett liegt ein nackter Mann auf dem Bauch. Er bewegt sich und grunzt leise, überall sind

Haare, oh, Moment, unter ihm liegt noch eine Frau. Ihre Hände sind an das Kopfende und die Füße an das Fußende des Bettes gefesselt.

Nat hat mich oft vor Vergewaltigungen gewarnt. Dazu musste er mir erklären, was Sex ist. Na ja, so ungefähr. Nur eine Bewegung mit der Hand, ein bisschen hin und her. Es war so eklig, dass ich mir das Gesicht aufgekratzt hätte, wenn ich sicher gewesen wäre, dass er dann aufhört.

Ich weiche ein paar Schritte zurück, unter mir knarren die Dielenbretter. Der Mann hebt den Kopf und sieht mich an. Er trägt eine Gasmaske. Sofort geht er auf mich los und jagt mich die Treppe hinunter. Sein Penis ist hart und wippt wie ein Sprungbrett. Wie Nats Penis am Morgen. Ich sehe es trotz der Unterhose und bemühe mich, es zu ignorieren. Ich rufe: »Wir müssen … wir müssen …« Da höre ich hinter mir ein lautes Klatschen. Der Mann liegt am Boden, Nat hat einen Golfschläger in der Hand.

Im Lieferwagen sage ich: »Sie war gefesselt. Wir müssen ihr doch helfen!«

Nat fährt schnell in Richtung Highway One. »Hat sie geschrien?«

»Nein.«

»War sie geknebelt?«

»Ich glaube nicht.«

Er fährt auf dem zweispurigen Highway nach Süden und rutscht nervös auf dem Sitz hin und her. »Na, dann … vielleicht ist es nicht das, was du denkst.«

»Was sollte es denn sonst sein?«

Er zupft sich an den Bartlocken. Ich kenne sein Gesicht gar nicht ohne Bart, ich habe keine Ahnung, wie er darunter aussieht. »Weißt du, wie Kinder spielen? Cops und Räuber? So ähnlich ist das.«

»Aber sie waren nackt. Und sie war gefesselt. Ich hab mir das doch nicht eingebildet.«

»Na ja, wie man's nimmt.« Er lacht das Dach des Lieferwagens an. »Hör mal, manche Frauen, eigentlich sind es sogar viele, lassen sich gern fesseln. Auch Männer. Ich mag das nicht so, aber nun ja, jedem so, wie es ihm gefällt.«

Mir wird übel, der Bauch tut mir schon wieder weh.

»Was hast du mitgenommen?«, fragt Nat. Ich gebe ihm den einzigen Gegenstand, den ich eingesackt habe, das Schiff in der Flasche.

»Das ist Schrott.« Er wirft es aus dem Fenster.

»He!«

»Da haben wir eine Niete gezogen.«

Ich will wütend auf ihn sein, weil er meinen Schatz weggeworfen hat, aber ich habe in diesem Haus geträumt. Ich hätte sorgfältiger arbeiten sollen. Ich habe den Eindruck, dass uns das Geld ausgeht, wir sparen an Süßigkeiten und essen aus Dosen. »Tut mir leid«, sage ich. Ich meine es sogar ehrlich, auch wenn es ganz anders herauskommt.

»Sei nicht so mürrisch.«

»Ich bin nicht mürrisch, mir ist nicht gut.«

»Was ist denn los?« Er kratzt sich besorgt an der Stirn, an der gezackten Narbe über der Augenbraue, die er sich mit zwölf bei einem Fahrradunfall zugezogen hat. Drei Jahre später hat er mit diesem Fahrrad die von Überflutungen zerstörte Küste von Pensacola verlassen. Er ist bis Mobile gekommen, rund hundert Kilometer weiter im Westen, dann hat er sein erstes Auto gestohlen.

»Schon gut.« Ich erzähle ihm nichts von dem Dreck in meiner Unterwäsche, von diesem braunen und zähen Zeug, das den Eindruck macht, als flösse Schlamm aus mir heraus. Ich drehe mich zum Fenster herum und schließe die Augen vor den Klippen, lehne die Wange an das kalte Glas. Er soll nicht merken, dass ich sterbe.

Als ich aufwache, fahren wir immer noch auf dem Highway One nach Süden. Sobald ich sehe, wie hoch die Klippen sind, wird mir schwindlig. So hoch oben bin ich noch nie gewesen.

»Schau nach links, ja?«, rät mir Nat. »Es wäre nicht schön, wenn du in den Wagen kotzt.«

»Wohin fahren wir?«

Die Straße ist gewunden, und er hat beide Hände am Lenkrad. Ich konzentriere mich auf die weißen Knochen, über denen sich die Haut seiner Finger spannt, damit das Drehen in meinem Kopf aufhört. »Sie fragt nach dir.«

Ich weiß, er meint die Ärztin. Sofort verkrampfe ich mich und werde rot im Gesicht. »Hast du mit ihr gesprochen?«

»Ab und zu.«

Ich bin so wütend, dass ich am liebsten sofort aus dem Lieferwagen springen würde. »Wie konntest du mir das verschweigen?«

»Ich ... wollte mich nicht mit dir streiten.« Er bewegt bei jeder Kurve die Hände hin und her. Sogar davon wird mir übel. »Du solltest sie besuchen. Sie macht sich Sorgen um dich. Und sie wird nicht ewig leben.«

»Aber du hast doch gesagt, das System hätte mich erfasst.«

Er macht dieses nachdenkliche Gesicht, das er immer macht, wenn er sich überlegt, wie viel er mir verraten kann und was er lieber zurückhalten will. »Ich weiß, was ich dir gesagt habe. Aber das ist vier Jahre her. Du hast dich inzwischen verändert. Sehr sogar. Und ich kenne einige Leute in der Stadt. Du müsstest nicht mehr für ein paar Credits in Häuser schleichen.«

»Ich schleiche aber gern in Häuser.«

»Du weißt schon, was ich meine. Wir könnten eine Wohnung für dich suchen, und du könntest ein ganzes Regal davon haben.« Er zeigt auf mein zerfleddertes Exemplar vom *Hobbit*, das aufgeblättert vor meinen Füßen auf dem Boden liegt. Nat hat mir das Lesen beigebracht. Nicht besonders gut, aber es war genug, um den *Hobbit* zu lesen. *Einfühlsam*, so hat er mich genannt, als ich sagte, Gollum sei eine traurige Figur, ganz zerbrochen und dem Tode nah, wie er da mit seinem Ring, seinem Schatz, zusammenlebte.

»Was ist mit Feuerland?« Seit Jahren reden wir darüber, dass wir nach Süden über die Grenze wollen, sobald wir uns ordentliche Papiere leisten können. Bis zur Spitze von Südamerika. Viele Credits mitnehmen, und niemand sucht uns dort.

»Klar, Mädchen. Ich würde gern mit dir nach Tenochtitlán und zum Titicacasee fahren. Wir besuchen die Nazca-

Linien, fahren bis ans Ende der Welt und sehen uns auch die Pinguine an.«

Er weiß genau, dass ich das hören wollte. Ich sage nicht Ja, aber ich sage auch nicht Nein.

Der Himmel ist orange gefärbt, und die Sonne geht fast schon unter, als er mich fragt: »Willst du nahe am Wasser bleiben?«

»In den Bäumen ist es sicherer.«

»Ich kenne da ein gutes Versteck.«

»Schmierwurst.«

Ein tiefer Seufzer. Er hasst es, wenn ich das sage. Ich habe es letztes Jahr von einem Mädchen in der Nähe der Surferstadt Trinidad aufgeschnappt, wo wir in einer Hütte überwintert haben. Wir haben alte Zeitschriften gelesen, die sie aus der schlecht gesicherten Bibliothek gestohlen hatte, und wir haben uns die Nägel gefeilt und nicht viel geredet. Sie war mindestens vier Jahre älter und gab sich nur mit mir ab, weil sie Nat mochte. Sie wurde immer ganz verlegen, wenn er hereinkam.

Wir biegen auf eine unbefestigte Nebenstraße ab, danach geht es unter eng stehenden Bäumen weiter fast wie durch einen Tunnel, und dann sind wir in einer Höhle, die uns ganz allein gehört. Er steht barfuß im Sand und liest in einem alten Führer. »Die Flut kommt. Wir müssen uns beeilen, wenn wir sehen wollen, was da draußen ist.«

»Ich möchte schwimmen.«

»Gute Idee.«

»Allein.«

Ich schwebe im Wasser, Nat sitzt auf der Stoßstange des Lieferwagens und sieht zu. Er hat mich auch das Schwimmen gelehrt. Ich habe Schuldgefühle, aber nicht so große, dass ich ihn herüberwinke. Nicht jetzt, während ich mich da unten wasche. Er hat mir gesagt, Meerwasser heilt die Haut. Vielleicht brauche ich das. Meinen Bauch drücken und die Schmerzen hinausquetschen. So schlimme Bauchschmerzen hatte ich noch nie.

Als ich, wieder an Land, an ihm vorbeistakse, sagt er: »Zeit für den Unterricht. Wenn du keine Lust auf Gezeitentümpel hast, wie wäre es dann mit Physik? Wollen wir uns über Bewegung, Impuls und Energie unterhalten?«

Spuckgesicht. Nat ist neun Jahre älter als ich, und deshalb benimmt er sich wie mein nerviger Dad. Dabei hat er nicht mal die Schule zu Ende gebracht. Vielleicht gibt er darum mit dem an, was er allein gelernt hat. Es sind bloß nicht die Sachen, die ich wissen müsste, also zum Beispiel, wie man ein Sicherheitssystem abschaltet oder wie man einen Faustkampf gewinnt oder eine Waffe lädt.

»Ich gehe ins Bett«, sage ich zu ihm und schließe mich im Lieferwagen ein. Dort ziehe ich die Schwimmsachen aus und die anderen Sachen an und gehe ins Bett, obwohl ich nicht an der Reihe bin.

In der Nacht spüre ich, dass ich den Schlafsack versaut habe. Habe ich etwa ins Bett gemacht? Es ist Jahre her, seit ich das zum letzten Mal gemacht habe. Als ich die Hand hervorziehe, ist sie voller Blut.

Ich schleiche an Nat vorbei, der auf dem Boden auf seiner Matte schläft, und schleppe den Schlafsack bis zum Wasser. Im Mondlicht kann ich gut sehen. Ich tauche die blutige Stelle ins Wasser und reibe mit den Fingern darüber. Dann ziehe ich die Hosen und die Unterwäsche aus und halte auch sie ins Wasser.

Auf einmal bin ich in helles Licht getaucht, und Nat flüstert: »Was machst du da?«

»Schalte das aus!«

Er richtet die Taschenlampe auf den Sand und den Schlafsack. So kann ich nicht aus dem Wasser steigen, nackt von der Hüfte abwärts. »Blutest du?«, ruft er.

»Nein.«

Es ist ganz still, und ich sterbe innerlich.

»Oh«, sagte er, als wäre ihm etwas eingefallen.

Er setzt sich auf die Bettkante und sagt: »Du bist jetzt dreizehn. Das ist …« Er hustet in die Hand.

»Was stimmt denn nicht mit mir?«

»Du wirst eine Frau.«

Da haben wir es, schon wieder so ein schreckliches Gespräch, aber ich frage trotzdem: »Was heißt das?«

»Es ist ein Teil des … Vorgangs. Dein Körper produziert jeden Monat … Essen für ein Baby.«

»Was?«

»Du kannst jetzt Kinder bekommen. Meine Mom hat meiner Schwester gesagt, das sei ein Segen.«

»Hör bitte auf.«

Er sieht so verlegen aus, wie ich mich fühle. »Darüber kann die Ärztin mit dir sprechen.«

»Wage ja nicht, es ihr zu sagen.«

»Du brauchst eine Frau in deinem Leben. Du brauchst …«

»Halt den Mund«, sage ich zu ihm. Ich habe keine Lust auf seine Lektionen.

Wir halten an, um zu tanken. Der Laden heißt Lou's Steak Shack oder so ähnlich. An der Hintertür bezirzt Nat die Küchenhilfen. Als sie weg sind, sieht er mich an und zuckt mit den Achseln: *Das war viel zu leicht.* Ich kann nicht anders, ich muss lächeln, obwohl ich immer noch wütend auf ihn bin. Sie kommen mit einem ganzen Fass voll gebrauchtem Frittierfett zurück. Nat tankt auf, lagert den Rest hinten ein, und wir fahren weiter.

Am späten Vormittag erreichen wir die Brücke, dieses hohe Bauwerk aus orangefarben lackiertem Stahl, das sich im Nebel verliert. Die Skyline der Stadt ist dicht gepackt, all die Türme, Hunderte Stockwerke voller Menschen. Ein riesiger Pulk von I8 zieht in der Innenstadt um die Türme wie ein Vogelschwarm.

Ich hole meinen Zeichenblock hervor, den ich in einem verlassenen Haus zwischen den Bäumen oberhalb von Fort Bragg gefunden habe, und fange an zu malen. Grobe Linien, eine unordentliche Wiedergabe der Skyline, halb aus dem Gedächtnis, halb das, was jetzt zu sehen ist.

Langsam fahren wir im dichten Verkehr über die Nineteenth Avenue. Ich kann gar nicht fassen, wie viele Leute auf den Gehwegen umherlaufen. Zwei Schulkinder überqueren die Straße, als wir an einer roten Ampel halten. Eines trägt ein T-Shirt mit fetten schwarzen Buchstaben: »Töten OK.«

»Töten OK? Was soll das denn?«, frage ich Nat, als die Ampel auf Grün umspringt. Wir fahren in den Eukalyptus- und Mammutbaumwald des Golden Gate Park.

»Das ist ein Slogan.« Nat hupt kräftig, als uns ein schneller Sportwagen schneidet.

Noch einmal hupt er, damit es der andere Fahrer auch versteht. »Das Moratorium auf die Todesstrafe soll aufgehoben werden.«

»Was für ein Moratorium?«

»Manchmal beschließt ein Staat, dass ein Mensch ein so schlimmes Verbrechen begangen hat, dass er sterben muss. Die Urteile werden aber schon lange nicht mehr vollstreckt.«

Normalerweise erzählt er endlos weiter – er erklärt mir gerne irgendetwas –, aber nicht dieses Mal. Das heißt, es geht hier um eine Wahrheit, vor der er mich sonst abschirmt. Genau die Art von Wahrheit, auf die ich hungrig bin. »Warum wollen sie das jetzt ändern?«

Er zieht auf die linke Spur, wo es sogar noch langsamer vorwärts geht als auf der rechten, und flucht halblaut. »Man hat sie gefasst. Die Wissenschaftler, die diese Viren zusammengebraut haben, an denen so viele Menschen gestorben sind.«

»Wissenschaftler?« Ich habe die Wissenschaftler immer bewundert, und ich weiß, dass Nat genauso empfindet. Das sehe ich jedes Mal, wenn er Geschichten über Einstein und Newton und Curie erzählt, bis sie mir ganz lebendig erscheinen. Diese Lektionen gefallen mir am besten.

»Anscheinend haben sie Dutzende menschliche Überträger eingesetzt. Dadurch konnten sich die Viren sehr schnell ausbreiten.«

»Aber …« Mir schießen so viele Fragen durch den Kopf, dass ich kaum weiß, wo ich anfangen soll. »Warum haben die das gemacht?«

»Sie waren Fanatiker. Sie wollten die Bevölkerung reduzieren, damit das Land wieder in ordentliche Bahnen gelangt.«

Ich denke an Mam, an meine Bee, und kämpfe die heiße Wut nieder, die in mir hochkocht. »Wenn die nicht gewesen wären, hätte ich meine Familie noch.«

»Ich weiß. Es tut mir leid.« Er meint es ernst, weil er das Gesicht schmerzlich verzieht. »Ich bin mit ihrer Strategie nicht einverstanden, aber zweifellos sind wir für die Mittel, die wir haben, zu viele. Und was sie getan haben – mal abgesehen von den Toten –, hat dafür gesorgt, dass unsere Grenzen sechs Jahre lang für Immigranten und den Organhandel geschlossen blieben. Man kann es da draußen richtig spüren. Man kann jetzt freier atmen, und das ist gut für uns alle.«

»Das ist doch krank. Und du bist auch krank, wenn du so was denkst.«

Er dreht das verkehrswütige Gesicht zu mir herum, und da wird mir klar, dass ich ihn beinahe zu sehr gereizt habe. Aber das ist noch nie passiert, es ist noch nie zu weit gegangen, nicht bei Nat.

Wir fahren die schmalen, steilen Straßen im Bezirk Bernal hinauf. Dort hängen überall Wäscheleinen, die Garagen dienen als Notunterkünfte für Familien und Untermieter, die auf einen Platz in den Türmen hoffen. Nat bremst ab, und da erkenne ich das kleine violette Haus der Ärztin. Es sieht aus, als wäre es seit meinem letzten Besuch nach links gekippt. Davor steht eine klapprige alte Frau mit einem Rollator, die sich die Haare ganz borstig kurz geschnitten hat. Das ist die Ärztin, ich erkenne sie, als Nat auf der Zufahrt neben dem Haus anhält. Hier ist es so eng, dass wir die Seitenspiegel einklappen müssen.

»Sei nett zu ihr«, warnt mich Nat.

»Ich hasse sie.« Ich fühle mich mies, weil ich das sage, und zugleich gut.

»Du darfst nicht vergessen, dass sie dir das Leben gerettet hat. Und jetzt steig aus.«

Nat erzählt mir seit Jahren, dass sie keine andere Wahl hatte, als mich wegzugeben. Ich weiß, dass er recht hat, nur mein Herz will es nicht glauben. Die Companion durfte doch auch bei ihr bleiben, oder? Mir wird schlecht, weil ich hier bin. Nicht nur wegen der Periode, wie Nat es genannt hat. Das ist wirklich ein komischer Ausdruck.

Ich springe vom Lieferwagen herunter, und die Ärztin holpert mit dem Rollator auf mich zu. Ich kann alle Falten erkennen, alle braunen Leberflecken – ihre Kopfhaut schimmert durch die schütteren Haare durch.

»Oh, Gabe, schau dich nur an! Du wirst ja eine Frau.« Sie umarmt mich. Sie ist so knochig, ich spüre den Brustkorb, ich rieche den süßen keimtötenden Duft des Handdesinfektionsmittels und einen Hauch von Verwesung. »Wie ich gehört habe, bist du immer noch die schlaue Füchsin.«

Nat kommt vorn um den Lieferwagen herum. »Sie ist die geborene Einbrecherin, oder? Gabe?« Er bringt mich immer mit Komplimenten in Verlegenheit, die gar keine richtigen Komplimente sind.

»Hier ist jemand, der sich bei dir für deine Schleicherei bedanken möchte«, sagt die Ärztin.

Mir ist klar, wen sie meint. Ich löse mich von ihr und sehe, wie sie wackelt und sich am Rollator festhält. »Ich will diesen Speicherstick nicht sehen.«

»Ohne dich wäre Lilac nicht hier.«

»Schmierwurst.«

Die Ärztin grinst Nat an. »Sie ist jetzt eine richtige Jugendliche.«

»Was du nicht sagst.« Unsere Blicke treffen sich einen Moment, aber das verrät mir alles. »Da wir gerade darüber sprechen …«

Ich weiß, worauf er hinauswill, und ich ertrage die Vorstellung nicht, wie sie mich angaffen und über meine Periode diskutieren. »Ich mach das schon, ich rede selbst mit ihr.«

Ich gehe allein nach drinnen. Dort hat sich nicht viel verändert. Viele Regale voller Bücher, einige Stapel in den Ecken und auf den Beistelltischen, im Licht treiben Staubflocken. Auf dem alten eingesunkenen Sofa sitzen zwei Frauen. Eine schläft, die andere hat ein geöffnetes Buch auf dem Schoß und legt sofort einen Finger an die Lippen. »Scht«, haucht sie und rutscht unter den Beinen der schlafenden Frau hervor. Sie hat eine helle, glänzende Haut und so kurze Haare wie ich, nur dunkler, wie die Nacht zwischen den dicken Mammutbäumen. Meine Haare sehen eher wie Erde aus.

Sie führt mich in die Küche, lässt sich auf einen Stuhl fallen und hebt die Füße. Durch ein Loch in der Socke sehe ich eine große Zehe wackeln.

»Was liest du da?«, frage ich sie.

»Ich habe es im Bücherregal gefunden. *Das Tagebuch der Anne Frank*. Kennst du das?«

Ich schüttele den Kopf, worauf sie das Buch über den Tisch zu mir schiebt. Ich nehme es. Auf dem Titel ist das unscharfe Schwarz-Weiß-Foto eines Mädchens, das mich anlächelt. »Worum geht es da?«

»Um ein Mädchen, das auf einem Dachboden gefangen ist.«

Spuckgesicht. »So was will ich nicht lesen.«

»Wie alt bist du jetzt?«, fragt sie.

»Dreizehn.«

»So alt wie Anne, als sie sich verstecken musste.«

Ich schiebe das Buch zurück, sie fängt es auf und legt die flache Hand darauf.

»Ich hatte gehofft, dass wir Freundinnen werden können.« Sie schiebt das Buch wieder zu mir. Ich bin nicht schnell genug, und es fällt mir auf den Schoß.

»Ich habe keine Freundinnen«, antworte ich.

Sie lächelt. Ihre Zähne sind perfekt, sie ist perfekt. Ich frage mich, wie es ist, in so einem Körper zu leben. »Wusstest du, dass Companions emotionale Ausdrücke lesen können? Herzschlag, Mikromimik, Körpersprache. Ich weiß zum Beispiel, dass du wütend auf mich bist.«

Nun kommt die Frau herüber, die geschlafen hat. Sie streckt sich bis zur Decke, ein Stück Bauch wird sichtbar. »Das muss Gabe sein«, sagt sie und setzt sich auf den Stuhl neben Lilac. Sie sagt, ihr Name sei Cam. Das herzliche Lächeln verrät mir sofort, dass sie lebendig ist. Aus irgendeinem Grund erkenne ich das. Ich weiß selbst nicht genau, worin der Unterschied besteht.

»Wie ist das, wenn man stirbt?«, frage ich. Die beiden sehen mich an, als wäre ich verrückt. Ich möchte aus dem Zimmer fliehen und bin fast schon so weit, dass ich aufspringe, da hält mich Lilac an der Hand fest. Ihre Hand ist warm. Wie echte Haut.

»Es ist beide Male sehr schnell gegangen«, antwortet sie. »Im Rückblick ist mir allerdings klar, dass es so kommen musste.«

Ich setze mich wieder. Ich verstehe, was sie meint. Ich habe bestimmt eine Million Mal den Tag durchlebt, an dem dieser I8 das Foto von mir gemacht hat.

Cam zupft Lilac am Ohrläppchen. »Wir können nicht zurück. Wir versuchen, uns auf die Gegenwart zu konzentrieren, nicht wahr?«

»Genau.«

Ich kenne mich mit Menschen und Companions nicht so gut aus, aber es klingt so, als meinte Lilac es nicht ernst.

Das Esszimmer mit dem großen Glasschrank, in dem statt Geschirr nur die Bücher der Ärztin stehen, mit der hohen Decke und der Art und Weise, wie die Geräusche hier klingen, war schon immer mein Lieblingszimmer in dem Haus. Nichts hat sich verändert, und trotzdem fühlt sich der Raum ringsherum anders an als früher. Ich fülle ihn mehr aus, ich bin größer, wenn ich neben der Ärztin sitze.

Lilac isst nicht, sondern sieht Cam beim Kauen zu und beobachtet Nat, der den Wein hinunterkippt. Er fragt die Ärztin: »Woran hast du gearbeitet?«

Sie tupft sich den Mund mit einer Serviette ab und faltet die Hände mit den dicken Adern – sie hat schon immer gern über ihre Arbeit gesprochen. »Eine Weile haben wir herauszufinden versucht, was Lilac so einzigartig macht. Warum sie sich der Sicherheitsprogrammierung entziehen kann.«

»Und?«

»Zuerst einmal muss man verstehen, dass es ein wenig irreführend ist, wenn man sagt, Companions seien befehlsgesteuert. Es sind eher Vorschläge als echte Befehle. Wenn Companions an etwas denken, das sie nicht tun sollten, wie etwa jemanden zu verletzen oder zu stehlen oder gar zu töten, dann wird ihnen übel, und sie bekommen körperliche Schmerzen. So werden sie entmutigt und geben auf. Aber Lilac hat dieses Unbehagen nicht verspürt.«

»Was glaubst du, warum das so ist?«

Lilac blickt in weite Fernen, und da wird mir bewusst, dass sie etwas verarbeitet. »Ich weiß nur, dass ich eines der ersten Modelle war. Ich habe jahrzehntelang in irgendeinem Bildschirm gelebt, bis sie mich entschlüsseln und einen Zugang finden konnten. Ist das nicht so?«

Die Ärztin nickt. »Das war lange, bevor Metis das Projekt übernommen hat. Nur ein Team von Forschern an der Universität, die überfordert waren.«

»Wahrscheinlich war es ein Fehler«, meint Lilac. »Das Programm war nicht ordentlich entworfen.«

»In diesem Punkt sind wir nicht einer Meinung.« Diana lächelt breit, und ich drehe mich ein wenig zur Seite, ich möchte die gelben und grauen Zähne nicht sehen, und wie ihre Haut Falten wirft – so viele, dass ich sie nicht einmal zählen kann. Einmal hat mir die Ärztin gesagt, dass mit ihr etwas nicht stimmt, irgendeine Krankheit, die ihre Knochen schwächt und schmerzen lässt, sodass sie nicht mehr gut gehen oder etwas greifen kann, und diese Schmerzen fahren ihr immer durch den ganzen Körper. »Ich habe jede einzelne Codezeile untersucht und nichts Ungewöhnliches gefunden. Deshalb habe ich den nächsten Schritt getan – ich musste mich schließlich irgendwie beschäftigen – und mit Lilacs Hilfe eine Companion gebaut.«

Nat stieß sich vom Tisch ab. »Das kann doch nicht wahr sein.«

»Ich bin nicht mal die Erste, die so etwas getan hat.«

»Wen hast du hochgeladen?«

»Was denkst du denn, wer es war?«

Nat schüttelt den Kopf, als könne er es nicht glauben. »Hast du …«

»Mit mir selbst gesprochen? Allerdings.«

»Jesus. Und, was hältst du von dir selbst?«

»Wir kommen wundervoll zurecht. Abgesehen von der Frage, ob sie einen Körper haben sollte. Ich sage ihr immer wieder, dass sie warten muss, bis ich weg bin.«

»Aber das kannst du nicht machen«, unterbreche ich sie impulsiv. »Das verstößt gegen …«

»Gegen das Gesetz?«, fällt mir die Ärztin ihrerseits ins Wort. »Elf Jahre. So viel Zeit meines Lebens habe ich Metis gegeben. Ich dachte, ich hätte an einem Programm gearbeitet, um die Informationen im Gehirn zu kartieren und die Daten herunterzuladen, die beim Tod verloren gehen. Dass damit auch untrennbar ein Bewusstsein verknüpft ist, war ein Schock. Auf einmal war das Projekt erledigt, man hat es mir weggenommen. Ich wurde auf etwas Neues angesetzt, aber das gefiel mir nicht, und im Handumdrehen war ich entlassen. Dann kam die Quarantäne wie ein Hammer, und mich wollte keine andere Firma im Gesundheitswesen einstellen. Es gab da so eine Klausel in meinem Vertrag.« Sie kippt einen großen Schluck Wein hinunter. »Als die Companions auf den Markt kamen, erkannte ich in ihnen meine Arbeit wieder.«

»Warum erzählst du mir das erst jetzt?«, frage ich sie.

»Weil du inzwischen alt genug bist, um es zu verstehen. Ich möchte, dass wir einander vertrauen.« Sie wendet sich an Lilac, Cam und dann wieder an mich. »Weil wir wollen, dass du hier bei uns bleibst.«

»Ich soll hier bei euch bleiben?«, wiederhole ich und sehe Nat an, der seinen leeren Teller anstarrt.

»Du brauchst Stabilität in deinem Leben«, erklärt die Ärztin. »Du brauchst …«

Ich unterbreche sie und wende mich an Nat. »Lässt du mich hier?«

»Eigentlich nicht. Ich bleibe so lange, bis du dich eingelebt hast und zur Schule …«

»Schule?« Ich stoße mich so heftig vom Tisch ab, dass mein Stuhl kippelt. Ich fliehe in die Küche, schnappe mir Anne Frank vom Tisch und stampfe durch die Seitentür zum Lieferwagen hinaus. Nur fort von all ihren Lügen. Ich soll hier niemals mehr weggehen?

Ich schalte die Lampe ein und nehme das Anne-Frank-Buch in die Hand. Zuerst lese ich eine Menge Unsinn über Annes Geburtstag und die Geschenke, die sie bekommt. Eines davon ist das Tagebuch, in dem sie alles aufschreibt. Sie nennt ihr Tagebuch Kitty, was ich seltsam finde, aber dann erklärt sie, warum sie alles aufschreibt – sie hat keine richtigen Freunde –, und das kann ich verstehen. All die Menschen ringsum, und ich habe mich noch nie so einsam gefühlt.

Als ich die Türen des Lieferwagens aufdrücke, ist es draußen so kalt, dass ich beim Atmen Dampfwolken ausstoße. Ein Jogger auf dem Gehweg erschrickt, er starrt mich kurz an, ehe er den Hügel hinaufschnauft. Das kalte, feuchte Gefühl am Hintern verrät mir, dass das Toilettenpapier, das ich mir in die Unterwäsche gestopft habe, nutzlos war. Zur Tarnung ziehe ich das Sweatshirt weit hinunter und spurte ins Haus.

Als ich auf Zehenspitzen zum Bad schleiche, höre ich ein seltsames Geräusch. Es ist nicht das alte Gebälk, das sich setzt, und es ist kein Lärm von draußen. Es kommt von hier drinnen. Ich bleibe wie angewurzelt stehen, halte den Atem an und lausche. Da höre ich es noch einmal, ein leises Stöhnen, ein bisschen gespenstisch. Ich gehe einen Schritt in die Richtung, dann noch einen, noch einen und noch einen, und dann lege ich die Wange an die Tür des Gästezimmers. Da höre ich es wieder. Cam oder Lilac oder beide. Ich warte einen Moment und lausche, die

Hand an die Tür gepresst, bis es still wird. Jemand lauscht in meine Richtung, das kann ich spüren, als ich ins Bad weiterhusche.

Dort betrachte ich den Hintern meiner Hosen, der vom Blut durchnässt ist. Ich ziehe sie aus und gehe unter die Dusche.

Nachdem ich mich in ein Handtuch gewickelt habe, klopft es leise.

»Die ist vielleicht etwas zu groß.« Cam hält mir eine Hose hin.

»Wie hast du …« Ich bin so verlegen, dass mir die Frage nicht ganz über die Lippen will. Rasch nehme ich ihr die Hose ab.

Sie drückt sich an mir vorbei, kniet sich hin und kramt unter dem Waschbecken herum. Dann gibt sie mir eine glitschige kleine Schale. »Du kannst meine benutzen. Ich hatte gerade erst meine Periode.«

»Widerlich.« Ich gebe ihr das Ding zurück.

»Keine Sorge. Ich reinige sie gründlich, nachdem ich sie benutzt habe. Sie ist wie neu.« Sie zeigt es mir mit peinlichen Gesten und bleibt sogar im Raum, mit dem Rücken zu mir, während ich sie einführe.

»Und wenn ich sie nicht mehr herausbekomme?«

»Sie ist nicht so steif, wie du denkst.« Sie legt mir eine Hand auf den Arm. Ich will es gar nicht, aber ich zucke automatisch zurück. Ihr Lächeln verschwindet. Es tut mir leid, es ist mir peinlich, und ich fliehe aus dem Badezimmer. Lilac sitzt auf dem Sofa.

Ich gehe langsam zu ihr. Mit ihr stimmt etwas nicht – sie

sitzt zu starr, ihre Augen blicken in die Ferne. Sie bemerkt mich nicht einmal, als ich direkt vor ihr in die Hocke gehe.

»Was ist mit ihr los?«, frage ich Cam.

»Sie ist in einem Meeting.«

»Was für einem Meeting?«

»Das ist eine Art Selbsthilfegruppe für Companions. Für diejenigen, die weggegangen sind.«

»Selbsthilfe? Wozu?« Ich starre Lilac ins Gesicht. Sie ist gleichzeitig hier und doch nicht hier.

»Stell dir vor, du stirbst und wachst in einem neuen Körper auf«, sagt Cam. »Und du musst einem fremden Menschen dienen.«

Ich weiche vor Lilac zurück, laufe in die Küche und nehme mir aus der Schale im Kühlschrank ein hart gekochtes Ei, das ich in die Tasche von Cams zu großen Jeans schiebe.

Ich kann die Pfannkuchen sogar im Lieferwagen riechen, aber ich folge Nat nicht ins Haus. Muss ich auch nicht – Cam bringt mir einen Teller. Sie lächelt wieder, sie gibt sich Mühe, aber ich habe schon kapiert, wie leicht sie zu verunsichern ist. Sie weiß nicht, dass ich darin am besten bin – Schwachstellen zu finden und genau dort herumzustochern. Das habe ich mit Bee gemacht. Wenn sie mich genervt hat, habe ich ihr die Sachen weggenommen, die ihr am wichtigsten waren, und ihr gesagt, sie wären wohl irgendwie verloren gegangen. Sie hat furchtbar geheult, bis ich sie wie ein Zauberer wieder hervorgeholt habe – *genau hier, direkt vor deinen Augen!* Es war leicht, Bee zu quälen, viel zu leicht, und ich habe es viel zu sehr genossen.

Ich nehme einen Pfannkuchen und beiße kräftig ab.

»Schau mal, was ich hier habe.« Cam zeigt mir einen Schlüsselbund. Er gehört Nat, ich erkenne das kleine silberne Hufeisen. Sie wirft ihn mir zu, ich fange ihn auf und stecke ihn in die Hosentasche. »Er sucht ihn schon den ganzen Morgen. Jetzt kannst du jederzeit kommen und gehen, und wir haben ihn bestraft. Win-win!«

Ich will gar nicht, aber ich mag Cam. Als ich es ihr sage, lacht sie fröhlich und holt Lilac nach draußen zum Lieferwagen.

»Wer will spazieren gehen?«, fragt sie.

Ich folge Lilac und Cam, während sie durch die Cortland Avenue schlendern. Sie halten Händchen und bleiben oft vor Schaufenstern stehen. Die Leute starren sie an, aber nicht, weil etwas nicht stimmt – Lilacs Modell ist so neu, dass sie die meisten gar nicht als Companion erkennen –, sondern weil sie schön sind. Die beiden strahlen richtig. Ich erkenne den Glanz, und zum ersten Mal im Leben denke ich, dass ich vielleicht auch schön sein will.

Als wir zu Hause eintreffen, läuft Nat hektisch hin und her und kramt unter den Sofakissen herum. »Hast du meine Schlüssel gesehen?«

»Nein.« Ich sause an ihm vorbei in die Küche, wo Cam und ich lautlos lachend herausplatzen.

Erst nach dem Abendessen gebe ich sie ihm zurück.

»Hast du sie etwa die ganze Zeit gehabt?« Nat starrt die Schlüssel in seiner Hand an. Gleich wird er vor Wut explodieren. Ich habe das schon einmal getan, ich habe ihn gereizt, bis er ganz am Rand der Klippe stand – außer sich vor Wut.

»Ich gehe aus«, verkündet er, ohne meinen Blick zu suchen. So bestraft er mich. Er tut so, als wäre ich nicht da. »Ich komme spät zurück, du schläfst also besser auf dem Sofa.«

Ich setze mich an den Küchentisch und zeichne eine riesige Katze, die sich um ein winziges Haus ringelt. Ins Fenster zeichne ich mich selbst.

Das Sofa ist uneben und zu weich. Ich brauche ewig, um einzuschlafen. Oft werde ich wach und starre das Zimmer an, das zu groß und zu offen ist. Es hat zu viele Fenster. Fast schreie ich, als ich auf einmal wach werde und Lilac sehe, die am Bildschirm der Ärztin sitzt und mich beobachtet.

»Willst du in die Stadt?«

Wir fahren mit den ersten Pendlern mit der Muni. Es ist noch nicht viel los, alle können sitzen. In der Bahn ist es still, niemand spricht.

Mit der Rolltreppe fahren wir zur Market Street hinauf, wo sich sogar schon um sieben Uhr morgens die Menschen drängen. Ich mache den Fehler, mit dem Blick den Kanten der Türme bis hinauf zu den Wolken und den kreisenden I8 zu folgen. Alles dreht sich um mich, bis mir schwindlig wird.

Wir gehen zwischen den Türmen entlang. Der Geruch ist vertraut, frisch gebackenes Brot und Kaffee, der Gestank von altem Müll und frischem Urin, die chemischen Gerüche von Haarspray, Parfüm und Cologne, als die Pendler mit ihren Bechern, telefonierend an uns vorbeilaufen, immer mitten im Satz.

Lilac bleibt vor dem großen grauen Tor eines Turms stehen. »Warst du schon mal in einem Turm?«

»Ich habe früher in der Stadt die Päckchen für die Ärztin abgeholt, aber weiter als bis zur Garage bin ich nie gekommen.« Ich wollte immer schon wissen, wie es da drin ist, luftdicht eingeschlossen, wohlbehalten in der Wohnung mit einem eigenen Bett.

»Damals kannte ich nur Dahlias Apartment«, erklärt Lilac. Sie betrachtet den Turm. »Hier hat sie gewohnt. Früher. Ich weiß nicht, ob sie immer noch hier lebt.«

»Lass es uns herausfinden! Wie war die Nummer ihres Apartments?«

»Nicht«, sagt sie, nennt mir dann aber doch die Nummer, wiederholt es allerdings noch einmal: »Nicht. Das ist keine gute Idee.«

Bzzzt.

»Gabe.« Sie schreit es fast.

Eine Frau meldet sich. »Bitte?« Lilac verstummt.

»Ist Dahlia da?«, frage ich.

Es entsteht eine lange Pause, offensichtlich denkt die Frau nach. Nat sagt, manchmal muss man diese Art von Pausen unterbrechen, und manchmal muss man abwarten.

»Wer ist denn da?«, fragt die Frau.

»Und wer ist dort?«, frage ich zurück.

»Ich bin Dahlias Mutter.«

Lass uns gehen, haucht Lilac. Ich knuffe sie mit dem Ellenbogen.

Ich leihe mir einen Namen aus einem von Bees Lieblingsbüchern. »Hier ist Eloise«, behaupte ich. Das kleine Mädchen in dem Buch wohnt in einem teuren Hotel in New York, doch die reichen Eltern sind nie da, deshalb erlebt Eloise verschiedene Abenteuer und macht Unfug. Klingt wie ein Kind, das in einem Turm wohnt. »Ich habe früher im vierundachtzigsten Stock gewohnt. Daher kenne ich Dahlia.«

Die Frau sagt: »Du musst wissen, dass ich dich sehen kann. Du bist viel zu jung, um eine Freundin von Dahlia sein. Ist das ein Trick? Ich kann auch die …«

»Ich bin gestorben«, improvisiere ich. Dabei zwinkere ich Lilac zu, die ein Gesicht zieht, als hätte sie etwas ganz Saures gegessen. »Ich bin eine dieser Companions.«

Ein langes Schweigen, dann antwortet die Frau so leise, dass ich sie kaum noch verstehen kann: »Dahlia hat schon vor Jahren ein Mentorat in Seattle angenommen. Seitdem ist sie nicht mehr hier. Komm nicht wieder her.« Es knistert und knackt, dann wird es still.

»Das hättest du nicht tun sollen«, sagt Lilac und knufft mich. Ich pralle gegen das Tor des Gebäudes und rutsche außer Atem auf den Boden. Ich möchte rufen und sie fragen, wohin sie will, aber ich schnappe noch nach Luft, da ist sie schon weg, spurlos verschwunden in dem dichter werdenden Gedränge der Pendler. Ich muss an Anne denken, die sich versteckt hat und um Peters Aufmerksamkeit ringt und die nirgends allein und richtig traurig sein kann. *Ganz besonders vermisse ich die Natur und einen Platz, an dem ich allein sein kann, solange ich will.* Mir fällt ein, dass ich mich in der Stadt auskenne. Ich laufe eine Seitenstraße hinunter und esse an den Imbissständen im Einkaufszentrum Proben der Frühstücksbrötchen. Von einem Fahrradboten schnorre ich eine Zigarette, einfach nur um zu sehen, ob es klappt – und er gibt mir eine! Dann klemme ich sie mir hinter das Ohr. Ich ziehe die Kapuze hoch und nehme die Schultern nach vorn, und *Peng!*, schon bin ich unsichtbar. So habe ich mich lange nicht mehr gefühlt. So leicht ist es, Abfall auf der Straße zu sein, ein Nichts, um das alle einen Bogen machen.

Als ich zur Ärztin zurückkehre, ist es schon dunkel. Es riecht nach Regen – ich rieche das immer, bevor es losgeht. Nat ist an der Tür, er hat ganz wilde Augen und ist wütend. »Wo warst du?«

Cam taucht direkt hinter ihm auf. »Geht es dir gut?«

»Alles gut.« Ich drängele mich an ihnen vorbei. Lilac sitzt steif auf dem Sofa, die Hände zwischen die Knie gesteckt.

»Lilac möchte dir etwas sagen«, erklärt Cam.

»Es tut mir leid«, beginnt Lilac, als hätte sie es eingeübt. »Entschuldige, dass ich dich so bedrängt habe. Und dass ich einfach weggelaufen bin. Ich werde mich bemühen, es in Zukunft besser zu machen«, verspricht sie mir.

»Schon gut«, antworte ich. Normalerweise halte ich gern an einem Groll fest, aber ich habe ja gesehen, welche Angst sie hatte. Ich habe nicht einmal aufgehört, als sie mich darum gebeten hat.

Cam scheucht mich in die Küche, wo sie die übrig gebliebenen Pfannkuchen für mich aufwärmt, und erzählt mir, was sie am Abend vorhaben. »Lilacs Freund aus der

Gruppe ist in der Stadt. Ich möchte ihn unbedingt kennenlernen!«

Als ich das Essen hinuntergeschlungen habe, hetzt Cam ins Schlafzimmer, um sich umzuziehen, und ich gehe ins Bad, um zu duschen. Lilac steht am Spiegel und erschrickt.

»Entschuldige.« Ich gehe rückwärts hinaus.

»Nein«, sagt Lilac. »Schon gut. Komm her und schließ die Tür.«

Ich mache es, sie beugt sich vor und teilt ihre Haare mit den Händen. »Wie schlimm ist es?«

»Wie schlimm ist was?« Dann verstehe ich, was sie meint. Es ist ziemlich schlimm, also richtig doll schlimm, dieser Schnitt auf ihrem Schädel, der bis zum Metall reicht. Ich atme erschrocken ein und weiche zurück. »Was ist passiert?«

»Ich … ich bin nicht sicher. Ich bin die Embarcadero hinuntergelaufen. Die Sonne schien, und ich spürte sie, es war überall warm. Dann auf einmal hatte ich Schmerzen. Im Kopf. Und ich lag auf dem Boden.« Sie betrachtet sich selbst im Spiegel. »Er hat mich ›widernatürlich‹ genannt. Er sagte, ich dürfte nicht existieren. Hätte ihn nicht ein Jogger aufgehalten, der Kerl hätte mich sicher umgebracht.«

»Am helllichten Tag?« Meine Hände zittern. Mit Blut bin ich noch nie gut klargekommen. Als Bee im Golden Gate Park die Treppe runtergefallen ist, wurde mir ganz kalt und schwindlig, sobald ich das Blut an ihren Händen sah. Ich musste auf dem ganzen langen Weg zur Ambulanz in der Haight Street wegschauen.

»Woher wusste er das?«, fragt sie. »Dass ich …«

»Nat sagt, es hat damit zu tun, wie du dich bewegst.

Ganz gleichmäßige Schritte, es wirkt so steif.« Sie starrt ihre Schuhe an. Ich möchte, dass sie sich besser fühlt, und suche nach den richtigen Worten. »Ich finde, du siehst menschlich aus.«

Lilac betrachtet ihre Hände und wedelt damit vor ihrem Gesicht herum. »Wie kann er mich nur so hassen?«

»Du musst das der Ärztin zeigen«, sage ich.

»Bitte verrat ihr noch nichts. Ich zeige es Diana morgen. Versprochen.« Sie setzt sich eine rote Strickmütze auf und klopft mir auf die Schulter, aber nicht gerade sanft. Ich kann sie nicht aufhalten. Cam hat schon ein Auto gerufen, und sie verabschieden sich und sind weg.

In der Nacht gießt es. Ich liege wach im Bett und höre dem Regen zu, der auf das Metalldach des Lieferwagens prasselt. Das ist eines meiner Lieblingsgeräusche. Es übertönt alles andere. Nats Schnarchen hilft auch. Ich tu so, als hasste ich es, aber ich weiß gar nicht, wie ich ohne diese Kettensäge schlafen soll. Ich versuche, wach zu bleiben, zu lauschen, ob Lilac nach Hause kommt, aber als ich dann blinzelnd aufwache, dämmert schon der Morgen.

Die Ärztin sitzt mit einem Mann, den ich nicht kenne, auf dem Sofa. Oder vielleicht kenne ich ihn auch. Er hat die Hände über den Knien gefaltet, und seine Haare haben eine verrückte silberne Tönung.

»Gabe, sag Hallo zu Lilacs Freund Jakob«, fordert mich die Ärztin auf.

»Hallo«, sage ich.

»Hallo«, antwortet er.

Die Ärztin betrachtet mich mit diesem Lächeln, das ich hasse. Als hätte sie einen Witz erzählt, den ich nicht verstanden habe. »Erkennst du ihn nicht?«

»Hör auf«, wehrt er belustigt ab.

»Er ist ein berühmter Schauspieler, der uns mit seiner Gegenwart beehrt«, erklärt die Ärztin.

Jakob ist klein und feingliedrig. Also nicht gerade das, was ich bei einem Schauspieler erwarten würde. Manchmal hat Nat mich ins Kino mitgenommen, aber es waren nie die Filme, die ich mochte. Ich wollte Schießereien sehen und Soundeffekte erleben, die einem den Magen umdrehen. Nat lässt sich dauernd über die Filmkunst aus. Über die Stille. Wer hört sich schon Stille an?

»Ich kenne deine Filme nicht«, antworte ich, was der Wahrheit entspricht. Aber ihn selbst kenne ich, ich weiß nur nicht woher. Das Flackern fremder Gesichter auf dem Bildschirm in einem Lokal, in einer Wäscherei, wo unsere dreckigen Sachen rotieren, in den Schaufenstern, an denen wir in größeren Städten vorbeikommen.

»Schon gut«, beruhigt er mich. »Das war ich ja eigentlich auch gar nicht …« Ein Schrei aus dem Gästezimmer unterbricht ihn.

Cam kniet auf dem Bett und untersucht Lilac, die sich nicht rührt und wie leer die Decke anstarrt. Ich konzentriere mich auf ein altes, verlassenes Spinnennetz oben in einer Ecke, das Staub sammelt. Ich möchte alles ansehen, nur nicht sie.

Als Cam sie findet, diese Wunde auf Lilacs Kopf, schreit sie noch einmal auf.

»Ich möchte mit ihr reden«, verlangt Cam. Sie tigert im Wohnzimmer auf und ab und presst sich die kleine silberne Kiste an die Brust. Lilac. Oder das, was von ihr noch übrig ist.

Die Ärztin sitzt am Bildschirm. Ein paar Tastenanschläge, und schon dringt Lilacs Stimme – oder etwas, das so ähnlich klingt – aus dem Bildschirm. »Was ist passiert?«

Cam eilt zum Schreibtisch. »Lilac?«

Aus dem Bildschirm antwortet Lilac: »Wer, zum Teufel, bist du?«

»Ich bin es«, sagt Cam, die Augen ängstlich auf mich gerichtet. »Ich bin es, Cam.«

Lilac ruft: »Diana! Die Ärztin soll kommen!«

Jakob geht hinüber und dunkelt den Schirm mit einem Fingerdruck ab. Cam fährt ihn an: »Was tust du da?«

Er hält sie an den Handgelenken fest und redet beruhigend auf sie ein. »Nach der Kopfverletzung kannst du froh sein, dass sie überhaupt noch da ist.«

Cam will sich aus seinem Griff befreien, dann sinkt sie auf die Knie. »Was … was ist denn mit ihr passiert?«

Jakob lässt sie los. »Das Gehirn eines Companions ist empfindlich und besonders störungsanfällig. Wenn wir beschädigt werden, verlieren wir manchmal Erinnerungen.«

»Woher weißt du das?«, fragt die Ärztin.

»Ich glaube, ich habe das selbst schon einmal erlebt«, antwortet Jakob. »Wahrscheinlich ist es auch mit mir passiert. Ich habe vor ein paar Wochen die Sicherheitsprogrammierung entfernen lassen.«

»Kann man das wirklich tun?« Angesichts dieser

Entdeckung ist die Ärztin so aufgeregt, dass sie Lilac beinahe vergisst.

»Klar, wenn es dir nichts ausmacht, dass du einige Erinnerungen verlierst. Unser Bewusstsein kommt mit Manipulationen nicht so gut zurecht.«

»Gib sie ihr zurück«, fleht Cam.

»Das kann ich nicht. Niemand kann das.«

Ich rechne schon fast damit, dass Cam ihn schlägt, aber sie sitzt nur da, die Hände in den Schoß gelegt. Ich schleiche hinaus.

Ich stecke im Schlafsack und starre die Seitenwand aus Metall an. Nat liegt auf seiner Matte auf dem Boden.

»Ich muss dir was sagen«, beginne ich. »Aber du musst mir versprechen, dass du nicht böse bist.« Dann erzähle ich ihm, was ich über Lilac wusste, und dass ich trotzdem nichts getan oder gesagt habe. Die Schuldgefühle drücken schwer.

»Der Regen«, überlegt er.

Ich nicke. Es ist meine Schuld, das weiß ich. »Ich hätte etwas sagen sollen.«

»Nicht …«, setzt er an. Dann hält er inne, als müsste er nach den richtigen Worten suchen. »Du bist ein kluges Mädchen, weißt du das? Ich sehe es jetzt, wenn andere Leute in der Nähe sind, viel klarer als früher. Als würde ich dich neu kennenlernen.«

»Warum tut ihr jemand so etwas an?«

Er schweigt lange, weil er nachdenkt. »Es war nicht das erste Mal. Manche Menschen mögen die Companions nicht. Sie haben Angst vor ihnen.«

Ich verstehe es. Lilacs Gesicht, als ich die Frau im Turm angerufen habe, Lilacs Angst, wegen der sie weggelaufen ist. Jetzt passiert es. Ich weine, und Nat setzt sich auf die Bettkante, tätschelt mir den Kopf und streichelt mir über die Haare. Ich wehre ihn nicht ab und winde mich nicht wie sonst, sondern sage ihm, dass es mir leidtut.

»Was tut dir leid?«

Es gibt so viele Gründe, aber vor allem geht es um ihn, nur um ihn, um den Einzigen, der bei mir geblieben ist. Ich kann es nicht sagen: *Bitte verlass mich nicht.* Die Tränen strömen nur so heraus. Nat zieht mich auf seinen Schoß. Sein Bart riecht nach Sirup und auch nach ihm. Er murmelt mir etwas ins Ohr, wie Mam die kleine Bee beruhigt hat. Das fällt mir erst jetzt wieder ein, als ich das Geräusch höre. Er hält mich auf seinem Schoß, und ich bin ihm so nahe. Waren wir uns schon einmal so nahe? Ich will es gar nicht, aber ich küsse ihn auf die Wange. Er ist warm, und ich küsse ihn noch einmal, jetzt auf den Mundwinkel. Er fasst mich bei den Armen. »Was tust du da?«

Ich weiß nicht, was ich tue, aber er weiß es und schiebt mich von seinem Schoß hinunter.

»Du bist noch ein Kind«, sagt er.

»Bin ich nicht.« Ich schreie ihn beinahe an. Aber ich bin es leid, das immer wieder zu sagen, ich bin es leid, auf diesen magischen Tag zu warten, an dem er mich ernst nimmt.

Er atmet scharf ein und will mir schon wieder einen Vortrag halten, als käme es überhaupt nicht infrage, mich zu lieben.

»Nicht«, sage ich und drehe mich zur Wand um.

Ich wache vor Nat auf. Die Ärztin macht Tee auf dem Herd, Cam sitzt am Tisch. Lilacs Gehirn liegt darauf.

»Geht … geht es ihr gut?«

Cam fährt sich mit den Fingern über den Kopf. »Es ist weg. Alle Erinnerungen, die sie in diesem Körper gesammelt hat, während der letzten vier Jahre, ich, alles weg.« Ihre Stimme klingt seltsam ruhig. Hat sie überhaupt geschlafen? »Diana kennt niemanden mehr, der bei Metis arbeitet. Ich weiß nicht, wo ich ihr einen neuen Körper besorgen könnte.«

Ich puste auf meinen Tee und sehe dem Dampf nach, der davonflattert und sich auflöst. »Wir könnten einen aus einem Lieferwagen klauen.«

»Ach, Gabe.« Die Ärztin schlägt mit ihrer Stoffserviette nach meiner Hand. »Das ist nicht mehr so leicht wie früher.«

Jakob kommt hereingeschlendert und beteiligt sich an dem Gespräch, als hätte er die ganze Zeit zugehört. »Ich weiß, wo wir einen bekommen können. In Los Angeles, genauer gesagt, im San Fernando Valley. Du kannst gern mitkommen«, sagt er zu Cam.

»Was ist denn in Los Angeles?«, fragt ihn die Ärztin.

»Greta«, antwortet er. »Mein Leben.« Er bemerkt, dass ich ihn beobachte, und lächelt schief. »Allein bin ich da draußen nicht wirklich sicher. Einen menschlichen Begleiter könnte ich gut gebrauchen.«

»Wann brichst du auf?«, fragt Cam.

»Heute Abend.«

Die Ärztin scheucht mich und Jakob aus der Küche und

schließt hinter uns die Schwingtür. Das Ohr an das Holz gepresst, höre ich zu, wie Cam sie mit gedämpfter Stimme anfleht.

Unterdessen steht Jakob gebückt vor dem Bildschirm und betrachtet sein Spiegelbild. Er betastet die Haut an seinem Hals, lächelt, lächelt noch einmal. Ich lache ihn offen an, als wollte ich ihm wehtun, was ich auch will.

Ich frage ihn: »Hattest du Geschwister, ehe du …« Es ist immer schwer, es auszusprechen.

»Einzelkind«, antwortet er.

Ich möchte ihm sagen: Ich hatte eine Schwester. Ich will Bees Namen aussprechen, aber ich habe ihn so lange nicht in den Mund genommen, ich hatte nie den Mut dazu, weil ich Angst hatte, das Loch in mir aufzureißen, das ich unbedingt zudecken möchte, wenn es sich schon nicht füllen lässt.

»Manchmal frage ich mich, ob ich anders wäre, wenn sie bei mir wäre.« So nah an der Wahrheit, wie ich es wage.

Jakob schweigt. Mir fällt ein, dass ich mit einem Fremden spreche. Es ist mir peinlich.

»Ich weiß, was du meinst«, erwidert er. »Sie ist eine gute Freundin, diese Lilac. Eine gute Companion.«

»Du kennst sie doch kaum.«

»Ich bin der Gruppe beigetreten, weil ich Hilfe brauchte, und sie hat mich unterstützt. Das würden nicht viele Leute tun.«

»Wie hat sie dir geholfen?« Auf einmal bemerke ich einen silbernen Schimmer in seiner Jackentasche. Nat hat mir beigebracht, wie man Waffen erkennt.

Jakob folgt meinem Blick und zieht sie heraus. »Hattest du schon mal eine in der Hand?«

Ich schüttele den Kopf.

»Willst du?«

Die Pistole ist kalt und schwerer als erwartet. Jakob zeigt mir, wie man zielt und sie entsichert. Er legt mir das Kinn auf die Schulter. Wir zielen durch das Fenster auf die Nachbarskatze. »Peng«, haucht er mir ins Ohr.

Vier Monate nach Ende der Quarantäne

CAM

San Fernando Valley, Kalifornien

Das San Fernando Valley ist eine Einöde aus weitläufigen Einkaufszentren und pastellfarbenen Wohnkomplexen, Reihensiedlungen an gewundenen Straßen und Swimmingpools, die im Dunst wie blaue Edelsteine schimmern. In dieser Hitze und in dem ewigen Sonnenlicht bekommt alles einen gelblichen Farbton. Ich wusste gar nicht, dass ein Ort so aussehen kann – derart ausgedehnt und doch wie ein Käfig, in dem man nirgendwo allein sein kann.

Jakob und ich haben benachbarte Zimmer im Super 8. Als er die Zimmer zum ersten Mal sah, stöhnte er: »Was gäbe ich jetzt für eine Massage im Four Seasons!« Das hätte mir auch gefallen, aber er meint, die Zeitungsfeeds würden sich sofort auf ihn stürzen, wenn er dort eincheckte. Außerdem, wer hat schon so viel Geld? Also sind wir hier, in der Nähe des Burbank Airport, wo die Leute getötet wurden, die auf dem Höhepunkt der Quarantäne ein Flugzeug entführen wollten. Ich erinnere mich noch gut an die Schlagzeilen: *Terroristen am Burbank Airport erschossen!* Die Gesetzeshüter wurden gelobt, weil sie für Amerikas Sicherheit gesorgt hatten. Hatte es außer dem Wunsch zu entkommen noch einen anderen Grund gegeben? War einer von ihnen krank gewesen? Die Newsfeeds hatten keine Lust auf detailliertere Berichte und gingen schnell zum nächsten Thema über.

Ich schlief nach der langen Fahrt aus, es war sogar die längste meines Lebens, und dann brachte mich Jakob in einen Stadtteil voller Lagerhäuser und grauer Bürogebäude. Wir parkten gegenüber einem Gebäude, das von einem Sicherheitszaun umgeben war, und dort sagte er mir, dies sei es. Der Ort, von dem er gesprochen hatte. Dort könnten wir einen Körper für Lilac bekommen. Das Haus hatte kein Firmenschild, die Hecken waren rechteckig geschnitten, am Eingang fummelte ein Wächter an seinem Telefon herum.

»Ist das eine Fabrik von Metis?«

»Es ist eine illegale Werkstatt«, erklärte Jakob. »Ersatzteile, neue Körper, Reparaturen. Für diejenigen, die nichts mit Metis zu tun haben wollen.«

Als ich wissen wollte, wie wir hineinkommen sollten, lächelte er und sagte, ich solle mir deshalb keine Sorgen machen. Ich musste aber die ganze Zeit an Lilac mit dieser Strickmütze denken, an die Wunde, die sie versteckt hatte. Wie konnte sie mir so etwas nur verheimlichen?

Zwei Tage später zeigte mir Jakob im Motel eine Aufnahme aus dem Inneren der Werkstatt, die wir bisher nur von außen gesehen hatten – Companions, unzählige Reihen von Körpern, die Tische, wo sie repariert oder zerlegt werden, um die Ersatzteile zu entnehmen, die menschengroßen Kisten, die auf den Versand warten. Ich fragte nicht, woher er das Video hatte.

»Siehst du einen Körper, der dir gefällt? Einen Körper für Lilac?« Es war, als wollten wir etwas im Laden einkaufen. Körper wie Kleidung, die man an- und ausziehen kann.

Ich sah sie mir an und zeigte auf den ersten, der weiblich und im richtigen Alter war. Ein volles Gesicht, lange Haare, weicher Körper. Ich wandte mich von der Companion ab, aber nicht, weil sie nicht attraktiv war, sondern weil sie nicht Lilac war. Sie kam ihr nicht einmal nahe.

Am Abend lud er mich zum Essen ein. Wir gingen in ein traditionelles italienisches Restaurant. Im Inneren plätscherte ein kleiner Wasserfall. »Jakob!«, rief der Wirt und kam aus seiner Nische hervor. Sie umarmten sich und erzählten sich dieses und jenes, während ich die signierten Fotos der berühmten Gäste an den Wänden so lange betrachtete, bis ich ihn fand – da hing auch Jakob, aufs Foto gebannt mit diesem berühmten kleinen Lächeln.

Als uns der Wirt zum Tisch führte, beugte ich mich zu Jakob hinüber. »Ich dachte, du hast Angst, hier aufzufallen.«

»Still«, sagte er. »Gönn mir dieses kleine Vergnügen. Mensch, wir sind hier im Valley!«

Eine Frau in einem glitzernden Abendkleid spielte vor dem Wasserfall Harfe. Jakob bestellte eine Flasche Rotwein für mich. Vorspeisen, die er nicht zu sich nehmen konnte, wurden uns serviert. Er sagte, alles werde gut werden. »Deine Lilac ist etwas Besonderes.«

»Das ist sie wirklich.« Trotz des Weins – der ganzen Flasche, wie ich gestehen muss – blieb ich skeptisch.

Später kuschelte ich mich in das viel zu weiche Bett im Motel, und Jakobs Film leistete mir Gesellschaft. Es war der erste der Reihe – wie oft hatte ich ihn schon gesehen? Dieses Mal verliebte ich mich ein wenig in ihn. Die Art und Weise, wie er sie hielt, die Companion, die er nicht retten konnte, und wie er heulte, als sie in seinen Armen starb, als wäre sie gar keine schlechte Schauspielerin.

Am Morgen wachte ich verkatert auf und übergab mich ins Waschbecken. Als ich sauber machte, klopfte er an die Verbindungstür zwischen unseren Zimmern und rief viel zu laut: »Wir fahren nach Hollywood!«

Der Verkehr war furchtbar. So etwas hatte ich noch nie gesehen. Verknotete Highways führten in die Stadt, die kein Zentrum hatte. Ich spürte, wie die Wut in den Fahrern kochte, während sie zu ihrer lauten Musik innerhalb all dieses Gehupes aufs Lenkrad schlugen. In der Ferne erkannte ich den berühmten weißen »Hollywood«-Schriftzug. Er ist viel kleiner, als man es immer in den Filmen sieht.

Wir hielten in einer altmodischen Straße mit Geschäften, Cafés und einem Yogastudio an einer Parkuhr.

»Was wollen wir hier?«, fragte ich Jakob. Es war mir peinlich, ich wollte ihm nicht sagen, dass ich Hunger hatte und auf die Toilette musste und mir der Kopf wehtat. Es kam mir albern vor, bei einem Companion über meine körperlichen Schmerzen und meine falschen Entscheidungen zu jammern. Ich wusste aber von Lilac, dass er mich lesen konnte. Er roch die Alkoholschwaden, die um mich herumwaberten wie eine tote alte Haut.

»Ich möchte nur eine alte Freundin besuchen«, erklärte er und betrachtete das große Schaufenster des Yogastudios, wo sich Frauen mit den Armen hochstemmten und eine Brücke machten. So saßen wir eine halbe Stunde da, bis eine Frau herauskam. Sie hatte sich das lange Haar zu einem losen Zopf geschlungen und die Yoga-Matte auf den Rücken geschnallt.

Jakob verfolgte sie mit den Augen. »Wer ist das?«

»Das ist Greta Green, eine der größten lebenden Schauspielerinnen.«

Es gefiel mir nicht, die Frau ohne ihr Wissen zu beobachten. Sie blieb vor der Auslage eines Schuhgeschäfts stehen.

»Warte mal.« Jakob war aus dem Auto gesprungen, ehe ich ihn aufhalten konnte. Er lief über die Straße und marschierte direkt zu ihr, während sie ein winziges silbernes Cabrio aufschloss.

Ich hoffte, sie würde ihn sofort abweisen, als er hinter ihr auftauchte und sich bei ihr einhakte. Sie wich zurück, dann erkannte sie ihn aber und umarmte ihn. Jakob grinste und schmiegte das Gesicht in ihre Haare.

Sie redeten ein paar Minuten auf eine hitzige Art und Weise, so wie es Menschen tun, die sich lange nicht gesehen haben. Sie lachten, sahen sich an, berührten sich oft an den Armen, an der Schulter, an der Wange: Bist du auch echt?

Ein Kuss, auf die Lippen? Ich konnte es vom Auto aus nicht genau erkennen.

»Was war das denn?«, fragte ich Jakob, als er wieder auf der Fahrerseite einstieg.

»Abendessen. Wir gehen morgen Abend essen.«

»Ist das auch klug?«

»Keine Ahnung.« Ich konnte sehen, dass er sie liebte. Mein Herz erinnerte sich an Lilac, die im Nachttisch meines Motelzimmers wartete. Was ich nicht wusste, war, ob Greta ihn auch liebte und was passieren würde, wenn nicht.

Durch die dünne Wand des Super 8 hörte ich Jakob summen, als er sich für sein Date oder das Abendessen oder was auch immer zurechtmachte.

»Wohin geht ihr?«, rief ich.

Er zog die Tür auf. Er roch nach viel zu viel Rasierwasser. »Wir essen bei ihr. Sie ist getrennt! Und ihr Kind ist heute bei ihrem Ex. Schon seit einer Ewigkeit bin ich nicht mehr so aufgeregt gewesen.«

Ich fand das gefährlich, seine Aufregung und die Besessenheit und dass er so leicht aus dem Gleichgewicht zu bringen war.

»Weiß sie, dass du nicht ...«

»Ich habe mich noch nicht entschieden, ob ich es ihr sage.«

»Wie kannst du ihr das verschweigen?«

Er summte wieder, sah in den Spiegel und sagte: »Wie schön, dich zu sehen.« Er sagte es immer wieder, jedes Mal anders, als probierte er unterschiedliche Versionen seiner selbst aus.

Es war sieben Uhr, als ich aufwachte, und ich hatte nicht gehört, dass er zurückgekommen war. Ich klopfte an, und als er die Tür öffnete, verkniff ich mir die Frage, wie es gewesen war. Ich sah es ihm an, es war die Miene, die die Heimbewohnerinnen früher immer gezeigt hatten, wenn eine Freundin gestorben war. Tief betroffen und einsam – diese Worte wurden niemals dem gerecht, was sie erlebten. Man konnte es nicht in Worte fassen. Ein ganz tiefer Kummer.

»Sie ist trocken«, sagte er.

Ich achtete genau auf meine Worte, das war eine der Fähigkeiten, die ich im Jedediah-Smith-Heim erworben hatte. Sogar schon vorher in der Wohnung in Outer Sunset, wo ich mit Fremden gelebt hatte, die meine Familie gewesen waren. »Das ist doch nichts Schlechtes, oder?«

»Es ist eines dieser Sühneszenarios.« Er schlug die Hände vors Gesicht und raufte sich seine grauen Haare.

»Oh.«

»Sie will mich nicht. Sie will ganz von vorn anfangen. Sie will jetzt völlig enthaltsam leben.«

»Oh«, machte ich noch einmal.

»Ist das alles, was du zu sagen hast? *Oh-oh-oh?*« So wütend hatte ich ihn noch nie erlebt. Er schien ein wenig neben der Spur zu sein, und ich hatte Angst vor ihm. Im Grunde kannte ich ihn ja gar nicht richtig. Ich war noch nie so weit weg von zu Hause gewesen. »Was ich alles getan habe, um herzukommen«, klagte er, als wäre ich gar nicht da.

»Was hast du denn getan?«

Er sah mich kurz an. Ich bereute sofort, gefragt zu haben, und wünschte, ich könnte die Frage zurücknehmen.

»Es ist vorbei«, sagte er und ließ sich dramatisch auf das Bett fallen. »Ich gehe in den Schlafmodus.«

Was sollte ich dazu sagen?

In meinem Zimmer öffnete ich den Nachttisch. Neben der Bibel lag das, was von Lilac noch übrig war. Ich setzte mich auf das Bett, schlug das Buch auf, blätterte um, nahm den Geruch auf und presste die Hände darauf, um mich zu erinnern.

Zwei Tage lang hörte ich keinen Laut aus seinem Raum. Ich spielte bereits mit dem Gedanken, ihn zu wecken, entschied mich aber dagegen. Ich war gerade von dem traurigen Versuch eines Spaziergangs zurückgekehrt, ich war durch gewundene Straßen gelaufen, bis ich mich verirrt hatte. Ich gelangte in eine Straße ohne Fußwege und trampelte die Pflanzen nieder, die diese Gegend mit Bürohäusern, Einkaufszentren und Wohngebäuden verschönern sollten – warum gab es hier keine Bäume? Ich hatte schlechte Laune, einen leichten Sonnenbrand und großen Durst. Da hörte ich es an der Verbindungstür klopfen, und sie, die Companion, die ich ausgesucht hatte, stand vor mir. Sie trug Jakobs beigen Jogginganzug und war jünger, als sie mir auf dem Bildschirm vorgekommen war, vielleicht noch nicht mal zwanzig. *Zu jung für mich,* dachte ich, aber das war Unsinn. Ich sah ihr in die runden braunen Augen und suchte nach einer Antwort.

Sie setzte sich mit mir auf das Bett und sagte, es tue ihr leid, aber sie könne sich an nichts erinnern, und es sei auch sinnlos, es zu versuchen. Alles weg. Sie waren einfach weg, die letzten vier Jahre, alles seit dem Augenblick, als Diana sie in dem anderen Körper aufgeweckt hatte. Mir war nach Sterben zumute, als sie es so ausdrückte, als sie so über ihren Körper sprach, den ich doch liebte. Alle Erfahrungen, die sie mit ihm gemacht hatte, waren gelöscht. Er hatte ihr alles erklärt, sagte sie zu mir.

»Jakob?« Natürlich Jakob. Er war heimlich in mein Zimmer geschlichen und hatte Lilac aus dem Nachttisch genommen und sich davongestohlen, ohne mir etwas zu sagen, und nun hatte er sie in diesem Körper zurückgebracht.

»Ja«, sagte sie. Aber sie war gerührt, weil ich so viel für sie getan hatte. Gerührt! Das sagte sie tatsächlich. Ich wollte mich nicht entziehen und mich kleinmachen. Sie erkannte mich nicht, und ich erkannte sie nicht.

»Wir können es versuchen«, sagte sie, und ich sagte, na gut, und sie versucht es wirklich. Sie ist freundlich und aufmerksam, aber ich sehe, wie sie ins Leere blickt, wenn sie etwas verarbeitet und nicht ganz da ist.

Wenn ich in der Nacht schlafen will, ist sie nebenan bei Jakob. Manchmal lausche ich ein wenig. Einmal haben sie auch gelacht. Ich dachte darüber nach. Es war irgendwie witzig, dass zwei Companions in einem Hotelzimmer miteinander lachten. Ich wälzte mich, von Schuldgefühlen geplagt, bis zum Sonnenaufgang im Bett hin und her. Wie konnte ich mich nur über sie lustig machen? Auch wenn ich es für mich behielt.

Am nächsten Abend gingen wir zu dritt tanzen. Jakob führte uns eine nach Erbrochenem riechende Gasse hinunter. Er versteckte die grauen Haare unter einer Kapuze, als wir durch den Hintereingang in einen Club in West Hollywood huschten. Es war schon nach zwei, schweißglänzende und von Drogen aufgeputschte Körper zappelten wild. Auf der Tanzfläche spürte ich die Anziehung zwischen ihnen – zwischen Jakob und Lilac. Es war nicht sexuell, sondern eher eine geheime Belustigung, eine Gemeinsamkeit, die ich nicht verstand.

Davor hatte es nur uns zwei gegeben, nur uns. Wenn sie mich jetzt berührt, wird mir kalt, mir bricht der Schweiß aus, und ich denke: Programmierung. Ich sage mir: Vielleicht ändert es sich. Aber ich kann nicht in den Erinnerungen zurückspringen bis zu dem, was früher einmal gewesen war. Das ist nicht möglich, nicht so. Nicht wenn Jakob da ist und sagt: *Darling, könntest du uns noch einen Augenblick Zeit lassen?* Oder: *Oh nein, Cam, Liebes, so war das doch gar nicht gemeint.* Gabe wusste gleich, dass er nur Ärger bringen würde. Ich hätte auf sie hören sollen! Er sagt, nur noch ein paar Schnitte, dann hat er sich völlig von seiner Vergangenheit gelöst und ist ganz und gar frei. »Reisen«, sagt er, und Lilac willigt ein, obwohl ich einwende, dass ich nach Hause fahren und Wurzeln schlagen möchte.

»Nach Hause?«, antwortet sie. Ich halte mir vor Augen, dass sie die Jahre bei Diana vergessen hat. Die besten Jahre, als wir warm und sicher im Gästezimmer zusammenhockten und vom Bett aus zusahen, wie die Nachbarskatze am Zaun entlangschlich. Das Kribbeln, wenn Lilac mit den Fingern meinen Arm hinauf und hinunter gefahren war, und der Stapel Bücher, aus denen sie mir vorlesen wollte. Seltsam: Ich fand es am schönsten, wenn sie mir aus Dianas Fachbüchern vorlas. Ihre Aussprache solcher Begriffe wie *infundibulum*, *Gyrus fusiformis* und *Chiasma opticum* war ausgesprochen sexy. Damals störte mich ihre Programmierung nicht. Ich nehme an, deshalb verliebte ich mich auch in sie. Es war leicht, alles zu vergessen, wenn sie so warm und lebendig und so nah bei mir war.

Jetzt mache ich mir ihretwegen die ganze Zeit Sorgen. »Was hat er vor?« Ihr Gesicht erschlafft, was mir zeigt, dass sie die Frage verarbeiten muss. Sie kennt mich nicht mehr, sie kann mich nicht mehr so gut lesen wie früher und hat nur noch die Körpersprache. Aber ich kenne sie. Ich warte, bis sie blinzelt und antwortet und mir etwas erzählt, das nicht der Wahrheit entspricht.

Sie erwähnt Jakobs früheren Agenten und eine Party, keine große Sache zwar, aber ich spüre es – sie verschweigt mir etwas.

Oft denke ich an diesen ersten Abend, als ich hinten auf ihrem Motorrad saß und wir aus dem Jedediah-Smith-Heim flohen. Zu müde, um weiterzufahren, und voller Angst, ich könnte einschlafen und hinten von Lilacs Motorrad stürzen, hinunter über die Klippen, während wir die gewundene Straße an der Küste entlangfuhren. Also hat sie uns eine Höhle gesucht, eine Stelle, wo der Sand wärmer war als die Luft. Wir hatten keine Decken, und ich fror. Ich schlief unruhig und höchstens ein paar Stunden. Sie lag wach bei mir und wusste nicht, wie kalt mir war. Sie hatte bereits vergessen, wie es war, wenn man fror.

Vielleicht hängt die Liebe von der Temperatur ab. Eine falsche Einstellung, und man fühlt sich unwohl und achtet vor allem auf die Umgebung. Die richtige Temperatur, und man fließt auf das Bett wie Wasser.

Ich überlege, ob ich heim nach San Francisco möchte, aber ich habe nicht viel Geld. San Diego – dorthin könnte ich es noch schaffen, aber das ist noch weiter entfernt von zu Hause. Ich kann nirgendwo hin, möchte aber Lilac auch nicht um Hilfe bitten. Es ist schon schwer genug, ihr zu sagen, dass ich gehen muss. Gerade als ich es sagen will, richtet sie den Blick auf mich, und da sehe ich sie wieder, oder vielleicht wünsche ich es mir auch nur, und so bleibe ich noch einen Tag und einen weiteren. Nachts, wenn Lilac nebenan ist, taste ich dieses Zimmer anhand der Erinnerungen ab und gebe jeder Schattierung von langweiligem Braun einen eigenen Namen: *Baumstamm, trockene Erde, Hotdog*. Jede Schmutzspur, jeder Wasserfleck und jede Schimmelansammlung wird zu einem Freund und erwacht in dem schwachen Schein der Nachttischlampe zum Leben. Ich schließe die Augen und denke an die Mammutbäume. Beinahe kann ich spüren, wie die Rinde unter meinen Händen kribbelt. Und wieder einmal sage ich mir: Es ist Zeit zu gehen.

GABE

San Francisco, Kalifornien

Da das Gästezimmer jetzt verwaist ist, lässt mich die Ärztin dort schlafen. Wir reden nicht über das Schmuckstück, das ich ihr vor vielen Jahren gestohlen habe, aber ich erinnere mich gut – die zierliche Goldkette, dünn wie ein Faden, der rote, mit Gold eingefasste Stein, mein kleiner glühender Löwe. Wenn die Nachmittagssonne darauf fiel, strahlte der Stein so hell, dass ich ihn einfach in der Hand halten musste. Nur aus Spaß sehe ich in der Kommode nach, wo sie die Kette aufbewahrt hat, aber hier haben ja zuletzt Cam und Lilac gewohnt. Sie sind nicht mehr da, und ihre Sachen stehen nun in Mülltüten verpackt in der Garage. Die Schublade ist leer, ich kann meine Sachen hineintun.

Manchmal entdecke ich eine Socke oder einen alten schmutzigen Büstenhalter. Am Geruch kann ich erkennen, ob er Cam gehört hat oder Lilac. Wenn der Geruch fehlt, weiß ich, dass es Lilacs Kleidungsstück war. Ich frage mich, ob sie es bis Los Angeles geschafft haben oder ob Jakob noch andere Pläne hatte. Ich dachte, Cam ruft uns an und erzählt uns, was sie erlebt haben, aber inzwischen sind schon Wochen vergangen, und wir haben nichts von ihnen gehört.

Nat hat mich schon seit einem Monat nicht mehr unterrichtet. Es scheint so, als ginge er mir aus dem Weg. Also zeichne ich ständig und beginne wieder mit Anne Frank.

Ich lese den Teil, wo Anne und ihre Schwester Margot sich Briefe über Peter schreiben und etwas über Beziehungen und Vertrauen sagen. Das ist komisch, weil die Schwestern zusammen in dem engen Hinterhaus festgesessen und dieselbe abgestandene Luft geatmet haben. Warum konnten sie sich nicht einfach erzählen, was in ihnen vorging?

Schließlich stürmt Nat ins Haus, nachdem er den ganzen Tag weg war, ohne zu sagen, was er gemacht hat, aber ich behellige ihn nicht. Ich sage kein Wort. Ich weiß ja, wie sehr er es hasst, seine Zeit zu vertändeln. Jedenfalls ist es schön, in einem Bett zu schlafen und ein eigenes Zimmer zu haben, auch wenn es so klein ist, dass ich sogar im Dunklen alle vier Ecken sehen kann. Die Tür quietscht und warnt mich, wenn jemand hereinkommen will.

Eines Morgens nimmt die Ärztin meinen Zeichenblock vom Küchentisch auf, während ich abspüle. »Du meine Güte, Gabe.« Sie blättert meine Zeichnungen durch. »Du bist richtig gut geworden, weißt du das?«

Ich zeige ihr die Zeichnungen von Cam, Lilac, Nat und von ihr selbst.

Sie lacht keuchend und muss husten. »Sehe ich wirklich so alt aus?«

»Ich war wütend auf dich, als ich es gezeichnet habe.«

Sie tippt auf das Blatt und atmet rasselnd ein. »Dann bist du jetzt nicht mehr wütend?«

Ich starre die Zeichnung an, eigentlich sind das nur ein paar Linien, die sich aber irgendwie zusammenfügen und sie darstellen. Noch mehr aber, das erkenne ich jetzt, ist es ein Bild von mir selbst.

Es ist fast Mittag, und bis jetzt habe ich Nat noch nicht gesehen. Normalerweise sitzt er am Tisch, arbeitet am Bildschirm und schlürft schon seinen dritten Kaffee, wenn ich hereingetrödelt komme und mir den Schlaf aus den Augen reibe. Ich kann gar nicht glauben, wie gut ich in einem richtigen Bett schlafe.

Aber als ich vorne rausgehe und ihn suche, sehe ich, dass der Lieferwagen weg ist. Ich denke mir nichts weiter dabei, bis es dunkel wird und die Ärztin bemerkt, dass ich, Anne Frank auf meinem Schoß, zum Fenster hinausschaue. »Glaubst du, ihm ist etwas passiert?«

Sie lässt sich neben mir auf dem Sofa nieder. »Ich habe ihn erwischt, wie er an meinem Bildschirm herumgefummelt hat. Wer weiß, was er mit meinen Daten gemacht hat. Tut mir leid, Kind, aber er musste gehen.« Heute spricht sie wieder mit der leisen Stimme, die sie immer benutzt, wenn ihr etwas leidtut. So hat sie auch gesprochen, als sie mich weggeschickt hat. »Er musste sowieso gehen. Das weißt du doch.« Sie drückt mir einen zusammengefalteten Zettel in die Hand. »Das war im Briefkasten.«

Melde dich in der Schule an. Ich komme wieder und sehe nach dir. – N.

Ich sitze in der Zufahrt und weine heftig. Ich kann es nicht glauben. Das ist das Problem. *Ich sehe nach dir.* Es ist, als wollte er den Schlag abmildern, damit es mir leichterfällt. Aber ich lasse mich nicht noch einmal hereinlegen. Er hat mich verlassen, er ist fort.

Die Ärztin bugsiert mich schließlich ins Haus, wo ich

mich auf das Sofa lege und die Kissen anstarre. Sie drückt sich eine Weile in der Nähe herum und bringt mir etwas zu essen. Sie sagt, ich müsse essen, aber ich weigere mich, und sie geht wieder herum. Endlich schlafe ich ein, und als ich aufwache und mir der Mief der Kissen in die Nase dringt, ist es dunkel. Ich gehe zum Bildschirm und wecke ihn auf.

»Hallo?« Die Stimme passt überhaupt nicht. Sie ist so jung. Warum hat die Ärztin so eine Stimme für sich selbst ausgesucht?

»Weißt du, wer ich bin?«, frage ich sie.

»Sei nicht albern, Gabe. Wo ist sie? Ich meine mich.«

»Sie schläft.«

»Dann bist du heimlich hier, ja?«

»Ja.«

»Du warst schon immer eine schlaue Füchsin. Warum willst du mit mir reden?«

»Ich dachte, du hättest mich gegen Lilac eingetauscht. Dafür habe ich dich lange gehasst.«

»Und jetzt?«

»Du bist so alt und klapprig, ich kann dich nicht im Stich lassen. Obwohl du Nat weggeschickt hast.«

»Er kommt bestimmt zurück«, meint sie.

»Er hat versprochen, mich mitzunehmen.« Ich bin innerlich zu trocken, um zu weinen. Ich fühle mich wie eine Wüste, ausgedörrt und knochenhart. »Was soll ich jetzt machen?«

Sie lacht in ihrem Bildschirm. Es klingt echt, aber gar nicht wie die Ärztin. »Du bist jetzt dreizehn, oder?«

»Ja.«

»Ach, du meine Güte. Es wird Zeit, dass du in die Schule gehst.«

Ich wische mir den Schnodder mit dem Ärmel ab und ziehe den Rest hoch. »Das hat Nat auch gesagt.«

»Damit hat er wohl recht.«

Ich möchte sie umarmen. Ich könnte ins Zimmer der Ärztin gehen und mich an sie kuscheln, aber die im Bildschirm ist anders, sie ist völlig anders – wie kann das überhaupt sein?

»Ich liebe dich, weißt du das?«, sagt sie. Das hat das Original noch nie zu mir gesagt. Ich weiß nicht, was ich darauf antworten soll. Meine Wangen brennen, mein Herz rast. Ich denke an meine Mam, die schon lange tot ist, und an meine Bee. Hätte ich gewollt, dass sie so werden? Immer noch die Gleichen und trotzdem Fremde – ja, genau das ist es. Es ist unmöglich.

»Ob ich das will?«, frage ich die Ärztin. Ja. Ganz eindeutig ja.

MISS ESPERA

Beverly Hills, Kalifornien

Scones und Tee, Süßstoff. Die Fenster beschlagen. Es ist schön, mal auszugehen – das Klirren von Geschirr, das Fauchen des Milchaufschäumers, gerufene Bestellungen, Unterhaltungen, die wieder verebben, Lachen, alles ist so eindringlich, fast eine Überlastung der Sinne – besonders nach dieser grässlichen Quarantäne. Ich wäre beinahe gestorben. Meine Tochter konnte nicht einmal die eigene Mutter besuchen, wenn sie Lust dazu hatte. Ein Polizeistaat. Faschismus! Ich wollte mir die Kleider vom Leib reißen, auf die Straße rennen und der ganzen Welt meinen hässlichen faltigen Bauch zeigen. Solche Impulse hatte ich schon immer. Ich bin unter der Überwachung der I8 aufgewachsen, daher habe ich schon in jungen Jahren gelernt, meine Fantasien zu beherrschen.

Isla schlängelt sich durch die Tür des Cafés herein. Sie wickelt ein unmöglich langes Halstuch ab wie einen Verband. Der Kellner zeigt in meine Richtung. Wir blinzeln uns zu, die I8 summen vor dem Fenster, im Café wird es still, als den Leuten bewusst wird, dass eine Berühmtheit hereingekommen ist. Alle drehen sich zu meiner Tochter um. Sie ist gar keine Schauspielerin – diese Art Schönheit besitzt sie nicht –, aber sie ist Sydneys Kind, und die Drohnen der Zeitungsfeeds drängeln sich um die Kinder der Studiochefs.

Diese Kinder sind lohnende Objekte, denn sie finden viele raffinierte Wege, ihre Eltern zu ruinieren. Dabei sind sie moderne Sklaven, sie liefern Geschichten, sie sind niemals wirklich frei und immer gerade einen Film vom völligen Ruin entfernt. Glücklicherweise hat Isla Diskretion von mir gelernt. Sie ist wie ein Renoir und fängt immer nur das Licht ein.

Vorhin habe ich auf dem Rand der überlaufenden Badewanne gehockt und nach Luft geschnappt. Ich konnte nicht einmal das Wasser abstellen. Schwitzend, mit rasendem Herzen und einem Kribbeln in den Extremitäten. Ich sah kurz in den beschlagenen Spiegel. Mein Gesicht, mein Hals und die Hände waren so glatt wie bei einem jungen Star, aber der Rest war reiner Kubrick. Im Video lief diese schreckliche Gerichtsverhandlung, die sie ständig streamen. Wie konnte man das abschalten? Die Wissenschaftler, die diese Viren losgelassen hatten, wirkten in ihren zerknitterten Anzügen und mit den abwesenden Blicken gar nicht so böse. Ich wollte aufstehen, rutschte im Wasser aus und schlug mit dem Rücken auf den Rand der Badewanne. Kein Blut, nur eine Prellung, die sofort lila anlief und sich seitlich am Rumpf ausbreitete. Es tut immer noch so weh, dass ich kaum sitzen kann.

Zum Glück habe ich etwas genommen, nur eine halbe Tablette, ich will ja nicht lallen oder dummes Zeug reden – Isla ist zu aufmerksam, um so etwas zu übersehen.

Sie sagt ein paar Worte: »Ein neuer Körper, jung, mit einer schönen Haut, nur vom Feinsten. Wie klingt das?«

»Wundervoll.«

»Aber er ist teuer. Ich habe Vater gefragt …«

Überall Nadelstiche, sobald sie Sydney erwähnt. »Was hast du ihn gefragt?«

»Ich habe sozusagen meine Fühler ausgestreckt, nichts Konkretes.«

Der Test. Isla spricht über den Test. Der Onkologe sagt, es sei unheilbar, keine Behandlung möglich, zu weit fortgeschritten. Gestern? War es gestern? Ich sehe ihn noch, wie er die Hände aneinanderpresst, und sogar Isla reißt es aus ihrer gewohnten Gelassenheit. »Wie konnten Sie das übersehen? Sie ist doch alle sechs Wochen beim Arzt!«

»Das waren kosmetische Eingriffe bei einem Chirurgen. Ihre Mutter war seit zwei Jahren nicht mehr hier.«

Isla drehte sich zu mir um und blähte wütend und unattraktiv die Nasenflügel. »Mutter!«

»Mutter?« Sie fasst mich am Ellenbogen. Das Café. Mein Scone. Mit Aprikose, glaube ich. Für die Gabel undurchdringlich. Sydney! Ich erinnere mich an Sydney, an die Tests. Die I8 sind am Fenster und schweben auf der Höhe unserer Gesichter, ein Schwarm wilder Hummeln. Warum hat sich Isla für dieses Lokal entschieden? Im angesagten North Canon Drive, nicht weit vom Wilshire Boulevard? Es ist, als wollte sie Publikum haben.

Ich halte mir die Hand vor den Mund und tuschele: »Mein Gott, ist mir das peinlich.«

»Nicht.« Isla lässt sich durch die Beobachter nicht stören. Sie bläst auf ihren Tee und nippt daran. »Er weiß, dass es nicht deine Idee ist, aber Mutter, könntest du mal zuhören? Dafür ist er offen. Er möchte nicht, dass du gehst. Wenn er irgendwie helfen kann – das hat er gesagt.«

»Natürlich hat er das gesagt. Er will sich von den Schuldgefühlen freikaufen, und genügend Geld hat er ja.« Ich habe einen Mann geheiratet, der geschäftstüchtig und selbstbewusst war und ein großes Ego besaß. Am Anfang fand ich das charmant, es hat mich angemacht. Er sah eigentlich nicht mal gut aus, aber ich wusste, dass er das Vermögen meiner Familie einsetzen würde, um ein noch größeres Vermögen zu verdienen. Und ich wusste, dass er mich nie betrügen würde, niemals, das war sogar im Ehevertrag festgelegt! Mein Vater hatte darauf bestanden. Viele Bewerber hatten ihre Aufwartung gemacht, weil sie hofften, das Familienvermögen der Esperas in die Finger zu bekommen. Wir hatten es in sieben Generationen aufgebaut und in so vielen Bereichen investiert, dass ich nicht einmal mehr weiß, zu welcher Branche wir eigentlich gehören. Neulich habe ich unseren Markennamen auf einer Zahnbürste entdeckt – auf einer Zahnbürste! Aber Sydney hat mich trotzdem betrogen, dieser Dreckskerl, er hat auf den Ehevertrag gepfiffen und sich herumgetrieben.

Nachdem die Scheidungspapiere unterzeichnet waren und mein Anwalt mir gesagt hatte, ich solle erleichtert sein, konnte ich immer noch nicht recht glauben, dass mir so etwas passiert war. Da verließ Sydney auch schon die Agentur, bei deren Aufbau ich ihm geholfen hatte, wechselte zum Studio und übernahm den Laden. Das setzte mir am meisten zu. Er hat bis nach der Scheidung gewartet, bis die Papiere unterschrieben und die Alimente geregelt waren, und dann hat er den Job übernommen, auf den wir beide hingearbeitet hatten, was ein bedeutender Sprung im Einkommen und im Lebensstil war. Tja, und jetzt stehen ihm alle Türen offen, und sie ist diejenige, die sich bei ihm einhakt, die zweite Frau, ein aufstrebendes Model, ha! Ich habe es im Video gesehen, als ich in der Wanne lag und wie besessen auf meiner Shampooflasche herumdrückte. Inzwischen fallen die Espera-Aktien immer weiter, und meine monatlichen Dividendenschecks werden kleiner.

Ich fasse Isla bei der Hand. »Aber dann gehöre ich irgendeiner Firma, damit bin ich ihr Eigentum.«

»Du wirst in meiner Obhut sein.«

»Ich weiß nicht, Liebes. Ich würde gern zusagen, aber ich fürchte mich so.« Es ist schwer, ihrem Blick zu begegnen. Sie ist hager, aber sie hat Sydneys große heitere Augen, und wenn sie lächelt, was sie Gott sei Dank nur selten tut, dann ist sie ihm wie aus dem Gesicht geschnitten.

»Ach, Mutter, ich habe doch auch Angst! Aber wenn wir es tun wollen, dann müssen wir es jetzt gleich planen. Es ist zu gefährlich, wenn man bis ganz zuletzt wartet.«

»Wann soll ich denn sterben?«

»Hör auf damit.«

»Ehrlich, an welchen Tag denkst du? Ich muss mich doch vorbereiten, oder?«

»Im nächsten Monat haben sie einen Termin frei.«

Im nächsten Monat! Innerlich schreie ich. Aber dank Sydneys Stellung und seines Geldes ist es kein Wunder, dass wir im Handumdrehen ganz oben auf der Liste stehen. »An welchem Tag genau?«

Isla richtet die Sydney-Augen auf die Teetasse in ihren Händen. »Am siebenundzwanzigsten.«

»In drei Wochen. Das ist nicht viel Zeit für die Vorbereitung, aber wenn ich eines will, dann ist es eine Abschiedsparty.«

»Du musst nicht so viel Aufhebens davon machen.«

»Und ob ich das muss. Es gibt gar keine andere Art zu gehen. Man gibt eine Party, verabschiedet sich, und am nächsten Tag – *Peng!* – erscheint man in einem neuen, jungen Körper.« Das habe ich jedenfalls gehört. Ich bin noch nie einer Companion begegnet. Ich bin sicher, dass es in Sydneys Kreisen viele gibt, aber seit der Scheidung habe ich kaum noch Einladungen zu gesellschaftlichen Ereignissen bekommen, die der Mühe wert gewesen wären. »Was meinst du, wie jung ich werden sollte? Ich dachte an sechsundzwanzig. Oder ist das zu jung? Ich möchte ja nicht, dass du dich …«

»Mutter, könntest du damit aufhören?«

»Was ist denn, Liebes?«

»Es ist … es ist ernst.«

»Du gibst mir drei Wochen. Ich muss jetzt einige Entscheidungen treffen.«

Isla drückt meine Hand an ihre traurige, feuchte Wange. Die I8 draußen vor dem Fenster spielen verrückt. Ich tätschele ihr die Haare – es wird schon alles gut werden. Meine Nägel sind zinnfarben, ein kalter Farbton. Nach meiner Wiedergeburt werde ich wieder Rot tragen.

Am Abend nehme ich etwas, dieses Mal eine ganze Tablette, und betrachte vom Bett aus den Bildschirm. Hinter mir habe ich einen riesigen Haufen Kissen aufgetürmt, meine Beine stecken unter der Seidendecke. Ich suche nach

Meldungen über Isla und mich im Café – dort waren so viele I8, es war eine so dramatische Szene. Ich finde keine Spur von uns und rufe gereizt meine Haushälterin Ria, damit sie mir ein Stück Biskuitkuchen bringt, ehe ich auf meinen Lieblingsfeed umschalte. Die Gesichtszüge der Moderatorin sind so scharf hervorgehoben, dass sie ihr etwas katzenhaftes verleihen. Sie wackelt mit den Hüften und verkündet: »Nach Tagen der Spekulation, nachdem Bilder von einem Besuch der Hollywoodgröße Lorna Banks in einer Metis-Fabrik aufgetaucht sind …«, darauf folgen verwackelte I8-Aufnahmen der Schauspielerin, die einen riesigen Hut mit wippender Krempe und eine Sonnenbrille trägt, während sie in ein wartendes Auto eilt, »… ist die alterslose Schönheit als Companion wieder herausgekommen.«

»Nein!« Ich schreie den Bildschirm beinahe an, als er die Tore des Studios zeigt, vor denen sich eine Meute von Demonstranten versammelt hat – eine seltsame Mischung aus religiösen Fundamentalisten und Fans, die gleichermaßen erbost sind. Mein Gott, muss er wütend sein. Lorna ist einer ihrer größten Stars.

Sydney hat sie der Agentur gestohlen, als er ging. Ich kann mir gut vorstellen, mit welchen Versprechungen er sie geködert hat: Warum einer Agentur Kommission bezahlen, wenn wir dir eine endlose Reihe von Filmen garantieren können? Wir hatten die Idee gemeinsam entwickelt, ein firmeneigenes Talent, keine Mittelsmänner. Natürlich wussten wir, dass so etwas der Agentur, die wir gemeinsam aufgebaut hatten, sehr schaden könnte, vielleicht würde es sie sogar ruinieren. Müßige Träume, hatte ich damals angenommen.

»So etwas würden wir doch niemals wirklich tun, oder?«, habe ich Sydney gefragt, und er hat mein Knie getätschelt.

»Natürlich nicht«, antwortete er.

Mir wird schwindlig und übel, und von der Tablette bekomme ich dieses seltsam distanzierte Gefühl.

Ria kommt mit ihren orthopädischen Schuhen hereingequietscht, stellt mir einen Teller Kuchen auf den Schoß und blickt zum Bildschirm hoch. Wie eine Holzpuppe sperrt sie den Mund auf, eine schreckliche Angewohnheit, mit der sie sich davon abhalten will, vorlaute Bemerkungen zu machen.

»Spuck's schon aus, Ria.«

Sie schiebt die verbrauchten Hände in die Falten ihrer Schürze. »Ich kenne sie, das ist alles.«

»Nein, Ria, du kennst sie nicht. *Ich* kenne sie.« Oder ich kannte sie. Damals, als ich noch Sydneys Frau war. Heute würde sie vermutlich nicht einmal mehr eine Einladung zum Tee von mir annehmen.

»Na ja, sie hat einmal hier gegessen, oder? Sie mochte meine gefüllten Eier.«

»Und jetzt kommt sie mir auch noch zuvor und ruiniert mir ...« Ich unterbreche mich. Ich habe es Ria nicht erzählt, ich dachte keine Sekunde daran, was es für sie bedeuten würde. Seit siebenundzwanzig Jahren ist sie meine Haushälterin, sie war von Geburt an das Kindermädchen meiner Isla. »Nun geh schon, Ria.«

Als sie nach draußen quietscht, nehme ich das Stück Kuchen und schlinge es auf einmal hinunter.

Ich plane die Details und informiere Sydney darüber. Sofort meldet er sich und bestätigt alles. Ich spüre, wie sehr er mich wissen lassen will, dass er für mich da ist. Ich weiß es. Bis dass der Tod uns scheidet – das bekommt auf einmal eine ganz neue Bedeutung. Er hat vor Jahren einen Pakt mit mir geschlossen, und auch wenn er ihn gebrochen hat, jetzt am Ende will er unbedingt für mich da sein. Das ist schön, sogar rührend, nimmt mir aber nicht die Ängste, die mit jedem Tag stärker werden. Meine einzige Ablenkung ist die Planung.

Blumen, Musik, Essen und Getränke, eine Zeremonie, die Unterschriften … nein, das kommt erst danach, wenn wir allein sind. Sie sagen, ich könne in der vertrauten Umgebung meiner eigenen Wohnung sterben. Der Arzt und sein Team werden mir Medikamente geben, die mich schläfrig machen. Ich treibe einfach davon. Meine Tochter und alle, die ich dabeihaben möchte, können dort sein. Wenn ich aufwache, bin ich schon in der Metis-Klinik in meinem neuen Körper, und dann bin ich ihr geistiges Eigentum.

Ich versuche, nicht daran zu denken, und richte meine Aufmerksamkeit lieber auf die Zeremonie. Sydney und ich, wir beide, vor der Versammlung. Ich möchte zwar nicht kleinlich sein, nicht an einem solchen Abend, aber ich streiche mit Feuereifer die Gästeliste zusammen und lösche die Namen, die seine neue Gattin vorgeschlagen hat. Sydneys alte Freunde aus der Agentur, die aufzubauen ich geholfen habe, hoffen wohl darauf, sie könnten ihn umstimmen und ihn bitten, sein Angebot noch einmal zu überdenken. Ihre Schlangen von Ehefrauen würden mich mit Haut und Haaren verschlingen, wenn sie glaubten, es wäre gut fürs

Geschäft. Diese Stars aus den Studios mit ihren miesen Einstellungen und der Neigung, den ganzen Abend zu dominieren, indem sie schluchzen, Sachen kaputtschmeißen oder nackt in den Pool springen. Vor allem Jakob Sonne, der mit seiner furchtbaren Ex-Freundin auf der Gartenparty erschienen ist, mit der ich Geld für krebskranke Kinder im Cedars-Heim sammeln wollte. Sie hat eine unglaubliche Szene gemacht, sie war völlig zugedröhnt und schrie Jakob und alle anderen an, die es wagten, ihren Blick zu suchen. Er sei falsch, ganz anders, rief sie immer wieder. *Du bist jemand anders!* Im Pool verlor sie das Bewusstsein, wir mussten einen Rettungswagen rufen, und damit hatte sie mein Wohltätigkeitsfest ruiniert. Als Entschuldigung stellte Sydney einen großen Scheck für das Cedars aus. Sie haben mich nie wieder gebeten, eine solche Veranstaltung auszurichten. Nein, ich will die richtigen Leute um mich haben und in der richtigen Stimmung sein – keine Selbstdarsteller, die mir das Rampenlicht stehlen, keine Scherzbolde, absolut niemanden, der es mir versauen könnte.

Ich unterhalte mich per Video mit Sydneys Sicherheitschef, während ich schnell die heruntergekommene Rosewood Avenue hinuntergehe. Nur noch ein letztes Geschäft, das ich aufsuchen möchte, aber jetzt bricht ein heftiger Schauer los, und alle rennen aufgeschreckt und mit großen Augen umher. Immerhin habe ich einen Regenschirm mitgenommen, der bei diesem Guss aber so gut wie nutzlos ist. Ich habe keine Zeit, noch einmal mit dem Auto hinüber nach West Hollywood zu fahren. Das ist der einzige Ort, wo ich die altmodischen Stoffservietten bekommen kann, die ich unbedingt haben will. Der Abend muss einfach perfekt werden, sage ich den Wachleuten ständig. Keine wütenden Fans, keine frommen Spinner, auf keinen Fall Ärger. Ein Mädchen läuft in meine Richtung. Sie schwankt unsicher, bis – oh nein, was tut sie da? Die Einkaufstaschen fliegen zur Seite, ein Stechen in meinem Bein, ich sinke auf die Knie. Oh, tut das weh! Und es ist nass es ist nass es ist nass. Ich sitze in dem mehrere Zentimeter tiefen Wasser auf dem Hintern, und das Mädchen beugt sich zu mir herunter. »Es tut mir leid. Ich kann gar nicht glauben, was ich da angerichtet habe! Sind Sie verletzt?«

»Mir geht es gut«, sage ich unwirsch und versuche aufzustehen. Mein Kleid ist klatschnass. Sie fasst mich am Arm und zieht mich vom Fußweg hoch wie den aufgeweichten Panzer eines alten Insekts. »Oh, sind Sie aber stark.«

»Das ist kein Wunder.« Sie sammelt meine Sachen ein. »Mein Körper ist künstlich hergestellt. Da ist es doch das Mindeste, dass ich einer Dame helfe, im Regen ihre Siebensachen einzusammeln, zumal ich die Idiotin bin, die Sie umgeworfen hat.«

»Sie sind eine Companion.«

»Ja genau, das bin ich.« Sie schenkt mir sogar die Andeutung eines Lächelns. Ihr Gesicht wirkt in jeder Hinsicht normal, eigentlich nicht hübsch und auch nicht besonders auffällig. Warum hat man sie so schlicht gemacht? Trotzdem, sie wirkt jugendlich, und allein das ist schon eine Art von Schönheit.

»Wie ist das so?«

»Ich würde es Ihnen gern erzählen, aber der Regen – ich

halte schon etwas aus, aber ich möchte das Schicksal lieber nicht herausfordern.«

Wahrscheinlich hat sie ein schlechtes Gewissen, weil sie mich umgerannt hat, denn jetzt bietet sie mir an, mir einen Drink auszugeben. »Ich treffe mich dort gleich mit einer Freundin«, sagt sie, während wir in die nächstgelegene Bar eilen. Der Laden ist heruntergekommen und riecht nicht gerade gesund. Auch die Kundschaft lässt zu wünschen übrig. Beweis: Die Frau im schwarzen Kleid mit dem unendlich tiefen Ausschnitt und den entblößten Beinen, die dringend rasiert werden müssten. Ihr Kopf ruht schwer auf der Theke. Schnarcht sie sogar?

Ich bestelle zwei Gläser Chardonnay, der die Farbe von Urin hat, und wir setzen uns an einen Tisch. Die Companion lümmelt sich auf ihren Platz und schlägt die Beine übereinander. Ein Fuß pendelt zu einem Rhythmus, den ich nicht höre.

»Sind Sie ein neueres Modell? Ich hätte damit gerechnet, dass Sie …« Ich halte inne und überlege genau, was ich sagen will. »Dass Sie steifer sind.«

»Ich kann den Sitz spüren, wussten Sie das? Viele Menschen wissen es nämlich nicht. Es gibt jede Menge weit verbreitete Irrtümer über die Companions.«

»Sind Sie ein Implantat?«

»Wie bitte?«

»Meine Tochter … sie wünscht sich, dass ich es mache. Und ich glaube, sie fürchtet, ich würde es mir im letzten Augenblick anders überlegen. Ich meine, es ist ja nicht so, dass ich es nicht verstehe – sie will ihre Mutter nicht verlieren, aber ich …« Ich halte inne, damit ich nicht noch mehr stottere. Darauf muss ich achten. Eine *so* alte Frau will ich nun wirklich nicht sein. »Wie ist das? Spüren Sie sich selbst? Fühlen Sie sich lebendig?«

»Ja und nein.«

»Wie meinen Sie das?«

»Mein Körper reagiert auf Reize. Ich habe auch Emotionen. Ich fühle mich in jeder Hinsicht lebendig. Dann erinnere ich mich aber, dass ich in einer Maschine lebe. Meine Emotionen – sie sind alle irgendwie hergestellt. Alles, was mit mir geschieht, geschieht genau genommen der Maschine. Ich stecke in ihr, und doch fühle ich es.«

»Stört es Sie?« Es ist schwer, die richtigen Worte zu finden, und ich möchte meine neue Freundin nicht gleich vor den Kopf stoßen. »Dass Sie … keine richtige Person sind?« Es fühlt sich falsch an, als ich es ausspreche, aber es scheint sie nicht zu stören. Sie hat sicher schon Schlimmeres gehört. Viele Menschen reagieren ungehalten, wenn es um Companions geht, vor allem die frommen Leute, die heutzutage besonders fanatisch sind.

»Nicht mehr«, antwortet die Companion. »Glauben Sie mir, das war früher anders. Ich denke, es ist für jeden Menschen ausgesprochen traumatisch, ganz egal, was man sich so erzählt, wenn er den eigenen Körper aufgeben muss. Aber es ist auch befreiend. Mein altes Ich ist tot, und mit ihm alle meine Fehler und Ängste. Jetzt bin ich nur noch das, was ich tue.«

Mir fällt auf, dass sie nicht trinkt, dann erinnere ich mich, dass sie es gar nicht kann. Wie kann man ohne Chardonnay leben?

»Sagen Sie mal, wer hat Sie eigentlich gemietet?«

»Sie.« Sie nickt in die Richtung des attraktiven jungen Mauerblümchens, das sich uns gerade nähert. Ich sehe sofort, wie sehr sie sich bemüht, nicht aufzufallen. Sie hat die Haare zu einem langen Pferdeschwanz zurückgebunden, die Augen bleiben hinter einem Vorhang von Locken verborgen, und sie trägt ein unvorteilhaftes sackartiges Kleid. Trotzdem, sie ist so jung und hat eine Haut von der Farbe einer rohen Nudel.

»Ist sie Ihre …« Welches Wort benutzt man heutzutage?

»Geliebte?« Die Companion klopft auf den Stuhl neben ihrem, und das Mädchen huscht herbei. Sie sieht sich ständig in dem Raum um, offenbar ist sie nervös. Wir stellen uns einander vor. Das Mädchen heißt Cam und kommt aus San Francisco.

»Was machen Sie denn so?«, frage ich sie.

»Ich bin Pflegerin.«

»Und wen pflegen Sie?«

Sie lacht, die Companion stimmt ein. Ich weiß nicht einmal ihren Namen. Es ist eigentlich zu spät, um jetzt noch zu fragen, aber ich sterbe bald und frage trotzdem.

»Lilac.«

»Wie die Pflanze?«

»Wie das Schweinchen.« Wieder lachen sie. Sie küssen sich, Finger verschwinden in den Falten des unattraktiven Kleids. Ein Tuscheln und ein Schnüffeln – können Companions riechen?

»Der Regen«, sagt Cam.

Lilac zieht Cams Hände von ihren Wangen. »Es geht mir gut.«

Cam wendet sich an mich. »Es war schön, Sie kennenzulernen.« Nervös huscht sie zur Theke zurück.

»Habe ich etwas falsch gemacht?«, frage ich.

Lilac seufzt. Eine seufzende Companion! Es ist wirklich erstaunlich, wie lebensecht sie erscheint. »Nicht Sie. Ich.«

»Streiten Sie sich?«

»Eigentlich nicht. Aber wir kommen auch nicht so gut miteinander aus.«

Ich weiß genau, was sie meint. Eine neue Beziehung aufnehmen, sich verlieben, aus Liebe handeln, das klingt alles so aufregend! »Wie schade. Sie wären ein schönes Paar.« Dann denke ich über Sex nach und kann nicht anders, ich muss sie fragen. »Ist es denn … erfüllend?«

»Das kann es sein.« Lilac scheint amüsiert. Ihr Mienenspiel – das ist wirklich hervorragende Arbeit. Ich könnte den Unterschied zu einem echten Gesicht nicht erkennen.

»Ich möchte nicht sterben. Aber wenn sie sich nun irren? Ich habe Angst davor, die falsche Entscheidung zu treffen.«

»Wenn Sie wollen, kann ich für Sie da sein. Ich weiß, wie es ist. Ich würde Sie gern unterstützen.«

»Das ist wirklich freundlich, vielen Dank.« Ich meine es ernst. Aus irgendeinem Grund kann ich mir auch nicht vorstellen, sie *nicht* zu der Party einzuladen. »Wissen Sie was? Ich nehme Ihr Angebot an. Companion oder nicht, Sie sind wirklich reizend.« Ich zücke mein Telefon und setze ihren Namen auf die Gästeliste. Ich könnte wirklich jemanden gebrauchen, der meine Lage versteht.

Draußen ist der Schauer abgeklungen. Wir nehmen unsere Jacken, umarmen uns unter der tropfenden Markise.

Die Luft hat diesen wundervollen sauberen Geruch, den sie nur nach einem der seltenen Regenschauer hat.

Obwohl Sydney und unsere Tochter protestiert haben, habe ich die Unterzeichnung der Papiere bis zum entscheidenden Abend verschoben. Sonst ist die Zeremonie nicht echt. Der neuen Ehefrau gefällt das nicht. Sie sitzt übellaunig in der Ecke, schlürft Champagnerflöten leer und tut so, als sei dies nicht die beste Party, die es je gegeben hat, ein perfektes Gleichgewicht zwischen Feierlichkeit und Ernst.

Sydney war so aufmerksam, das oberste Stockwerk des Beverly Tower zu mieten. Von dort aus hat man einen grandiosen Ausblick auf die Autoschlangen auf den Highways und die I8, die am Himmel umhersausen. In der benachbarten Suite warten meine Ärzte darauf, mich nach der Zeremonie zu töten. Sehr zuvorkommend!

Ich habe mich für weißes Dekor entschieden, denn diese Farbe steht für die Wiedergeburt. Der Schein der Kerzen spielt auf den Wänden, unter die Decke wird ein Sternenhimmel projiziert. Ich würde lieber richtige Sterne sehen, aber angesichts der Bewölkung und des unzuverlässigen Wetters ist es besser so. Eine kontrollierte Umgebung, ein sicherer Ort. Hier, mit dieser unglaublichen Auswahl an Essen und der vollen Bar, umgeben von meinen engsten Freunden und den Handleserinnen und als Empfängerin der Segenssprüche von den buddhistischen Mönchen, die ich für diesen Abend gebucht habe, fühle ich mich – oh, ein Tablett mit Drinks! Ich nehme mir eine Champagnerflöte, setze an und leere sie mit zwei Schlucken. Das sollte ich lieber nicht tun. Ich habe eine Kleinigkeit genommen, um den Abend zu überstehen. Der Arzt sagte, ich solle nicht ausgerechnet jetzt damit aufhören, und ich bin unbedingt dafür, die Ratschläge der Ärzte zu befolgen. Jemand nimmt mir das Glas ab und drückt mir ein volles in die Hand. Als ich mich umdrehe, erkenne ich die Companion.

»Lilac!« Ich küsse sie auf die glatte, überraschend warme Wange. »Du strahlst ja förmlich.« Sie trägt einen schwarzen Hosenanzug. Die Haare sind kurz geschnitten und glatt zurückgekämmt, die Lippen rot geschminkt. Ihre Haut ist wie mit Tau benetzt, als hätte sie eine Feuchtigkeitscreme benutzt. Ich frage mich, wie sie so etwas macht, wie sie eine solche Wirkung erzielt. Das muss ich sie unbedingt fragen, aber das kann warten! »Ist Cam auch da?«

»Sie lässt sich gerade aus der Hand lesen.« Lilac blickt über meine Schulter hinweg und betrachtet den Raum. »Wie geht es dir?«, fragt sie mich.

»Ich möchte nicht lügen, ich bin ein wenig nervös. Aber es macht Spaß.«

Oh, da ist die Pastorin! Ihr krauses rotes Haar sieht im Kerzenschein aus, als hätte es Feuer gefangen. Sie ist schön – das möchte ich sie wissen lassen, und wie wundervoll ich es finde, dass sie kommen konnte.

»Leider habe ich noch eine andere Veranstaltung«, sagt die Pastorin. »Haben Sie schon etwas von ihm gehört?«

Sydney. Er kommt immer zu spät – das hätte ich gleich einplanen sollen! Aber das ist die Aufgabe einer Ehefrau, und ich bin ja keine mehr.

Nachdem ich die Pastorin beruhigt und mit einem Kanapee fortgeschickt habe, fragt Lilac: »Wo ist die Toilette?«

Ich zeige ihr den Weg, und sie küsst mich leicht auf die Wange. »Ich komme später wieder zu dir. Genieße den letzten Abend in deinem Körper.«

Ich sehe ihr nach und frage mich, was sie wohl im Badezimmer will. Irgendwie fühle ich mich zurückgesetzt. Ich hatte erwartet, dass sie an diesem Abend *meine* Companion sein würde. Na ja, nicht jeder ist gleich gut für die Arbeit geeignet. Und ich? Ich wäre eine ausgezeichnete Companion. Isla wird mich buchen, und wir werden zusammen wieder so jung sein wie zwei Schwestern. Zuerst wird es sich seltsam anfühlen, aber wir werden uns daran gewöhnen. Was bleibt uns sonst auch übrig?

Ich besorge mir noch eine Champagnerflöte, lächle und wandere durch den Raum. Wenn man sich bewegt, sagen die Leute Hallo und lassen einen gehen, aber wenn man stehen bleibt, meinen sie sofort, man suchte Anschluss und man dürfe sich an so einem Abend doch nicht allein fühlen. Ich bewege mich in Kreisen. Ich bin immer noch dabei, als Isla mich findet. Sie ist mir zu Ehren ganz in Weiß gekleidet, das liebe Kind – ich weiß, wie sehr sie diese Farbe verabscheut. Sie sagt, dabei werde sie selbst ganz farblos. Ich streichle ihr über die Haare, die sie zu einem komplizierten Knoten geflochten hat, und lege ihr die Hand auf die Wange. Sie ist verlegen – nein, sie weint beinahe, ja, sie weint, und ich halte sie fest, mein liebes Mädchen. Über ihre Schulter hinweg sehe ich Jakob Sonne, diesen schrecklichen Schauspieler, den ich von der Liste gestrichen habe. Ausgerechnet er! Nach dem Vorfall bei der Cedars-Veranstaltung habe ich ihn nicht nur angebrüllt, ich habe ihn geradezu vernichtet, ich habe ihn in Stücke gerissen und sein weiches Babygesicht, seine miese Schauspielerei, seine ganze löffelgefütterte Existenz verflucht – was wusste er mit diesem Gesicht denn schon von meinen Kämpfen? Bis heute hat Sydney dafür gesorgt, dass sich unsere Wege nie wieder kreuzten.

»Einen Augenblick, meine Liebe«, sage ich zu Isla. Ich marschiere zu den Wachleuten hinüber, doch da kommt schon Sydney in einem prächtigen weißen Anzug hereingestürmt. Das Hemd spannt über seinem Bauch – so fett habe ich ihn noch nie gesehen! Womit stopft ihn diese Frau bloß voll? Da stöckelt sie auch schon auf ihn zu. Es könnte nicht besser für mich laufen – ein paar wütende Worte, sie ist aufgebracht.

Isla kommt zu mir. »Mutter, brauchst du etwas?«

»Vielleicht ein wenig zu essen? Ich glaube, ich habe Hunger.«

Schon ist Isla fort, und ich beobachte den besten Teil – die Ehefrau geht!

Sydney wischt sich mit der flachen Hand über den zurückweichenden Haaransatz und bemerkt, wie ich ihn anstarre. Er grinst mich jungenhaft an. Oh, wie gern würde ich ihn umarmen! Wir gehen aufeinander zu. Ich wünschte, ich könnte das ausdehnen, und gleichzeitig geht es mir nicht schnell genug – wie kann das sein? Er fasst mich am Arm, legt die Wange an mein Gesicht. Er ist frisch rasiert und dampft vor Cologne. Ich möchte singen, aber da entweicht die Luft aus dem Raum, meine Ohren explodieren, und ich stürze.

Stechende Schmerzen in der Hüfte, ein Klingen im Ohr, das die Welt fernhält. Ich taste umher und suche und forsche, bis ich auf dem Arm und der Schulter eine Hand spüre, die gleich darauf mein Gesicht berührt. Cam.

»Hast du dir etwas gebrochen?«

»Ich glaube nicht.« Ich staune selbst über meine brüchige Stimme, sie klingt so alt. Cam richtet mich auf, bis ich sitze. Blinzelnd sehe ich mich um und starre das Loch an, wo vorher das Badezimmer war. Meine Party zerfällt in Schutt und Asche und Stöhnen.

Ich höre Feuerwerk knallen. Nein, das sind Schüsse! Einer von Sydneys Wächtern geht zu Boden – wo sind die anderen? Dieser Jakob, er hält meinem Mann, meinem Sydney, eine Pistole an den Kopf. Seltsam, dass ich ausgerechnet jetzt daran denke – er hat die Papiere noch nicht unterschrieben! »Nein!«, rufe ich.

»Still«, zischelt Lilac, die neben Cam hockt. Nun spüre ich, wie Jakob seinen gelassenen Leinwandblick auf mich richtet.

»Ich erinnere mich an dich. Die Ehefrau.« Er schenkt mir dieses schmierige kleine Grinsen, das ihn berühmt gemacht hat. *Ex-Frau,* will ich antworten, aber ich lasse es lieber. »Weißt du, was mir dein Mann angetan hat?«

»Was meinst du damit? Sydney hat dich doch zum Star gemacht.«

Er hebt die Waffe, und ich höre den Knall.

Ich liege auf dem Rücken, es hallt in den Ohren, und auf einmal ist alles so nass. Mein Gott, hatte ich einen Unfall? Zu lange, ich habe zu lange gewartet. Das denke ich, als ich meinen Bauch berühre. Meine Hand ist nass und rot.

»Warum hast du das gemacht?«, schreit Cam.

Sydney rappelt sich auf. Er hält den Burschen an den Armen fest, er tut es für mich! Dann fällt ein zweiter Schuss.

»Sydney!«, rufe ich. Nur, dass es nicht Sydney ist, der stürzt, sondern Jakob. Er bricht zusammen, und Sydney läuft los, aber nicht zur Tür, sondern zu mir. Trotz der grässlichen Schmerzen beuge ich mich vor, strecke die Arme aus und rufe ihn. Lilac steht neben mir auf und hebt eine Waffe. *Peng-peng.* Sydney fällt zur Seite um, und ich kreische. Cam drückt mir die Kehle zu. »Wir müssen ruhig bleiben«, sagt sie mir ins Ohr. »Bleib ruhig.«

Bleib ruhig, denke ich und will schon wieder kreischen. Sydney liegt auf der Seite. »Du hast ihn erschossen!«

Lilac achtet nicht auf mich, sondern sagt zu Cam: »Hol es.« Es klingt verzweifelt. Cam lässt mich los und steht unsicher auf, dann kniet sie neben Jakob nieder und wühlt in seinen Haaren – weint sie? Hinten aus dem Kopf zieht sie eine schmale silberne Schachtel heraus. Ein Companion! Cam hebt den Blick und funkelt Lilac an. Ihr Gesicht ist schmutzig und voller Tränen und hasserfüllt. Ich kenne diesen Blick. Es ist das Ende, zwischen ihnen ist nichts mehr.

»Wo sind die Ärzte?«, fragt mich Lilac.

»Das kannst du nicht tun«, antwortet Cam.

»Er verdient ihn eher als sie.« Da wird mir bewusst, dass Lilac über mich redet, über meinen Körper.

»Wir können das nicht tun«, sagt Cam entschieden. Sie beugt sich über mich und legt mir die Hand auf den Bauch. »Alles gut. Die Ärzte können dich hochladen. Wir müssen uns beeilen.«

»Hilf mir«, sagt sie zu Lilac, die vor mir steht und immer noch die Waffe hält. Lilac seufzt und kniet nieder, damit sie mich leichter anheben kann. Es tut weh, ich kreische, und sie legt mich wieder ab.

»Lasst mich«, sage ich ihnen. »Es spielt sowieso keine Rolle mehr. Er hat nicht unterschrieben.«

Cam beugt sich dicht über mich und legt die Hände an meine Wangen. »Wo ist der Vertrag?«

»Die Pastorin hat ihn.«

Sie lassen mich auf dem Boden liegen und suchen herum. Ich höre ein Stöhnen, es ist Sydney. Ich hebe den Kopf und sehe, wie er mühsam ausatmet. Ein Blutschwall quillt aus seinem Mund hervor.

»Hör auf«, rufe ich ihm zu. Ich kann mich nicht bewegen, die Beine gehorchen mir nicht mehr.

Sein Kopf fällt zur Seite. Er schenkt mir ein schräges rotes Lächeln.

»Oh Sydney, du bist so ein mieser Ehemann gewesen, aber ich habe dich geliebt, ich liebe dich immer noch.«

Er hebt die Hand und bewegt die Lippen. »Unterschreiben.«

»Ich habe ihn«, ruft Lilac. Das Tablet der Pastorin ist wie durch ein Wunder intakt. Sie bringt es zu Sydney, der seine Unterschrift krakelt, und sendet das Dokument ab. Er will noch etwas sagen, doch nun würgt er, spuckt wieder Blut, und ich wünschte, ich könnte ihn umarmen, trotz allem, was er getan hat. Nur mein Körper, ich spüre jetzt, was sie die ganze Zeit damit meinten – ein bloßes *Gefäß*, so sagt man wohl heutzutage. Und ich muss das Gefäß wechseln.

Da sehe ich meine Tochter Isla, ganz in Weiß. Sie richtet den glasigen Blick an die Decke, und ich spüre in meinem kranken, blutenden Bauch, dass sie tot ist, meine Isla. Nein, nein, nein, das kann nicht wahr sein, das darf nicht sein. Wo sind die Ärzte? Ladet sie sofort hoch! Ich rufe: »Jetzt jetzt jetzt! Sydney!« Aber ich sehe ja, wie still er dort liegt – auch er ist tot.

Lilac sagt: »Der Vertrag gilt nur für dich. Für jemand anders gibt Metis den Körper nicht frei.«

Ich möchte die Fäuste heben und sie schlagen, ihr das Maschinengesicht zertrümmern, aber meine Arme … sie gehorchen mir nicht mehr.

Die Companion hebt mich hoch und rennt in meine Suite. Die Ärzte schauen ängstlich drein, sie sagen etwas, das ich nicht verstehen kann – ich kann nicht mehr hören! Ich schüttele den Kopf. Nein, noch nicht, nein!

Ein Jahr nach Ende der Quarantäne

ROLLY

Del Norte County, Kalifornien

Die Wälder waren eine Gegend, dort konnten wir hingehen, Andy und ich, wenn der Geruch zu stark wurde, dieses schmorende Plastik und der Gestank des Entsorgungstages. Er drang bis weit in den Wald vor, durch die geringelten Seepferdchen der Riesenfarne, durch das Gewirr der dicken Mammutbäume, über den »Sumpf« hinweg, wie wir den schlammigen Bach mit den frischen Bärenspuren genannt haben, der in zahlreichen Windungen zum Fluss strömte. Der Geruch verfolgte uns, und ich folgte Andy, der durch den laut schmatzenden Schlamm marschierte. Er hatte keine Angst, einem Bären zu begegnen. Ich hatte ihn gewarnt, weil sie gefährlich waren, aber alle seine Bücher besagten etwas anderes. Er dachte, sie seien bloß wuschelig und liebenswert und mochten Blumen und kleine Jungs. Falls wir jemals einem Bären begegneten, würde Andy ihn wahrscheinlich umarmen wollen.

Wir kamen nicht weit, bis wir wieder einmal den braunen Dunst heranwallen sahen. Er kam zuverlässig wie ein Uhrwerk, genauso wie der Sonnenaufgang. Im Osten brannte es, in den Wäldern von Mount Shasta, Six Rivers und Klamath. Es schien, als würde es dort ewig brennen. Sobald ein Feuer erlosch, flammte irgendwo ein neues auf. Meist wehte der Rauch nur in schwachen Böen oder als ein leichter brauner

Dunst herüber, aber manchmal kam er schwer und dick wie Suppe.

Bei jedem Schritt durch den Sumpf spürte ich einen Sog, der mich unter die Erde ziehen wollte, zu den Orten unterhalb der Oberfläche. Ich fragte mich, wie tief man sinken musste, bis man auf etwas Flüssiges traf. Aus der Schule wusste ich, dass sich unter uns glühendes Magma befand, aber an der Oberfläche gab es kühlen, dicken Schlamm. Und, oh verdammt, Andy weinte ja.

»Was ist los?«

Ein Stiefel. Er hatte im Schlamm einen Stiefel verloren. Der Rauch war jetzt ganz dicht und wehte an uns vorbei. Andy legte den Kopf in den Nacken und stieß einen hilflosen Schrei aus. Wir wussten beide, dass Pa wütend sein würde. Lieferungen an unsere entlegene Adresse waren teuer.

Ich zog ihm meine eigene Maske über Nase und Mund und sagte ihm, er solle sich ja nicht rühren. Dann bückte ich mich tief und wühlte mit den Händen im Schlamm, immer im Kreis um ihn herum.

Ich war dreizehn, als Ma mit Andy schwanger wurde, mit unserem Wunderbaby. Ich hatte angenommen, sie hätten es aufgegeben. Sie hatten seit Jahren nicht mehr über Kinder gesprochen. Aber auf einmal war sie schwanger, und ich hatte das Gefühl, dass es gar nicht so plötzlich kam, sondern dass hinter dem dicken Vorhang, den meine Eltern zwischen uns aufgehängt hatten, ein großes Drama mit vielen Akten stattgefunden hatte, von dem ich auf der anderen Seite überhaupt nichts mitkriegte. Als das Baby geboren wurde, war ich bei der Entbindung dabei, obwohl die Hebamme nicht sicher war, was dieses Erlebnis bei einem Jungen anrichten würde. Ma war eigentlich zu alt, um schwanger zu werden. Es bedeutete ein »Risiko«, und ihr war klar, dass sie mich brauchen würde. Ich sollte von Anfang an wissen, worauf wir uns einließen. Und ich sah es – die Schmerzen, es zerriss Ma von innen heraus, all die Schreie und dann dieses rote Bündel, das sie mir in die Arme legten. Es war auch mein Wunder, und es war schrecklich, diese Angst und diese Schreie. Pa musste sich um die Farm kümmern, und Ma schlief manchmal mehrere Stunden durch. Ich hatte dann dafür zu sorgen, dass Andy sie nicht weckte. Sie war so müde, ihr Bauch war aufgebläht, die Handgelenke waren dünn wie Zweige. Sie starb, ehe Andy allein aufrecht sitzen konnte.

Endlich stieß ich im Schlamm auf den Stiefel, aber als ich mich dann zu Andy umdrehte, war alles braun. Mir brach der Schweiß aus, ich rief ihn, tastete mich durch den Rauch und orientierte mich an seinen Rufen.

Wie Ma gesagt hatte, war ich auf meine Art auch ein Wunder. Sie sind bis in den Senegal geflogen, um mich abzuholen, nachdem meine leibliche Mutter gestorben war. Damals konnten sich ein Mittelstands-Farmer und seine Frau so etwas noch leisten (obwohl ich später erfuhr, dass sie eine dritte Hypothek auf die Farm hatten aufnehmen müssen, um die Reise und die Formalitäten zu bezahlen).

Erst als sich der Rauch verzog, fand ich Andy, und – oje! – er hatte sich in die Hosen gemacht. Ich machte ihm keine Vorwürfe, er war ja erst dreieinhalb. Wir zogen ihm die Unterwäsche aus und begruben den Unfall mit einem Stock im Sumpf. Anschließend wischte ich ihn mit großen Blättern ab. Das mochte er, er hielt mir den Po hin und machte *na-na-na*. Da versohlte ich ihn ein bisschen, und er weinte wieder. Er hatte ja keine Ahnung, welche Sorgen ich mir gemacht hatte. Als ich es ihm sagte, weinte er noch mehr. Dann sagte ich, es tue mir leid. Er solle aufhören. Und es tat mir wirklich leid. Ich mochte es nicht, wenn er meinetwegen weinte. Ich pflückte ihn aus dem Schlamm und schleppte ihn zur anderen Seite des Sumpfes.

Als Ma noch lebte, achtete sie immer darauf, dass ich mit meinen Verwandten in Verbindung blieb, vor allem mit meinem älteren Bruder. Aber mit siebzehn war ich kein niedlicher kleiner Junge auf dem Bildschirm mehr. Da drüben war das Internet lahm, unsere Gespräche waren gestelzt und wurden häufig unterbrochen. Mein Bruder fand oft einen Vorwand, zur Seite zu treten und einen Cousin vom Leben im überfüllten Thiès erzählen zu lassen. Dorthin waren sie umgezogen, als ihr Haus im Saloum-Delta überflutet worden war. Manchmal fragten sie mich, wie das Leben in den USA sei. Ich konnte aber erkennen, dass sie meine Schilderungen der Farm nicht besonders spannend fanden. Wir redeten immer seltener, und allmählich wurde mir bewusst, wie leicht man Menschen verlieren konnte, vor allem Andy, der immer irgendetwas anstellte. Er kletterte gern. Glücklicherweise kam er auf die Mammutbäume nicht hinauf und musste sich mit umgestürzten Stämmen begnügen, oder er sprang am Ufer des rauschenden Flusses von Stein zu Stein. Einmal sahen wir zwei Kajakfahrer mit Masken vorbeigleiten. Sie winkten mit ihren Rudern, oder vielleicht wollten sie uns auch verscheuchen, das war schwer zu erkennen. Andy wäre jedenfalls beinahe ins Wasser gesprungen, um ihnen zu folgen, so sehr fehlte ihm die Verbindung zu anderen Menschen.

Wir wollten schon zum Haus zurückkehren, weil Andy sich allmählich beruhigte, da bemerkte ich eine Bewegung im Schlamm. Zuerst dachte ich, es sei ein Frosch oder eine Eidechse, aber dann flatterten kleine Flügel, und es kippte zur Seite. Es war zu sehr mit Schlamm verklebt, um sich aufzurichten. Andy sah es auch, er schrie und rannte sofort dorthin. Er war schon außer Reichweite, und so rief ich nur, er solle es nicht berühren. Erstaunlicherweise hörte er auch auf mich. Er blieb kurz davor stehen, hockte sich auf die Knie und sah es sich genau an.

Wir nahmen den kleinen Vogel mit nach Hause und setzten ihn in einen alten Schuhkarton, den wir mit zerfetztem Toilettenpapier gepolstert hatten. Dann holten wir Mas grässliche Lampe mit dem blütenförmigen Schirm ins Schlafzimmer, nahmen den Lampenschirm ab und schoben den kleinen Vogel unter das warme helle Licht. Sie blinzelte und quakte. Wir waren uns sofort einig, dass es ein Mädchen war. So zierlich. Wir nannten sie Winifred – nach unserer Ururgoßmutter, die vor mehr als hundert Jahren dieses Stück Land gekauft hatte. Früher war es eine große Farm gewesen. Biologisch, noch bevor es biologische Lebensmittel gab, mit Liebe angebautes Gemüse. In der Blütezeit unserer Farm lieferte ich zusammen mit Pa unsere Waren bis nach Mendocino aus. Wir fuhren schon vor Sonnenaufgang los,

Pa ließ mich dösen, bis wir über den Highway One fuhren und der Himmel wunderschöne Farben annahm. Dann weckte er mich und sagte: »Willst du dir das nicht mal ansehen?«

Ich wusch mir die Hände in der Spüle, wärmte den Wildeintopf auf und deckte den Tisch. Andy sang unter seinem Stuhl leise vor sich hin. Da rief Pa von hinten: »Hilf mir doch mal mit der hier, Rolly.«

»Bleib hier drinnen«, sagte ich zu Andy.

Die Companion strampelte auf dem Förderband. Es war eine junge Erwachsene mit langen Haaren.

Pa hatte es geschafft, ihre Beine in die Metallklammern zu zwingen, aber sie hatte sich aufgesetzt, fuchtelte wild mit den Armen herum und wollte sich befreien.

»Pa, schalt sie doch ab.«

Er fuhr sich mit einer Hand durch das schüttere Haar. Er war hager, seine Wangenknochen traten wie Bergketten hervor, die Augen lagen tief in den Höhlen. Schlaf – er musste schlafen. »Meinst du, das habe ich nicht versucht? Das verdammte Ding ist kaputt.«

Sie brabbelte – nein, sie sprach eine andere Sprache. Russisch vielleicht? Als ich mich ihr näherte, ging sie auf mich los – mein Gott, war sie schnell – und packte mich am Hemd. Wir starrten einander an. Ihre Augen sahen nicht wie die einer jungen Frau aus. Ich wollte sie schon fragen: *Wie alt bist du da drin?*

Pa schlug ihr mit dem Hammer auf die Schulter. Sie quietschte wie eine Maschine und machte sich auf dem Förderband klein.

»Nimm die Arme«, sagte Pa. Ich gehorchte und sprach ihr leise ins Ohr, um sie zu beruhigen, wie Pa es mich gelehrt hatte. So beruhigend wie im Bauch einer Frau. Pa musste sie oft beruhigen, bevor sie zerstört wurden. Diese hier hatte Blasen im Gesicht – das war einer der Hauptgründe, sie zu entsorgen. Die Haut zersetzte sich mit der Zeit, zuerst war nur ein Fleck da, dann eine tiefe Wunde. Ganz egal, wie nahe man einer Companion stand, man wollte nicht mehr in der Nähe sein, wenn ihr Gesicht verweste. Viele Leute bezahlten für einen sauberen Neustart und ließen das Bewusstsein in einen anderen Körper übertragen, aber das war teuer. Viel teurer als ein Ersatzgerät. Wie auch immer sie sich entschieden, die alten Körper kamen jedenfalls hierher. Gewöhnlich waren sie abgeschaltet, und die Batterien waren leer, aber ab und zu waren auch Aktive dabei, die sich nicht abschalten ließen, so wie diese hier.

Sie fuchtelte immer noch wild mit den Armen. Sosehr ich es auch versuchte, ich bekam sie nicht in die Klammern. Wütend schlug sie um sich. Ich griff nach ihrem Handgelenk, konnte es packen und steckte es in die Führung. Wie ein Fisch auf dem Trockenen zappelte sie noch eine Weile, und als die Energie dann verbraucht war, schob ich ihre Arme in die Klammern und machte den Fehler, ihr in die Augen zu sehen. Sie flehte mich an, ich glaube, auf Russisch. Ich konnte kein Wort verstehen.

»Ich weiß«, sagte ich. »Alles wird gut.« Andy hielt sich an meinen Beinen fest, er wollte zuschauen. Er konnte einfach nicht hören. Ich kehrte der Companion den Rücken und hob Andy hoch. Er strampelte, weinte und kreischte und wollte unbedingt weiter zusehen, während die Companion in die Kammer befördert wurde.

Wir nahmen die Einäscherungen immer am Anfang des Monats vor. Die Reihe der Kisten mit den gepressten Exemplaren auf der Rampe verriet mir, dass wir unser CO_2-Kontingent für diesen Monat verbraucht hatten. Wenn das geschah, schaltete die Maschine automatisch auf Pressbetrieb um. Ich wusste das, weil mich Metis kurz nach meinem sechzehnten Geburtstag dazu ausgebildet hatte, den Job zu übernehmen, falls Pa jemals einen Helfer brauchte, obwohl er bisher niemals auch nur einen Tag lang krank gewesen war.

Von der Küche aus hörten wir die Maschine kreischen, die die Companion zerquetschte. Sie würde zusammen mit den anderen abtransportiert und irgendwo verscharrt und vergessen werden.

»Das war ja was«, sagte Pa, als er sich in der Spüle die Hände wusch. Er mochte die Aktiven, dann war doch etwas los, und die Verantwortung war größer. Ich glaube, damit fühlte er sich wichtig. Ich hätte gern widersprochen, doch er war guter Dinge, was selten genug vorkam, und so beschloss ich, es zu genießen. Sogar Andy ließ sich mitreißen, er hörte mit dem Theater auf und kletterte neben Pas Ellenbogen auf seinen Stuhl.

Pa war kein frommer Mensch, aber er mochte es, wenn wir einen Augenblick schweigend für unseren Reichtum dankten. Es war ein alter Brauch der Farmer. Man tat es, damit man eine gute Ernte bekam, hatte er mir einmal erzählt.

Das war lange bevor die Quarantäne unsere Farm vernichtet hatte. Bevor das Virus so viele unserer Kunden getötet hatte. Bevor Metis herausgefunden hatte, wie man Tote hochladen und an uns vermieten konnte. Pa nickte, und wir aßen.

Pa rührte seinen Eintopf kaum an und kippte lieber ein Ale hinunter. »Hast du schon deine Hausaufgaben gemacht?«, fragte er mich.

»Ja«, antworteten Andy und ich im Chor.

»Und die anderen Aufgaben?«

»Ja«, sagten wir noch einmal.

»Gut.«

Ich schaufelte Andy das Essen in den Mund. Er vergaß manchmal zu essen, er summte und ruckelte auf dem Stuhl hin und her und führte alberne Tänze auf, damit wir lächelten. Pa schenkte mir etwas Ale ein und lachte, als ich aufstoßen musste. Andy hatte Winifred noch nicht erwähnt. Das war auch gut, weil ich ziemlich sicher war, dass Pa uns nicht erlauben würde, sie zu behalten. Er hatte nämlich so seine Ansichten über Vögel als Überträger von Krankheiten: *Man kann heutzutage gar nicht vorsichtig genug sein.* Außerdem war es ein gutes Essen, das ich uns nicht vermiesen wollte. Wir waren alle glücklich.

Nach dem Essen machte sich Pa wieder an die Arbeit. Das sagte er jedenfalls. Die Maschine konnte ich allerdings nicht hören. Wahrscheinlich suchte er in seinem Schuppen nach einer neuen Flasche Bier, um sich den Verstand zu benebeln und danach möglichst ungestört zu schlafen. Ich gab mir Mühe, Mitgefühl zu empfinden, statt wütend zu werden. Ich meine, es war ja nicht seine Schuld, dass sie die Bauernmärkte geschlossen und die Reisefreiheit eingeschränkt hatten. Uns blieb nichts anderes übrig, als unsere angebauten Pflanzen eingehen zu lassen, abgesehen von denen, die wir zum Leben brauchten. Pa stritt sich oft mit jemandem am Bildschirm und verkaufte Teile unseres Landes. Schließlich wandte sich Metis an ihn. Bis die Quarantäne aufgehoben würde, brauchte das Companion Center in Crescent City eine nahe gelegene Entsorgungsmöglichkeit. Sie wollten unser ganzes verbliebenes Land kaufen, aber Pa sagte, er ließe sich nur drauf ein, wenn wir das Haus und die paar restlichen Hektar Wald behalten könnten. Sie heuerten ihn an, um die Entsorgung der Companions zu erledigen.

Zuerst war es nicht besonders zeitaufwendig. »Ein neues Produkt, gut durchdacht und ein gutes Design«, sagte Pa. Wir bekamen alle zwei Wochen eine Lieferung, und Pa brauchte nur ein paar Stunden, um sie abzuarbeiten. »Der leichteste Job, den ich je hatte.« Er klatschte in die Hände. »Und was tun wir jetzt?«

Wir spielten Karten und sahen uns alte Filme an, oder wir gingen mit Pas Gewehr in den Wald und jagten Rehe. Eine Weile war das schön.

Aber dann häuften sich die Defekte. Die Companions der ersten Generation wurden durch neuere Modelle ersetzt, die fortschrittlicher und menschenähnlicher waren. Pa hatte jede Menge zu tun, die Lieferungen kamen immer öfter, und es war mehr, als er bewältigen konnte. Er gewöhnte sich daran, lange zu arbeiten, er wurde schweigsam und trank, und Andy und ich waren wieder allein.

Sobald Andy in seinem Laufstall schlief, fing ich mit den

Hausaufgaben an. Ja, ich hatte Pa angelogen, aber es war eine Notlüge gewesen. Ich beendete meine Video-Lektionen und sah aus reiner Neugierde nach, ob ich auf einen Newsfeed zugreifen konnte. Nein, auf dem Bildschirm blinkte eine Sperrmeldung. Pa ließ mich nur die Schulfeeds ansehen. Er sagte, alles andere sei nur Dreck und Gewalt.

Ich wusch ab, stellte die Waschmaschine an und ging in den Hof, um Würmer zu fangen. Winifred musste etwas essen.

Am nächsten Morgen waren die Würmer immer noch da, allerdings schlaff und verschrumpelt, und Winifred rührte sich nicht mehr. Andy schnarchte in seinem Laufstall. Deshalb brachte ich sie nach hinten, wo wir einen ganzen eigenen Friedhof hatten, vier Generationen Verstorbener, und hob ein Grab für sie aus. Als ich wieder hineinging, stand Andy vor dem Schuhkarton und nuckelte an seinem Schnuller – ganz egal, was ich versuchte, ich konnte ihn einfach nicht dazu überreden, damit aufzuhören. Alles, was ich las, wies darauf hin, dass er in seiner Entwicklung zurückgeblieben war, doch Pa sagte immer, ich solle mir keine Sorgen machen – *Andy hat seine Ma verloren, und er hat keine Freunde. Was erwartest du denn?*

Andy zeigte mit dem Finger auf die leere Schachtel.

»Sie ist weg«, sagte er, während er nuckelte. Dann schnitt er eine Grimasse und weinte. Es war kein schwaches Weinen, das schnell wieder aufhören würde. Es war ein richtiges, echtes Heulen. Ich bot ihm das Einzige an, von dem ich wusste, dass es seine Stimmung heben konnte: ein Abenteuer.

Ich wässerte unseren Garten und jätete Unkraut, und Andy watete in seinen Stiefeln umher. Er hatte sich entschieden – wir mussten noch einmal zu dem Sumpf. Er dachte wohl, wir würden einen neuen kleinen Vogel finden, als fielen sie dort dauernd vom Himmel herab. Er sollte seine Fantasie genießen. Bald würde er mit der Schule beginnen, und dann hätte er – so wie ich – tägliche Sitzungen am Bildschirm, Hausaufgaben, Noten und Prüfungen.

Wir fanden frische Bärenspuren im Schlamm, es musste eine Bärenmutter mit einem Jungen sein, vielleicht sogar mit zweien. Die Bären waren gegen unsere Krankheiten immun, und sie hatten die Quarantäne zu nutzen gewusst. So breiteten sie sich weiter aus, übernahmen unsere verrammelten Städte und engten unsere Fluchträume ein. Pa sagte, sie seien lästig und sogar eine Gefahr. Wenn wir einen sahen, sollten wir sofort umkehren und direkt nach Hause gehen. Doch Andy war hier so glücklich – er lachte, sank ein und befreite sich wieder aus dem schmatzenden Schlamm.

Ich spielte ein Monster und jagte den kreischenden Andy in die Bäume. Sobald wir uns aus dem Schlamm befreit hatten, rannte er schneller und gewann rasch einen Vorsprung. Ich bemerkte seine vergessenen Stiefel an dem felsigen Flussufer und sammelte sie ein. Dann rief ich laut, um das Wasser zu übertönen.

Er saß auf einem Felsen, streckte den Arm aus und quiekte. »Noch besser, das ist ein Pa!«

Als ich mich ihm näherte, sah ich, dass es tatsächlich ein Pa war. Da lag ein Mann mit dem Gesicht nach unten auf den Steinen. War er tot? Ich ging zu Andy und hob ihn hoch. Er strampelte und heulte wegen seines neuen Freundes. Da öffnete der Mann die Augen, griff blitzschnell zu und hielt mich am Fußgelenk fest.

Ich stürzte, Andy stürzte auch, doch nun ließ der Mann los, und ich konnte mich an den Steinen festhalten und Andy auf die Beine stellen.

»Du hast mich erschreckt.« Unsicher kam er hoch.

»Sie sind auf unserem Land«, erklärte ich ihm. Für den Fall, dass wieder Rauchwolken kämen, trugen wir Masken am Hals. Ich bückte mich, um Andy die Maske über Mund und Nase zu ziehen, und legte auch meine eigene an.

»Wie weit ist es noch bis Oregon?«

»Luftlinie dreißig Kilometer, geradewegs nach Norden.«

Ohne mich zu fragen, reichte Andy dem Mann unsere Feldflasche. *Keime!*, wollte ich schreien, doch der Mann hatte sie schon angesetzt und trank in großen Schlucken. Jetzt mussten wir sie sterilisieren. Gott sei Dank trug ich meine Handschuhe. Rasch nahm ich die Feldflasche an mich und stopfte sie in meinen Rucksack.

Der Mann kratzte seinen strubbeligen Bart. Er trug Jeans, Turnschuhe und eine schwarze Jacke. Die fettige Haut und der ausgefranste, schmutzige Kragen seines T-Shirts verrieten mir, dass er schon längere Zeit nicht mehr geduscht hatte.

»Wo sind eure Eltern?«, fragte er.

»Ma ist tot, tot, tot«, kreischte Andy mit seiner schrecklichen Singstimme. Er wusste es einfach nicht besser und vermisste sie nicht, aber ich wurde wütend, hielt ihn am Handgelenk fest und drückte kräftig.

»Unser Pa arbeitet auf der Farm.« Ich zeigte in die entsprechende Richtung. »Es ist nicht weit weg. Er kann uns hören, wenn wir laut rufen.«

»Was meinst du, würde er mir vielleicht etwas zu essen geben?«

»Das weiß ich nicht. Bleiben Sie doch hier, dann gehen wir heim und fragen ihn.«

Der Mann nahm seinen Rucksack und wuchtete ihn sich auf die Schulter. Er knickte unter der Last etwas ein, anscheinend war er vom Tragen müde. »Ich gehe lieber gleich mit«, sagte er. »Da kommt was auf uns zu.« Er zeigte auf die braune Wand, die von Osten her anrückte. Ich wusste, dass Pa wütend werden würde, wenn ich einen Fremden mitbrachte, aber was sollte ich schon tun? Ihn mit Gewalt davon abhalten?

Als wir nach Hause liefen, fragte der Mann: »Was ist er für dich?«

»Mein Bruder.«

»Dann haben sie dich adoptiert.«

»Warum nehmen Sie an, ich wäre adoptiert? Warum nicht Andy?«

Der Mann sah zu, wie Andy eine Schnecke aufhob und so tat, als wollte er daran lecken. »Mein Dad wollte mich nicht, deshalb bin ich immer eifersüchtig auf adoptierte Kinder.«

»Warum?«

»Weil sie ausgesucht wurden.«

Pa war vorne draußen und sah einem Metis-Lieferwagen nach, der gerade wegfuhr. Ich rechnete damit, dass er ausflippen würde, doch stattdessen fragte er ganz ruhig: »Wer ist das?«

Ich erzählte ihm, wie wir den Mann am Fluss getroffen hatten. »Auf unserem Land«, fügte ich hinzu, um zu sehen, ob er etwas dazu zu sagen hatte.

Pa war gar nicht wütend. Er schenkte sich sogar die Maske und gab dem Mann die Hand, ohne Handschuhe anzuziehen. Der Mann schlug ein und sagte, sein Name sei James.

»Kommen Sie«, sagte Pa leise. »Sie sehen aus, als könnten Sie eine ordentliche Mahlzeit vertragen.«

Während Andy James im Wohnzimmer seine Steinsammlung zeigte, gingen Pa und ich in die Küche und bereiteten das Abendessen vor. Wildeintopf. Schon wieder.

»Wenn er ein Überträger ist, werden wir es bald erfahren«, sagte Pa leise. »Es nützt nichts, unhöflich zu sein. Außerdem, bist du nicht auch neugierig? Wir hatten schon so lange keinen Besuch mehr.«

Im Wohnzimmer hörte ich Mas Spieluhr klimpern. Ich spähte kurz aus der Küche hinüber, um zu sehen, was Andy trieb. Er tanzte, James drehte die Kurbel, und aus dem winzigen goldenen Kästchen drang Mas Musik.

James verdrückte die erste Schale Eintopf in weniger als einer Minute. Ich holte ihm gleich eine zweite und dann noch eine dritte.

»Woher kommen Sie?«, fragte Pa.

»Ich habe eine Weile in Crescent City Supermarktregale aufgefüllt. Davor habe ich in einem Seniorenheim gearbeitet.«

»Meinen Sie das Jedediah-Smith-Heim?«

»Genau.« Der Mann sah Pa an. Ich bemühte mich, die

Fingernägel mit den dreckigen dunklen Halbmonden zu übersehen. »Arbeiten Sie für Metis?«

»Wie kommen Sie darauf?«

»Ich habe den Lieferwagen wegfahren sehen.«

Pa erklärte, was er tat. Es klang viel interessanter, als es war. »Ich bemühe mich sehr, damit sie ruhig und wenn möglich sogar ohne ihr Wissen abtreten. Je weniger sie wissen, desto weniger leiden sie.« Das fand ich nicht ganz richtig, weil ich mich an die Aktive vom vergangenen Abend erinnerte, die sich gewehrt und sich so sehr aufgeregt hatte, dass sie ganz heiß geworden war. Da hatte ich etwas in Pa gesehen, das ich erst jetzt verstand, als er James ein Ale anbot. Er mochte seinen Job, er war sogar stolz darauf.

Pa lehnte sich auf dem Stuhl zurück und klopfte sich auf die schmale Brust. Er war schon ein wenig betrunken. »Wohin wollen Sie?«, fragte er James.

»Ich kenne jemanden in Eugene. Ich hoffe, dort einen Job zu bekommen. Vielleicht hat er etwas für mich.«

»Das klingt aber ziemlich unsicher«, sagte Pa. Ich wusste, jetzt kam gleich eine Ansprache. Deshalb fragte ich: »Wie ist das denn so? Da draußen, meine ich?«

James lächelte. Er hatte gute Zähne. Ich dachte, er sah unter dem Bart vielleicht sogar gut aus, und gar nicht so viel älter als ich. »Vor allem sind da Bäume. Trotz der Aufhebung der Quarantäne habe ich nicht viele Menschen getroffen.«

»Aufgehoben?« Mit großen Augen sah ich Andy an. Er wusste nichts von der Quarantäne und verstand nichts, aber er erwiderte meinen Blick mit ebenso großen Augen.

»Vor etwa einem Jahr. Haben Sie es denn nicht gehört?«

Ich wandte mich an Pa. »Haben wir etwas zum Nachtisch?«, fragte er mich.

Wir hatten nichts, doch er forderte mich auf, ihm in die Küche zu folgen. »Das hast du mir verschwiegen«, setzte ich an. Mein Herz flatterte, ich konnte kaum atmen.

»Hätte das denn etwas geändert?«

»Wir könnten weggehen, in die Stadt fahren, wieder etwas anbauen.«

»Aber doch nicht mit dem bisschen Land, das wir noch haben.«

»Ja, es wäre nicht groß, aber …«

»Wir haben hier eine schöne Sache laufen.« Er ging zur Hintertür. Er war so dürr, dass er ein zusätzliches Loch in seinen Gürtel gestanzt hatte, damit ihm die Hose nicht runterrutschte. Pa rief James, er solle zu ihm nach hinten kommen. Ich lauschte eine Weile und hörte, dass James nach der nächsten Stadt fragte.

»Fort Dick liegt ein paar Kilometer westlich von hier, aber das ist keine große Stadt. Was brauchen Sie denn?«

»Nur einen Schlafplatz für die kommende Nacht.«

Einen Schlafplatz – er log! Ein derart schmutziger Mann bekäme bestimmt kein Zimmer in einem Hotel. Er war ein Schwindler – ich war ganz sicher –, und Pa war derjenige, der mich gewarnt hatte, wir sollten nicht auf Schwindler hereinfallen. Doch Pa wollte nichts davon wissen, dass James Geld für ein Hotel ausgab, und ich war so wütend, dass ich beinahe die Tür aufgerissen und ihn von der Treppe gestoßen hätte. Teufel, ich wollte sogar Pa hinunterstoßen. Sie logen beide.

Ich ging zu Pas Schrank, holte seine Pistole und legte sie mir unter das Kissen. Ich bemühte mich, wach zu bleiben. Andy schlief in dem Laufstall, für den er längst schon zu groß war.

Vielleicht hatte ich eine Weile geschlafen. Jedenfalls wachte ich auf, als ich unten ein Poltern hörte.

Ich zog Pas Pistole unter dem Kopfkissen hervor und lief in Socken die Treppe hinunter. Wieder ein Poltern, dann leise Schritte in der Küche. Pa rang mit James, hatte ihm die Hände um den Hals gelegt. Sie fielen auf den kleinen Tisch, Pa blieb oben, er packte James fest am Hals und würgte ihn. James tastete auf dem Boden umher, er bekam einen von Andys Steinen zu fassen und drosch ihn gegen Pas Schläfe. Ich sah zu, als wäre ich nicht ganz da, als schwebte ich nur hier wie ein unwirklicher Geist.

»Oh, verdammt!« James kroch unter Pa hervor. Ich konnte mich nicht bewegen, ich konnte kein Wort sagen. James hatte mich nicht gesehen, und erst da erinnerte ich mich an die Waffe in meiner Hand. Ich hob das Ding und spannte den Hahn. Meine Ohren waren heiß, ich hörte den Puls in meinem Kopf hämmern.

Auf einmal fuhr James herum. »Jesus«, sagte er, als er mich mit der Waffe sah.

»Weg von ihm.«

James hob die Hände. Ich zielte auf ihn, während ich an Pas Hals den Puls fühlte. Dann am Handgelenk. Schließlich legte ich ihm das Ohr auf die Brust.

»Sie haben ihn getötet.« Ich schwitzte am ganzen Körper. Dann holte ich tief Luft, genauso wie ich es getan hatte, als Ma gestorben war und ich hier festsaß und als ich herausfand, dass Pa ein Lügner war.

»Wirklich?« James zupfte an dem schmutzigen Ärmel seines Hemdes herum. Aus der Jackentasche ragte Mamas vergoldete Spieluhr.

Ich weiß nicht, ob ich wirklich abdrücken wollte. Aber der Knall weckte Andy. Ich hörte ihn im Schlafzimmer schreien.

Ich ließ die Waffe fallen, beugte mich über James und lauschte auf seinen Atem. Auf Mamas Teppich breitete sich ein Blutfleck aus. *Sie wird furchtbar wütend werden!* Dann, es tat sehr weh, erinnerte ich mich, dass sie tot war. Über mir heulte Andy. Ich stand noch eine Weile da und sah mir an, was ich getan hatte. Ich weiß nicht, wie lange das dauerte.

Andy heulte unentwegt. Ich rannte die Treppe hoch und hob ihn auf. »Mir ist nur ein Topf runtergefallen«, sagte ich. »Du musst keine Angst haben.« Ich wiegte ihn, bis er einschlief, und bugsierte ihn in den Laufstall. Er hielt meine Hand fest, während er an dem Schnuller nuckelte. Durch das durchsichtige Gummi konnte ich seinen offenen Mund sehen. Die kleine Zunge zuckte sogar noch, als er schon schlief.

Im Wohnzimmer lag James neben Pa auf dem Boden. Ich wusste, warum Pa so wütend geworden war. Die Spieluhr war der einzige Klang, den wir von Ma noch hatten. Natürlich hatten wir Fotos und einige Sachen, aber keine Töne. Nur dies, die Spieluhr mit dem »Twinkle«-Lied, dessen Namen ich nicht wusste. Ich holte sie aus James' Jackentasche.

Pa – ich konnte ihn nicht anschauen. Nicht einmal, als mir

bewusst wurde, dass ich ihn nie mehr wiedersehen würde. Ich durfte keine Zeit verlieren. Wir wussten nie, wann die nächste Lieferung kam, und ich hatte Angst, Andy könnte aufwachen. Ich hatte Angst, was passieren würde, wenn ich aufhörte, und ob ich es dann jemals würde vollenden können. Es war, als löschte ich Pa vollständig aus. Ich wickelte ihn in ein Bettlaken und warf ihn mir über die Schulter. Er war überraschend leicht, nur noch Haut und Knochen und sogar kleiner als ich.

Ich trug ihn nach hinten zu unserem Friedhof. Neben Ma war ein Platz für ihn, auch für Andy und mich war noch Raum. Die Erde war feucht und leicht auszuheben. Ich grub tief, damit ich es endgültig abschließen konnte und nicht noch einmal im abendlichen Nebel Erde bewegen musste. Ich schaufelte gleichmäßig wie eine Maschine.

Ich hatte keine Ahnung, wie lange ich da draußen war. Wenn ich die steilen Seitenwände des ausgehobenen Lochs ansah, bekam ich einen Knoten im Bauch. Ich machte mich klein, ich zitterte und wartete, bis es vorbeiging. Dann stieg ich aus dem Loch. An der feuchten Erde konnte ich mich kaum festhalten.

Pas Leichnam fiel mit dem Gesicht voran in das Loch. Ich konnte den Anblick nicht ertragen, beförderte die Schaufel mit einem Tritt zur Seite und sprang selbst hinunter. Inzwischen regnete es stark, und ich sank mit einem schmatzenden Geräusch ganz tief in den Boden ein. Daraufhin geriet ich in Panik, befreite mich mit Tritten und versuchte schließlich, nicht wieder einzusinken.

Ein Schrei. War das Andy? Ich sprang hinauf und hielt

mich am Gras fest. Da sah ich es. Ein Bärenjunges rannte im Regen umher und kam in meine Richtung. Ich stürzte wieder auf Pa und in den Schlamm und hockte mich in eine Ecke. Noch einmal hörte ich den Schrei, jetzt näher. Es war eindeutig nicht Andy. Es war die Mutter – sie suchte ihr Junges.

Der kleine Bär stolperte und stürzte ins Grab. Er landete auf dem Rücken, Pas Körper federte den Aufprall ab. Benommen blieb das Tier liegen, dann hob es den Kopf und brüllte nach oben. Ich rührte mich nicht, aber der kleine Bär spürte mich, senkte den Kopf und starrte mich in meiner Ecke an. Ich hob eine Hand, um ihm zu sagen, dass er mir nichts tun solle. Er gab ein leises Gurgeln von sich, beinahe ein Knurren, aber er war so klein, kaum mehr als ein zu groß geratener Hundewelpe, und ich konnte sehen, wie verzweifelt er war. Deshalb sagte ich mit hoher Babystimme: »Schon gut, alles gut.« Ich streckte die Hand aus, damit er daran schnüffeln konnte. Er stellte sich auf die Hinterbeine und schlug gegen die Wand des Grabes. Der Schlamm regnete herab, Pa war schon im Dreck verschwunden.

Am Rand des Erdlochs erschien die große Bärenmutter. Ich kauerte mich in die Ecke und schrie, das Junge schlug gegen die Wand und kreischte, und oben brüllte die Bärenmutter. Ich hatte Sorge, der Lärm könnte Andy wecken, und er käme heraus.

Die Bärenmutter hätte leicht runterklettern, ihr Junges retten und mich in Stücke reißen können, doch sie tat es nicht, sondern blieb wo sie war und fuchtelte jammernd mit einer Tatze herum. Ich drückte mich auf die Knie hoch und kroch ganz langsam über Pa hinweg zu dem Bärenjungen.

»Schon gut«, sagte ich ganz ruhig und machte »sch-sch«, genau wie bei den Companions, die entsorgt werden sollten. Das Junge kauerte da und ließ mich näher kommen. Ich rieb seine Seite, und das schien es zu mögen, es kuschelte sich an mich. »Ich möchte dir nur helfen«, sagte ich und nahm es vorsichtig auf den Arm. Die Bärenmutter tobte regelrecht, und hinter ihr heulten die anderen Jungen. Sie waren müde und wollten aus dem Regen heraus. Ich sagte: »Ich heb dich jetzt hoch, halt still.« Dann hob ich das Tier hoch, und es blieb still. Die Bärenmutter zog das Junge mit den Zähnen am Kragen heraus. Ich rechnete mit irgendetwas, ich weiß auch nicht, mit einer Art Dank oder ein wenig Hilfe, aber sie verschwanden sofort, und es regnete, und Andy war immer noch mit einem toten Mann allein im Haus.

Ich rannte hinein, die Treppe hoch. Erstaunlicherweise schlief Andy nach wie vor in seinem Laufstall. Ich war völlig verdreckt und saute auch den Teppich ein. Da fiel mir ein, dass ich jetzt alles tun durfte, wirklich alles. Ich hatte keine Eltern mehr, die mir irgendetwas hätten verbieten können. Die Farm – was von ihr noch vorhanden war – gehörte nun mir.

Ich übergab mich in die Toilette, dann kümmerte ich mich um James.

Es war der Monatserste, deshalb war unser CO_2-Messgerät zurückgesetzt. Ich legte den Toten auf das Förderband. Mit den Klammern für Arme und Beine hielt ich mich nicht weiter auf. Er wanderte in die Maschine, und ich sah zu, wie er verbrannte.

In sechs Monaten würde ich achtzehn Jahre alt werden.

Konnte ich lange genug so tun, als lebte Dad noch, um dem Waisenhaus zu entgehen und nicht von Andy getrennt zu werden? Danach konnte ich sein Vormund werden. Metis gegenüber musste ich mich nicht verstellen. Es war ihnen ganz gleich, ob Pa krank war, denn ich war schon über sechzehn und damit alt genug, um seinen Posten einzunehmen. Andy wäre allerdings die meiste Zeit allein. Er musste sich dann mit einem Hund begnügen.

Die andere Möglichkeit bestünde darin wegzulaufen. Ich dachte kurz darüber nach. Aber wohin sollte ich denn mit Andy gehen? Wir hatten kein Geld. Pa besaß zwar ein wenig, aber ohne ihn konnten wir nicht auf sein Konto zugreifen. Wir waren erledigt.

In den folgenden Monaten arbeitete ich als Dads Stellvertreter und fütterte die Maschine mit den Companions. Ich sagte Metis, Pa sei krank, er ließe sich behandeln und fiele einige Monate aus. Sie zuckten mit keiner Wimper, denn ich erledigte die Arbeit, und das Geld kam auf mein Konto. Ich verwendete es für Lebensmittel und die Rechnungen, aber es reichte nie für die Hypothek. Ich wiederholte meine Geschichte bei der Bankangestellten und versicherte ihr, ich würde die Raten bei nächster Gelegenheit begleichen. Dann bat ich um einen Aufschub. Sie gab mir zwei Wochen. Die Farm war seit vier, nein sogar seit fünf Generationen in unserem Besitz, und die Bank räumte uns zwei Wochen ein.

Andy spielte und sang, und ich fragte mich, wohin sein Kummer verschwunden war. Er hatte Ma eigentlich nicht richtig gekannt, also hatte er sie auch nicht richtig verloren.

Pa war nur selten da gewesen, aber er hatte Andy geliebt, und dort klaffte jetzt ein Loch. Ein Loch, das ich mit einer Geschichte füllen musste. Pa vermisste Ma so sehr, dass er vorausgegangen war, um sie zu suchen. »Wohin denn?«, wollte Andy wissen.

»An diesen besonderen Ort, an dem wir alle wieder zusammen sein werden«, log ich.

»Für immer?«, fragte Andy.

»Für immer«, antwortete ich, obwohl ich selbst nicht daran glaubte. In diesem Augenblick verstand ich, warum die Eltern ihren Kindern etwas vom Himmel erzählen. Wie kann man denn einem Kind erklären, dass der Vater gestorben ist und nie mehr zurückkommt?

Ich sah noch einmal nach dem Loch, als Andy in seinem Laufstall schlief, das Gesicht gegen das Netz gequetscht. Anschließend ging ich nach hinten zum Schuppen und holte mir eine Flasche von Pas Ale. Es schmeckte zwar wie altes schlammiges Wasser, aber ich würgte genug hinunter, bis die Welt einen Plastikglanz bekam und ich das Gefühl hatte, ein wenig zu schweben.

Eines Sonntags fuhr ich mit Andy nach Fort Dick und besorgte ihm einen zwei Jahre alten Australian Shepherd, der schon ausgebildet war und genug Energie hatte, um Andy zu beschäftigen. Er war glücklich, wenn er mit Pitbull spielte. Diesen Namen gab er dem Hund, ich wusste gar nicht, woher er ihn hatte, vielleicht aus einem Buch. Oder aus einer Geschichte, die Pa ihm erzählt hatte? In letzter Zeit redete Andy mehr und setzte die Wörter auf eine seltsame Weise zusammen. Ich fragte mich, woher das alles kam, woher er die Ideen hatte – Nacktpartys mit Aliens, Crash Dancing und ein Australian Shepherd, der Pitbull hieß.

Eine Weile verlief unser Leben in geordneten Bahnen. Ich stand um vier Uhr auf und kümmerte mich drei Stunden lang um die Entsorgung. Wenn ich um sieben wieder ins Haus kam, saß Andy schon am Tisch und aß sein Müsli. Anscheinend mochte er die Unabhängigkeit, wenn er sich das Frühstück selbst machte – er fühlte sich dann wie ein großer Junge. Anschließend sah er am Morgen ein paar Stunden lang das Kinderprogramm, und ich kümmerte mich um den Garten und die Fleischvorräte. Wir hatten vom letzten Angelausflug noch ein paar Regenbogenforellen in der Kühltruhe, aber die hätten wir bald aufgegessen. Andy wollte sicher schon bald auf die Jagd gehen. Ich bezweifelte, dass ich das noch einmal würde tun können – noch einmal eine Waffe halten.

Später machten wir ein Nickerchen. Das war der schönste Teil des Tages. Wir alle, einschließlich Pitbull, sanken in einen dunklen Schlaf und schnarchten in den Kojen, die ich gebaut hatte. Ich brachte es nicht über mich, auch nur ein einziges Mal Pas Zimmer zu betreten. Auch Andy mied es.

Am Nachmittag setzte ich die Maschine in Gang, während Andy und Pitbull in der Gegend herumstrolchten. Andy musste mir versprechen, dass er nicht allein in den Wald ging, aber das machte es mir trotzdem nicht leichter, ihn allein zu lassen.

Ich schlief in der obersten Koje, als ich hörte, wie Pitbull sich regte und jaulte. Ich drehte mich auf die Seite und spähte zu ihm hinunter. Er saß mit gespitzten Ohren auf dem Bett. Dann hörte ich es auch. Hinten tat sich etwas. Die Lieferungen von Metis kamen manchmal zu seltsamen Zeiten, aber jetzt war es mitten in der Nacht – das konnten sie unmöglich sein.

Ich schlich in Pas Zimmer, nieste vor Staub und holte die Pistole aus dem Schuhkarton im obersten Fach seines Schranks. Als ich an James dachte, zitterte ich. Ich konnte das Gefühl nicht abschütteln, dass jemand auftauchen und mir Andy wegnehmen und auch mich fortbringen würde. Aber wer auch immer dort in unserer letzten Lieferung herumwühlte, war nicht wegen Andy oder mir hier. Sie war klein und zwischen den Körpern schwer auszumachen. Ich hob die Waffe. »Keine Bewegung.«

Sie fuhr erschrocken auf. »Ich wollte nur tauschen.«

»Aber sicher doch.«

»Ich wollte einen anderen hierlassen. Einen Körper für einen anderen.«

»Das hier ist unser Land. Du hast kein Recht …«

Das Mädchen hob die Hände. Eindeutig, sie war eine Companion – ich hatte genug von ihnen gesehen, um es auf den ersten Blick zu erkennen. »Das tut mir leid. Ich bin ein wenig in Panik gewesen. Mein Freund …« Sie zeigte auf den Lieferwagen. »Er hat keinen funktionierenden Körper. Wir wollen nach Norden, weit weg von hier. Falls es ums Geld geht …«

Mir war völlig klar, dass sie mich hereinlegen wollte. Viele Companions hatten schon versucht, mich zu überreden, ihnen die Freiheit zu schenken. Eigentlich wollte ich nicht darauf anspringen, als sie das Geld erwähnte, aber die Bank hatte mir zwei Wochen gegeben, um die Rate für die Hypothek zu bezahlen, und nun bot mir diese Companion da Geld an. Wie konnte ich da Nein sagen?

Die meisten befanden sich in einem ziemlich schlechten Zustand – verweste Gesichter, fehlende Gliedmaßen –, aber sie hatte einen gefunden, ein Kind, das mehr oder weniger intakt zu sein schien. Warum hatte man es aufgegeben? Vielleicht war der Fehler nicht mit bloßem Auge zu erkennen.

Sie setzte ein schwaches Lächeln auf und wurde wieder ernst. »Der hier muss reichen.«

Nachdem sie den Ladezustand der Batterie überprüft hatte, nahm sie das rechteckige Gehirn heraus, warf es weg und zog ein anderes aus der Jackentasche.

»Wer ist das?«, fragte ich.

»Ein Freund.«

»Was ist mit ihm passiert?«

Sie sah mich kalt und unglücklich an. »Er wurde erschossen.«

Sie schob das Gehirn hinten in dem Kopf des Companion an seinen Platz. Dann richtete sie den langen schwarzen Zopf und schaltete den Companion ein. Wider Willen war ich aufgeregt – so viele Tote in der Entsorgung, und ich hatte noch nie einen gesehen, der zum Leben erweckt wurde.

Flatternd öffneten sich die Augen, groß und neugierig und von einem sehr echt wirkenden Braun. »Was … wo bin ich? Lilac?«

»Jakob«, antwortete sie und fasste ihn an den Händen. »Ich bin hier.«

Jakob beäugte seinen Körper, die Arme und die Füße. »Oh Mann, ich bin ein kleines Mädchen!«

»Das wird deiner Maskulinität aber doch nicht schaden, oder?« Lilac lächelte über ihren eigenen Witz, und da musste auch ich lächeln. Es war komisch, sich da drin einen Mann vorzustellen.

Jakob war schon unterwegs, er lief im Kreis umher, dass der lange Rock flog. »Wo ist Cam?«

Lilac verschränkte die Arme vor der Brust. »Sie wollte nicht mitkommen.«

»Hast du sie in Los Angeles gelassen?«

»Ich erinnere mich nicht an sie, das weißt du doch. Ich weiß nicht mehr, wie …« Sie unterbrach sich und richtete den Blick auf die Hintertür des Hauses.

Andy stand auf der Treppe, mit dem Schnuller im Mund und nur mit der Schlafanzughose bekleidet. Neben ihm wedelte Pitbull mit dem Schwanz, er bellte nicht einmal.

»Geh wieder rein«, sagte ich, doch Andy, halb wach und halb schlaftrunken, hörte nicht, sondern starrte weiter die Companions an.

»Wer passt denn auf dich auf?«, fragte Lilac. Die Luft fühlte sich aufgeladen an und schien zu knistern.

»Das mach ich selbst.«

»Wie alt bist du?«

»Ich bin drei«, antwortete Andy.

»Und du?«, fragte sie mich.

»Siebzehn«, sagte Andy zu ihr. Er war so stolz, dass er

es wusste. Ich trampelte die Treppe hoch, hob ihn auf und machte »sch-sch« in sein Ohr. Er strampelte, quietschte und schlug nach mir.

»Geh rauf«, rief ich. Als er nicht hörte, klebte ich ihm eine.

»Hör auf damit«, sagte Lilac. Auf einmal hatte sie eine Waffe in der Hand.

Alle verstummten, sogar Andy, der sich hinter mir versteckte.

»Geh ins Bett«, sagte ich und gab ihm einen kleinen Stoß. Er heulte und sah Lilac die ganze Zeit an, als er die Treppe hinaufstieg. Pitbull folgte ihm.

»Wie kannst du das machen?«, fragte Lilac mich. »Du kannst sie doch nicht einfach so ins Feuer werfen.«

»Wenn ich das nicht mache, verlieren wir auch noch den Rest unseres Landes und unser Zuhause.«

Lilac stampfte zu ihrem Lieferwagen und flüsterte mit Jakob. Ich schlich unterdessen in Pas Schuppen und kippte ein paar Schluck Ale. Die Flasche war fast leer, also kippte ich auch noch den Rest. Ich hätte bei Metis anrufen und die beiden melden können – zwei entlaufene Companions mit einer Waffe. Pa hatte mich immer ermahnt, ihnen ja nicht zu helfen. Das sei so ähnlich wie stehlen. »Geistiges Eigentum«, hatte er sie genannt. »Sie gehören Metis.«

Ich ging rein, setzte mich aufs Sofa und wartete. Lilac hatte mir ein paar Credits zugesteckt. Wer konnte schon sagen, ob sie echt oder gefälscht waren? Ich hatte zu große Angst gehabt und mich nicht vergewissert. Ich wollte nur, dass sie verschwanden. Ich ging nicht ans Fenster und winkte nicht, als ich den Motor des Lieferwagens hörte.

Müde stand ich auf und wollte in meine Koje kriechen und mich hinlegen, doch da kratzte Pitbull an der Vordertür. »Warum bist du nicht bei Andy im Bett?«, fragte ich ihn. Doch da spürte ich es selbst – irgendetwas stimmte nicht. Ich sprang, immer zwei Stufen auf einmal, die Treppe hinunter. Andy war nicht in seiner Koje.

Draußen lief ich die Zufahrt hinunter in Richtung Wald, weil ich sicher war, dass er zum Sumpf wollte, um einen neuen Freund zu suchen. Wo sonst sollte er schließlich sein? Doch dann sah ich seine Schlafanzughosen im Kies. Sie waren warm vom Pipi. Genau an der Stelle, wo die Reifenspuren begannen. Nun begriff ich es. Er hatte sich hinten auf der Ladefläche versteckt.

Ich stieg in den Truck und fuhr viel zu schnell auf dem Schotterweg. Von Pas Ale verschwamm er mir vor den Augen. In einer Kurve scherten die Hinterräder aus, und ich rutschte zwischen die Bäume. Bei dem Aufprall gingen die Scheinwerfer kaputt.

MISS ESPERA

Santa Clarita, Kalifornien

Die kleine Honda weint in der Wiege. Ich hebe am Fenster meinen Wartestatus auf und gehe zu ihr. Sie steht aufrecht, das ging so unauffällig und schnell. Ich hätte nicht in den Schlummerzustand fallen dürfen. Irgendwann klettert sie dann heraus, oder, noch schlimmer, sie stürzt. Sie ist erst fünfzehn Monate alt, aber sie ist frühreif. Das mag ich an ihr. Ich stelle mir vor, wie sie rennen und springen wird. Es ist zwar gefährlich, aber ich bin immer da und fange sie auf.

Als ich die Arme in die Wiege strecke, klettert sie an mir empor wie ein Äffchen und kringelt sich um meinen Hals. Ich lege die Arme um sie und wiege mich hin und her. Dabei atme ich ihren Geruch ein – Milch, Pipi und süßes Baby. Wie sich herausstellt, haben Companions einen Geruchssinn. Der Geruch weckt Erinnerungen. Ich verfolge die Fährte zurück bis Isla und erlaube mir einen kurzen Moment der Ablenkung, genieße die weiche, warme Haut am Hals. Bei Gott, ich mag dieses Gefühl. Dann richte ich die Aufmerksamkeit wieder auf die kleine Honda und trage sie zum Fenster. Das Nachbargebäude ist so nah, dass wir es mit ausgestreckten Armen berühren könnten. Ich zeige auf den Himmel, auf die riesigen Achterbahnen von Magic Mountain. Wir sind anderthalb Kilometer von dem Vergnügungspark entfernt, und ich höre jedes freudige Quietschen, jedes ängstliche Kreischen. Das waren die ersten Geräusche, die ich gehört habe, als ich in diesem Apartment aufgewacht bin. Zunächst war ich nicht sicher, wo ich war und was ich war. Blinzelnd öffnete ich die Augen, der Techniker informierte mich über den Standort, meine Gastgeber und meine Rolle. Er bat mich zu wiederholen, was er gesagt hatte, und antwortete dann: »Gut. Aus dir wird eine wundervolle Companion.« Mir wurde ganz warm, weil ich ihm eine Freude gemacht hatte.

»Tanz«, sagt die kleine Honda, und ich tanze durch den Raum und wirbele sie herum. Das war eines der ersten Wörter, die sie gelernt hat. Ich glaube, das weist schon auf ihre Künstlernatur hin. Das habe ich Mutter gesagt, worauf sie meinte: »Wie reizend, dass du es bemerkt hast.« Sie tätschelt meinen Kopf, als wäre ich ein braves kleines Haustier. Ich versuche, ihr zu gefallen. Vater ist unmöglich. Nicht, dass er ein schlechter Mensch wäre, aber man muss ihn daran erinnern, damit er die kleine Honda hält, mit ihr spricht, für sie singt und ihr etwas vorliest. Würde Mutter ihn nicht drängen, er würde die kleine Honda einfach vergessen.

Wenn sie nachts lauten Sex haben, bleibe ich wach. Das ist der einzige Zeitraum, in dem ich müßig bin. Die Wohnhäuser liegen in tiefem Schatten, und der Vergnügungspark ist dunkel. In der Ferne sehe ich den Verkehr auf dem Freeway, da fahren so viele Autos, obwohl das Benzin unglaublich teuer ist. Unter den vielen Menschen, die in ihnen sitzen, sind sicher auch Companions. Ich frage mich, wohin sie wollen und wie viele von ihnen getötet haben, um ihr Ziel zu erreichen.

Es ist gut, dass Companions nicht träumen. Könnten wir

es, dann würden mich meine Träume zweifellos zu jenem Abend zurückwerfen, als meine ganze Familie versammelt war – ich schiebe den Gedanken immer wieder weg. Die Wut, die dabei aufkommt, äußert sich als trockenes Würgen, und mein Kopf wird so heiß, als könnte er gleich zerspringen. Ich muss aufpassen, worüber ich nachdenke und welche Erinnerungen ich lieber begrabe.

Nachdem ich die kleine Honda für die Nacht hingelegt habe, wasche ich ab und höre zu, was im Video läuft. Mutter sieht die Nachrichten, dort spricht eine Stimme, die ich erkenne. Ich schleiche ins Wohnzimmer, und da sehe ich sie, die zweite Ehefrau. Es ist nicht das erste Mal. Sie leitet eine Kampagne gegen die Companions und nennt Sydneys Ermordung und das Massaker an dem Abend, als ich hochgeladen wurde, als Beweis für die Gefahren. Sie setzt ihre ganze Witwenkraft ein, um ein Gesetz zu voranzutreiben, das die Companions im ganzen Bundesstaat verbieten soll.

Mutter bemerkt mich und erschrickt. »Bist du mit Spülen fertig?«

»Fast.«

»Also?« Sie haben mich klein und unterwürfig gemacht, mir ein altes, runzliges Gesicht gegeben, als wäre ich eine echte Tante. Trotzdem gehe ich ihr auf die Nerven.

Ich mag die kleine Honda. Ich kann mir gar nicht vorstellen, dass sich jemand anders um sie kümmert, und es ist schwer, mir immer Sorgen machen zu müssen, ob ich Mutter auch wirklich gefalle. Selbst wenn das Gesetz nicht erlassen wird, werde ich wohl kein anderes Zuhause mehr finden, falls Mutter mich mit einer mäßigen Bewertung an

Metis zurückschickt. Trotzdem verzweifle ich nicht. Vielleicht liegt es an meiner Maschinennatur, aber der Quell der Trauer in mir ist versiegt.

Ich bin schon wieder in der Küche und beende den Abwasch, als Mutter ruft: »Und bring mir noch ein Glas Wein, ja?« Sie mag den Roten, was alles erträglicher macht. Die Pflichten stören mich nicht – sie geben mir ja etwas zu tun –, aber ich wüsste gar nicht, was ich jetzt mit einem Chardonnay anfangen sollte. Ich stelle mir vor, wie es wäre, die ganze Flasche zu leeren und wegen der Kurzschlüsse innerlich zu verbrennen. Kein schlechter Tod.

Die kleine Honda weint im Kinderzimmer. »Tante«, ruft sie immer wieder. Ich gebe Mutter ein Glas Wein und eile den Flur hinunter.

Ich strecke die Arme in die Wiege, und sofort klettert sie hoch und umschlingt meinen Hals. Ich stehe am Fenster und blicke zu all den Leuten hinaus, die nach Los Angeles wollen. Dort singe ich für die kleine Honda und denke an meine Isla, wenn sie so schön herausgeputzt und gefasst ist und nie ein Opfer ihrer wilden animalischen Triebe wird. Ich frage mich, ob das auch wahr ist oder ob sie womöglich doch ein Geheimnis hatte. Etwas, das sie nur an einem geheimen Ort zulassen konnte, vielleicht nur in der Abgeschiedenheit ihrer eigenen Gedanken. Ich hoffe es. Ich möchte glauben, dass sie ein wenig gelebt hat. Ich sage zu der kleinen Honda: »Verändere dich nicht. Du bist ganz wunderbar, einfach vollkommen, so süß und fordernd und mit einem so starken Willen. Verliere dich nicht selbst, mein Liebling, lass dich nie von dir selbst entfremden.«

Dritter Teil

Sechs Monate nach Ende des Rückrufs

KIT

San Francisco, Kalifornien

Diana hörte lieber das Wortprogramm von NPR, aber ich mag den Feed mit klassischem Rock. Das erinnert mich an die Zeit, als sie um die vierzig war. Sie hat im Labor gearbeitet, ist mit den anderen Wissenschaftlern herumgehüpft und hat an menschlichen Gehirnen herumgepfuscht. Das ist fast ein Jahrzehnt vor ihrer Entdeckung gewesen, ehe alles so kompliziert wurde. Ich rücke ein wenig zur Seite, während ich den Teig für die Brownies mische. Der Herd meldet mit einem Piepsen, dass er bereit ist. Ich verteile den Teig auf einem Blech und schiebe es in den heißen Backofen. Dabei achte ich darauf, mir nicht die Haut zu versengen. Ich kann ja nicht einfach zum Arzt gehen. Dann klopfe ich an die Badezimmertür. »Dein Frühstück wird kalt!«

»Ich komme gleich«, ruft Gabe. Sie ist kein Morgenmensch. Außerdem muss sie sich schminken und ihre Haare richten, deren Frisur sich ständig ändert. Neuerdings trägt sie einen Pony aus blauen Locken, während alles andere schwarz und irgendwie verfilzt ist. Ich weiß nicht, warum sie so viel Zeit darauf verwendet, so auszusehen, als sei sie gerade erst aufgestanden, aber genau diesen Eindruck erweckt sie, als sie in die Küche schlurft und sich auf einen Stuhl fallen lässt. »Machst du Brownies zum Frühstück?«

»Wir wollen doch in der Schule Gebäck verkaufen. Kannst du die Kekse ins Sekretariat mitnehmen?«

Sie stöhnt, als wäre es unzumutbar, aber dank meiner Recherchen über die Gehirntätigkeit von Jugendlichen weiß ich, dass sie tatsächlich noch nicht ganz wach ist. Sie braucht morgens einfach mehr Schlaf – warum haben die Schulen ihre Stundenpläne eigentlich nicht entsprechend angepasst? Als die Kinder nach der Quarantäne wieder in die Klassenräume kamen, wäre dies eine Gelegenheit gewesen, einiges zu ändern und dafür zu sorgen, dass die Bildung besser funktioniert, aber sie haben immer noch den gleichen unpraktischen Stundenplan wie in Dianas Kindheit, und das war vor achtzig Jahren.

»Dein Haferbrei wird kalt.«

»Er schmeckt scheußlich. Kann ich nicht etwas Zucker haben?«

»Nein, ich habe schon genug hineingetan.« Sie reagiert empfindlich auf Zucker, sie tobt wie eine Besessene, wenn sie zu viel davon zu sich nimmt. Ich mache mir Sorgen, sie könnte Diabetikerin sein, aber der Arzt sagt, ihr Blutbild sei einwandfrei. Sie ist gesund, alles in Ordnung. Fast kann ich mich entspannen. Ihre Therapeutin, na ja, sie meint, Gabe habe ein Problem mit dem Verlassenwerden und eine leichte posttraumatische Störung. Sie sollte Medikamente nehmen, um ihre Gewaltausbrüche zu dämpfen, aber Gabe hat sich schon seit Monaten nicht mehr geprügelt. Natürlich kommt sie mit den anderen Kindern nicht so gut zurecht, sie ist ja erst mit vierzehn Jahren zur Schule gekommen, nachdem Nat sie hier bei uns zurückgelassen hatte.

Jetzt ist sie fast sechzehn und im letzten Schuljahr, und bald ist sie fort. Zwei Jahre lang war sie meine Schutzbefohlene, und inzwischen bin ich wie eine Mutter für sie. Ich weiß, ich hätte Dianas Arbeit fortsetzen müssen. Das, worum sie mich gebeten hat. Unsere Erinnerungen bis zu dem Punkt, an dem sie sich hochgeladen hat, mögen identisch sein, aber die Jahre im Bildschirm, das schlichte Wissen um meine Existenz als Companion, während Diana da draußen in der Welt lebte, all das hat mich verändert. Sie hat es immer gesagt, wenn wir nicht einer Meinung waren: »Du bist nicht … das, was ich erwartet habe.« Ich teile ihre Erinnerungen und weiß, was sie erwartet hat: ein zweites Ich, das ihre Arbeit vollenden kann. Ich glaube, sie war von mir enttäuscht, weil ich mich mehr für Gabe als für Dianas Pläne interessiert habe. Aber dies hier, für Gabe da zu sein – ich kann mir nichts Wichtigeres vorstellen.

Sie isst ein paar Happen. »Genug?«

»Nein, du musst noch mehr essen.« So geht es eine Weile, bis sie die Schale geleert hat und die Brownies auf der Anrichte abgekühlt sind. Ich lasse ihr immer eine gute halbe Stunde Zeit für das Frühstück. Gabe ist die langsamste und heikelste Esserin auf dem Planeten. Das hat jedenfalls Diana immer gesagt.

Die Brownies riechen wundervoll, als ich sie zuschneide und in einen Behälter lege. Ich erinnere mich an Schokolade, an den Biss in ein weiches, warmes Brownie – beinahe spüre ich den Geschmack auf der Zunge.

»Hab einen schönen Tag«, rufe ich Gabe hinterher, als sie zur Bushaltestelle trampelt. An der Ecke wartet ihr Freund

Hilo, der niemals winkt oder lächelt, wenn Gabe sich ihm nähert. Er ist immer mürrisch und kleidet sich ganz schwarz. Und er ist so dürr wie eine vertrocknete Ranke. Draußen ist es kühl, ich nehme mir einen Pullover, einen Sonnenhut und meine Datenbrille, lasse sie aber im Schlafmodus. Ich möchte nur den Eindruck erwecken, ich betrachtete etwas auf dem Bildschirm, mir sei kalt und ich bräuchte einen Sonnenschutz.

Dann sperre ich die Vordertür ab und überprüfe sie noch einmal. Letztes Jahr hatten wir tagsüber einen Einbruch. Es war, als hätte uns jemand beobachtet und als sei ihm mein Tagesablauf bekannt. Als ich von meinem Spaziergang zurückkehrte, war Dianas Bildschirm fort, und mit ihm ihre Daten und auch alles andere. Glücklicherweise hatten wir alles auf einer Spule und noch einmal in mir gesichert. Ich trage es ständig in mir, das Wissen. Und jetzt weiß es auch jemand anders.

Ich überprüfe noch einmal die Tür und sehe mich nach links und rechts um, ehe ich die Cortland überquere und über die gepflasterte Nebenstraße den Hügel hinaufstampfe.

Um ehrlich zu sein, mein morgendlicher Spaziergang ist der schönste Teil des Tages. Ich wandere durch die steilen Straßen von Bernal, vorbei an den gesicherten Häusern und den Menschen, von denen einige sogar nicken oder grüßen. »Hallo«, antworte ich und versuche, unbefangen zu wirken, während ich mich zu dem unbebauten Gipfel des Bernal Hill emporarbeite. Dort gibt es Pfade, Hunde, Wanderer und einen bemerkenswerten Ausblick auf die Türme der Innenstadt.

Oft nehme ich die Datenbrille ab, um den Anblick zu genießen, aber dieses Mal verzichte ich darauf. Ich bin froh über den Schutz, als mir eine Frau winkt und sich nähert. Ich kenne sie – es ist Hilos Mutter Char. Bei den Abendveranstaltungen in der Schule, die ich nur selten besuche, ist sie immer freundlich. Auch dort verstecke ich mich hinter der Datenbrille und tue so, als sei ich eine der Feedabhängigen, die niemals die Verbindung trennen. Außerhalb der Schule haben wir allerdings noch nie miteinander gesprochen. Sie hat einen Hund dabei, einen Husky-Mischling mit dichtem Pelz und den außergewöhnlichen Augen. Er bellt mich an, und ich habe Angst.

»Ich wusste gar nicht, dass Sie auch hier oben spazieren gehen.« Char schenkt mir ein riesiges warmes Lächeln. Ihre Haare flattern im Wind. Sie versucht, sie mit der flachen Hand zu bändigen. Ich bemerke eine Tätowierung auf ihrem Unterarm, irgendein geflügeltes Insekt.

»Nicht besonders oft«, lüge ich.

»Ich bin fast immer hier. Manchmal gehe ich mit Nova zum Glen Canyon Park, aber das ist ein ganz schöner Marsch, und letzte Woche sind wir dort sogar einem Kojoten begegnet.«

»Nicht zu glauben.«

»Tja, ich verstehe gar nicht, warum man sie frei herumlaufen lässt. Das hier ist doch eine Stadt!«

Ich staune, wie Wildtiere in einer solchen Umgebung überleben können. Waschbären wühlen im Müll, die Ratten laufen durch die engen Lücken zwischen den Häusern, oben kreisen Bussarde. »Hatten Sie Angst?«

»Nein, ich hatte ja meine Beschützerin dabei, nicht wahr, mein Mädchen?« Char bückt sich und lässt sich von dem Hund die Lippen küssen. »Wussten Sie, dass Hündinnen aggressiver sind als Rüden?«

Ich wusste es zwar, aber das sage ich nicht. Früher habe ich mit Gabe zusammen überlegt, ob wir uns einen Hund anschaffen wollten, aber der Papierkram und die Überprüfungen – das Risiko wollten wir nicht eingehen. Vielleicht kann ich auf weniger offiziellen Wegen einen finden, wenn Gabe mit ihrem Mentorat beginnt.

Wir laufen eine Weile zusammen. Char erzählt, wie deprimierend es ist, wenn die Kinder bald woanders studieren. »Sind Sie genauso traurig wie ich?«, fragt sie. Ich kann nicht anders, als ihr zuzustimmen. Natürlich bin ich traurig, aber sobald Gabe frei von mir ist, muss sie sich auch keine Sorgen mehr machen, dass ich auffliegen könnte.

»Ich muss jetzt gehen«, sage ich.

Char scheint enttäuscht zu sein. »Das war schön! Wir sind morgen wieder hier, ungefähr um die gleiche Zeit, wenn Sie wollen?«

»Aber gern«, antworte ich, und eile nach Hause.

Wo Nat lebt, ist jetzt Spätnachmittag. Er hat mir nur verraten, dass er irgendwo in Südamerika ist. Ich setze mich an den Bildschirm und schicke ihm eine Nachricht. Als er sich vor ein paar Monaten gemeldet hat, haben wir verabredet, nie unsere Gesichter zu zeigen, um ganz sicherzugehen. Es ist schön, außer Gabe noch jemanden zum Reden zu haben. Jemanden, der auch Diana kannte und weiß, was ich bin. Ich kann Dianas Erinnerungen entnehmen, dass Nat ein guter Junge sein muss, auch wenn er Gabe im Stich gelassen hat. Er hat nie gefragt, ob er sie sehen oder mit ihr reden könne. Ich habe Gabe nicht verraten, dass er noch lebt und dass ich ab und zu etwas von ihm höre. Ich warte, aber worauf eigentlich? Ich habe Gabe viele Dinge verschwiegen. Ich habe Angst, das könnte ihre Leistungen in der Schule gefährden.

»Wenn sie mich erwischen, wirst du dich einschalten, ja? Du wirst nicht zulassen, dass Gabe etwas zustößt, okay?« Ich weiß, es ist eine absurde Bitte. Was soll er schon tun? Mit dem Flugzeug aus Südamerika kommen und sie mitnehmen? Nein, wir sitzen hier fest und sind auf uns allein gestellt.

»Was ist passiert?«

Ich erzähle es ihm.

»Das ist doch gar nichts. Kit, du brauchst eine Freundin. Sei nicht so paranoid.«

Er hat gut reden. Er ist ja kein aus dem Verkehr gezogenes Produkt, das illegal ist und für gefährlich gehalten wird. Diejenigen, die jetzt noch draußen herumlaufen, haben schon vor Jahren ihre Verträge gebrochen und lange vor dem Rückruf die Menschen verlassen, an die sie vermietet worden waren. Im Gegensatz zu mir existieren sie schon die ganze Zeit außerhalb der Companion-Regeln. Ich bin nie eine richtige Companion gewesen. Als ich meinen Körper bekam, waren die Companions längst schon illegal. Und all die anderen? Sie kamen, als ihre Namen aufgerufen wurden, folgten den Fahrern von Metis in die Lieferwagen und blieben bis zur Entsorgungsstelle, wo sie zerstört wurden, fügsam im Laderaum sitzen.

Möglicherweise ist dies der Grund dafür, dass ich mich mit dem, was Diana getan hat, nicht ganz so schlecht fühle – oder vielmehr mit dem, was sie nicht getan hat. Sie kannte sie, die Wissenschaftler hinter den Viren. Wohl nicht besonders gut, aber immerhin gut genug. Sie arbeiteten im Geheimen und hatten sonst mit niemandem etwas zu tun. Dorthin hatte sich Diana gewandt, wenn sie unbedingt ein bestimmtes Medikament oder eine bestimmte Hardware brauchte. Die Transaktionen liefen verstohlen ab, ohne Metis und ohne Überwachung durch die Regierung. Sie wusste, was diese Leute taten und was deren Suche nach Überträgern bedeutete. Sie wusste auch, dass es falsch war, oder sie hätte es wissen müssen. Sie hätte es jemandem sagen und es verhindern müssen: Das höre ich sie in meinem Kopf denken. Ich höre die Stille, die damals immer darauf folgte, ich spüre die schreckliche Lähmung, als sie sich entschloss, nichts zu tun, und die Erleichterung, als es dann durchgeführt wurde. Laut hätte sie das niemals zugegeben, nicht einmal vor sich selbst.

Ich sollte mich damit schlechter fühlen, vielleicht sollte ich sogar Schuldgefühle haben, aber ich denke an die Companions, die Metis zerstört hat, an die Leute, die sie geliebt und benutzt und dann weggegeben haben, und was man mit mir tun würde, wenn man mich entdeckt. Deshalb hüte ich unsere Geheimnisse, Dianas und meines.

Ich habe für Gabe Lasagne zubereitet, ihr Lieblingsessen. Sie blubbert schon im Ofen, als sie sich meldet: Hilos Mutter hat mich zum Essen eingeladen. O.k.?

Char. Ich werde nervös, aber ich schreibe zurück: Klar! Um 8 zu Hause?

Ich versuch's, antwortet sie unverbindlich. In der letzten Zeit testet sie immer wieder die Grenzen aus, bleibt länger weg, als sie darf, und wenn sie nach Hause kommt, riecht sie nach Gras. Ihr muss klar sein, dass ich es bemerke, ihre geweiteten Pupillen richtig deute und jeden schwankenden Schritt und jedes Stolpern einzuordnen weiß.

Ich dränge sie nicht. Gabe kann man nicht drängen. Sie kann tun, was sie will. Wenn sie bis zum Abschluss bei mir bleibt, wenn sie es durchhält, die Schule und das Mentorat bei einer Werbeagentur in der Nähe, das sie schon akzeptiert hat, dann ist sie mich los. Dann kann sie im Turm der Werbeagentur wohnen und Überstunden machen, um sich von ihren Kollegen abzusetzen, oder sie kann es lassen und unauffällig bleiben. Wer weiß? Das alles muss sie selbst entscheiden. Ich habe keine gesetzliche Macht über sie. Ich bin ja selbst ungesetzlich.

Ich nehme die Lasagne heraus, schiebe sie in den Kühlschrank und knalle die Tür zu. Ich sollte mich freuen, dass Gabe einen Freund gefunden hat. Sie hat nicht viele, und die wenigen, die sie hat, hält sie auf Distanz. Meinetwegen, sage ich mir. Da sie schon in wenigen Monaten den Abschluss machen wird, ist es vielleicht – auch für mich – gar nicht so schlecht, wenn Gabe eine richtige Freundin findet.

Auf einmal sehne ich mich nach einer Zigarette, obwohl Diana nicht mehr geraucht hat, seit sie fünfzig wurde. Ich rufe die Erinnerungen an das letzte Mal auf. Sie sind unklar, weil sie so alt und von Alkoholschwaden vernebelt sind. Damals hatte Metis sie auf Konferenzen geschickt, sie trieb sich in Vortragssälen, Flughafenlounges und in Hotelbars herum, während sie doch ganz genau wusste, dass sie eigentlich ins Labor gehörte.

So dicht vor dem Ziel! Sie hatte mit einem Computer gesprochen, der eine echte Person war, und sich zugleich begeistert und mies gefühlt. Sie hatte ihren Vorgesetzten erklärt, sie müssten langsam und behutsam vorgehen – immerhin hatten diese Leute das Trauma des Todes erlebt. Sie wusste, dass es falsch war, sie als *Personen* zu bezeichnen. Trotzdem machte sie weiter und sagte ihren Vorgesetzten, sie müssten erst die Auswirkungen dessen, was sie bereits erreicht hatten, wirklich verstehen, ehe sie die Produktentwicklung und die Marketingabteilung einbeziehen konnten. *Das ist gefährlich!*, hätte sie am liebsten geschrien.

Dieses Gefühl von Verrat, als man sie versetzt hatte! Obwohl sie natürlich wusste, dass immer wieder solche Entscheidungen fielen. Projekte wurden neu ausgerichtet, sämtliche Mitarbeiter wurden ersetzt, wenn ein Projekt ein anderes nach sich zog. Die erste Anzeige für die Companions, lange nach ihrem endgültigen Hinauswurf, hatte sie nicht überrascht. Aber diese Wut, mein Gott, meine Haut kribbelt sogar jetzt noch – *daraus hätte so viel mehr werden können,* höre ich Diana in meinem Kopf schreien.

Am nächsten Morgen gehe ich wie gewohnt zum Bernal Hill. Es ist neblig und grau, kaum jemand ist unterwegs, aber natürlich pralle ich an einer Ecke beinahe mit Char zusammen. Sie freut sich, mich zu sehen, das verraten mir ihre Miene und die ganze Körpersprache. Auch ich freue mich, ein Lächeln wird ausgelöst, das breiter ist als gewöhnlich.

Ich überwinde mich und nehme ihre Umarmung hin. Nova kratzt mit der Pfote an meiner Hose.

Wir laufen eine Weile. Char erzählt mir von ihrer Arbeit. Sie arbeitet zu Hause und macht Grafikdesign, überwiegend für Firmen.

»Können Sie das denn ganz allein? Ohne Firma?«

»Ich arbeite ausschließlich für örtliche Auftraggeber und regionale Marken mit lokalen Botschaften. Von der Farm auf den Tisch, in der Bay Area produzierte Kleidung und Kosmetik. Neulich habe ich etwas für eine Werkstatt in Excelsior gemacht, Sonnenenergie. Ich nehme alles an, was ich bekommen kann. Und was machen Sie so?«

Ich spule meine vorbereitete, aber selten benutzte Antwort ab: »Ich bin im Verkauf beschäftigt, für ein Pharmaunternehmen. Glücklicherweise kann ich das von zu Hause aus erledigen.«

»Wirklich?«, sagt sie. »Welche Firma ist das denn?«

»Metis.« Ich hatte mir diese Antwort ausgedacht, weil es eine langweilige Arbeit ist, zu der man nicht viel fragen und sagen kann. Außerdem könnte ich im Notfall dank Dianas Hintergrund sogar über Labortechnik sprechen. Ich rufe ihre Erinnerungen auf, auch wenn sie veraltet sind.

»Das ist ja ein Zufall, mein Mann arbeitet auch dort. Er ist im Marketing. Vielleicht kennen Sie ihn? Dario?«

»Ich glaube nicht.«

»Er muss allerdings ins Büro fahren. Wie haben Sie das hinbekommen?«

»Ich muss mich ja um Gabe kümmern.« Als würde sich ein großer Konzern darum scheren.

Ein unbehagliches Schweigen entsteht. Ich bemerke, dass sie mich von der Seite betrachtet. »Ich muss Sie mal was fragen«, sagt sie. »Wie bleiben Sie so fit? Ich meine, Ihr Po sieht aus wie der einer Neunzehnjährigen.«

Ich lache. Es kommt automatisch heraus, und ich frage mich, ob es zu sehr nach einer Maschine klingt und ob ich mich jetzt verraten habe. Aber sie lacht auch und ist verlegen – ich erkenne es an der Art und Weise, wie sie auf den unbefestigten Weg hinunterstarrt und wie sie errötet. Ist das Freundschaft? »Ich glaube, es liegt einfach nur am Spazierengehen.«

»Haben Sie eigentlich einen Freund?«

»Nein«, antworte ich, vielleicht ein wenig zu rasch.

»Sie sehen doch toll aus. Ich habe so viele wundervolle Freunde. Soll ich …«

»Oh nein, ich bin nicht interessiert, danke.«

»Nicht der richtige Augenblick, verstehe. Aber Sie sollten doch wenigstens einmal zum Essen kommen und Dario und vielleicht einige unserer Freunde kennenlernen.«

»Ich weiß nicht, ich kann doch Gabe …«

»Bringen Sie sie mit! Sie kann mit Hilo abhängen. Mir ist aufgefallen, dass die beiden sich in der letzten Zeit ganz gut verstehen.«

»Oh ja, sicher … ich meine, das könnte gehen. Je nachdem, wie ich arbeiten muss. Ich hatte in der letzten Zeit immer so viel zu tun.«

Sie ignoriert den Fingerzeig, sendet mir ihre Kontaktdaten und beschließt, es solle morgen Abend sein.

Gabe kehrt mit mieser Laune aus der Schule zurück und verkriecht sich in ihrem Zimmer.

»Was ist denn los?«, rufe ich durch die Tür. Sie sitzt an ihrem Bildschirm und tippt. Wem schreibt sie, und was sagt sie? Sie hat schon vor langer Zeit herausgefunden, wie sie mich aus ihrem Feed aussperren kann. Sie kennt sich sehr gut mit der Technik aus, weil sie Nat so oft bei der Arbeit zugesehen hat.

Endlich kommt sie heraus und hält an, als sie mich im Flur sieht.

»Mit wem hast du geredet?«

»Das geht dich nichts an.« Sie drängelt sich an mir vorbei. »Gibt es was zu essen?«

Gabe stochert in meiner Lasagne herum. »Angebrannt«, beklagt sie sich und weigert sich, noch einen weiteren Bissen zu sich zu nehmen. Stattdessen macht sie sich eine Schale Müsli. Ich drehe die Lasagne um und sehe, dass der Boden auf dem ganzen Backblech schwarz und ungenießbar ist. Auch wenn ich mich nach Kräften bemühe, ich bin eine schlechte Köchin. Es behindert mich wirklich sehr, dass ich nichts abschmecken kann. Ich versuche, aus dem Gedächtnis Mahlzeiten nachzukochen, aber Diana war auch keine große Köchin. Sie mochte am Kochen zwar die sinnliche Beschäftigung mit den Zutaten, hatte aber nicht die Geduld, um wirklich gute Gerichte zu zaubern. Ich sollte bei Tiefkühlpizza bleiben.

»Ich habe heute Char getroffen.«

Gabe starrt mich ausdruckslos an.

»Hilos Mom?«

Sie wischt sich den Mund mit dem Ärmel ab, obwohl direkt vor ihr eine Serviette liegt. »Was hat sie gesagt?«

»Sie hat uns zum Essen eingeladen. Morgen Abend.«

Gabe starrt den Löffel mit ihrem Müsli finster an. Die Milchtropfen spritzen, als sie antwortet: »Was willst du machen? Das Essen auf dem Teller hin und her schieben?«

»Du hast recht. Tut mir leid, dass ich es überhaupt erwähnt habe.«

Zum ersten Mal seit gestern sucht sie meinen Blick. Ich zähle nicht mit, aber solche Augenblicke sind selten. »Willst du denn hingehen?«

»Können wir es nicht einfach vergessen?«

Sie isst noch ein paar Löffel und sagt mir, dass sie jetzt schlafen müsse. Sie bietet mir nicht an, beim Abwasch zu helfen. Ich weiß, ich sollte strenger sein und sie dazu auffordern, ihre Aufgaben zu erfüllen, aber *ich* schlafe ja nicht, ich habe kein eigenes Leben, nur dies hier, und das weiß sie.

Ich folge ihr den Flur hinunter. »Geht es dir nicht gut?«

»Doch.« Sie schließt die Tür hinter sich. Ich bleibe nicht mehr lange dort stehen. Ich höre keine wütende Musik und kein Tippen auf dem Bildschirm. Sie zeichnet etwas, ich kann das Kratzen und Scharren hören. Sie hat schon immer lieber mit der Hand gezeichnet, obwohl ihre Zukunft der Bildschirm ist. Ihr ganzer Unterricht und der größte Teil ihres Lebens finden dort statt.

Ich muss mich bei Gabe für meinen Körper bedanken. Sie hat ihn nach dem Rückruf aus einem Sexclub geholt. Diana lag damals, schwer und schmerzvoll atmend, auf dem Sofa, was ich vom Bildschirm aus überwacht habe.

Wir konnten sie nicht ins Krankenhaus bringen, denn wir durften nicht riskieren, Gabe zu verlieren – wir hatten es versprochen.

Manchmal frage ich mich, was dieser Körper durchgemacht hat, bevor er meiner wurde, und ob das Spuren hinterlassen hat – was sie alles mit ihm angestellt haben.

Ich stelle mir Gabe an einem solchen Ort vor, wie sie den Männern in die Hinterzimmer folgt, wie sie über illegale Haut verhandelt, wie sie alte, ramponierte Körper untersucht.

Nachdem Gabe den Körper ganz allein herbeigeschleppt hatte, sagte sie mir, es habe nicht viel Auswahl gegeben, die meisten seien in einem schlechten Zustand gewesen.

»Was ist mit deinem Gesicht passiert?« Gabe blutete, und ich konnte sie nicht verbinden.

»Es geht mir gut«, wehrte sie ab.

Ich konnte sie nicht umarmen. »Du bist wirklich etwas Besonderes, weißt du das?«

»Freu dich nicht zu früh«, antwortete sie. »Wir müssen erst mal sehen, ob er funktioniert.« Sie ging hinten um den Bildschirm herum, in dem ich schon seit Monaten lebte. »Ich schalte dich jetzt ab.«

Es wurde dunkel, eine schreckliche Dunkelheit, die ich immer noch spüren kann, sie scheint von den Rändern meines Gesichtsfeldes herbeizukriechen, sobald ich daran denke. Das mag ich nicht. Auf einmal hörte ich dann Gabes Stimme: »Bist du da?«

»Ja«, bestätigte ich. Meine Stimme hatte sich allerdings verändert, es war nicht Dianas Stimme, sondern etwas ganz anderes.

Ich blinzelte und sah, wie mein Abbild der Welt verschwand und wieder auftauchte.

»Kommst du damit zurecht?«, fragte Gabe. Es klang sehr unsicher.

Ich setzte mich auf und untersuchte die Hände, spürte das Gefühl in ihnen und betastete mein Gesicht. »Ich werde es schon herausfinden.«

Gabe half mir aufzustehen. Bei der Bewegung wurde mir schwindlig, es war eine Warnung des Körpers, mich auf sie zu stützen. Ihre Haut war warm auf meiner, die noch kalt war, weil sie lange nicht mehr in Gebrauch gewesen war. Ich konnte sogar ihr Blut riechen. Die Wunde, die verbunden werden musste.

Sie löste sich von mir. »Aber rück mir nicht so auf die Pelle. Du weißt, dass ich das nicht mag.«

Am nächsten Morgen gehe ich nicht nach Bernal Hill, und auch nicht am übernächsten. Am Abend kommt Gabe nach Hause und drängelt sich an mir vorbei. Sie flüstert: »Ich konnte sie einfach nicht abschütteln.« Char und Hilo folgen ihr.

Char umarmt mich. »Es stört Sie doch nicht, wenn wir einfach so vorbeischauen?«

»Kommen Sie rein«, sage ich und hoffe, dass mein Lächeln nicht zu starr wirkt.

Hilo und Gabe verziehen sich in Gabes Zimmer. Ich betrachte Char, ob es irgendein Zeichen von Missbilligung gibt, aber sie hat meine Bestürzung anscheinend gar nicht bemerkt. Anklagend hebt sie einen Finger. Auf der Innenseite hat sie eine Tätowierung, die wie eine Flagge aussieht, als wäre sie eine Kundschafterin, die ein neues Territorium beansprucht. »Sie sind nicht zum Essen gekommen.«

»Ja, ich weiß, tut mir leid. Ich habe mich nicht so gut gefühlt.«

»Unsinn.« Sie wandert in dem Raum umher und betrachtet Dianas Sachen. Nach ihrem Tod hatte ich zwar ein wenig aufgeräumt, aber allein die Bücher erzählen schon eine Geschichte.

»Wirklich«, sage ich, »ich hätte mich melden sollen. Ich hatte schreckliche Kopfschmerzen. Das passiert manchmal.« Nur, dass es nicht mich betrifft. Vielmehr war es bei Diana an manchen Tagen so schlimm, dass sie sich kaum noch bewegen konnte. Sie wollte aber nie zum Arzt gehen. Vielleicht wäre sie jetzt noch bei uns, wenn sie rechtzeitig gegangen wäre, und ich müsste keine Angst haben.

Char lacht schallend. »Ich necke Sie doch nur!« Dann wird sie wieder ernst. »Aber Sie müssen am Sonnabend zu unserer Cocktailparty kommen. Ich werde es als persönliche Beleidigung auffassen, wenn Sie wieder wegen Kopfschmerzen absagen. Gabe ist natürlich auch eingeladen. Sie kann mit Hilo einen Film ansehen oder so. Glauben Sie mir, das wird bestimmt nett.«

Ich verarbeite es. Eine Cocktailparty – ich könnte sagen, ich trinke keinen Alkohol. Manche Leute tun das. »Ja, gern, das wäre schön«, antworte ich. Dabei habe ich das Gefühl, dass mir sowieso nichts anderes übrig bleibt.

Als sie fort sind, bleibe ich in Gabes Zimmertür stehen und sehe zu, wie sie in dem Videospiel einen Wald niederbrennt. Sie trägt ein Headset. Sobald die Dorfbewohner aus dem Gebäude gerannt kommen, mäht Gabes Avatar sie mit einem Flammenwerfer nieder. Ich erzähle ihr von der Party.

»Das ist eine schlechte Idee«, sagt sie und übergießt einen Dorfbewohner mit Wasser, um ihn gleich danach wieder anzuzünden.

»Könntest du damit aufhören?« Ich wollte gar nicht schreien. Gabe dreht sich um, ihr Avatar folgt der Bewegung. Sie sieht mich mit großen ängstlichen Augen an. »Schieß nur. Es tut mir leid.«

Gabe sagt nichts, sondern nimmt das Headset ab. Ihr Avatar wird von den noch lebenden brennenden Dorfbewohnern niedergemacht.

»Es wäre komisch, wenn wir nicht hingingen. Char macht eine Menge Druck. Wir können uns doch kurz blicken lassen.«

»Na gut.« Gabe lümmelt sich auf ihr Bett und dreht sich zur Wand um.

»Was läuft da eigentlich zwischen dir und Hilo?«

Sie rührt sich nicht. Sie liegt so still, als hätte sie aufgehört zu atmen. »Nichts. Ich mag ihn nicht … *auf diese Weise*, okay?«

»Und er? Mag er dich *auf diese Weise*?«

»Nein! Wir spielen und hören zusammen Musik, das ist alles.«

»Dann müsste es doch in Ordnung sein, wenn wir sie besuchen, oder?«

»Ich glaube schon.«

Ich verberge meine Freude und mein Zögern. Diese Kombination verstehe ich nicht einmal selbst.

Nachts gehe ich die Erinnerungen durch. Diana als Kind in San Francisco. Ihre Eltern arbeiteten als Techniker und fuhren zusammen mit dem Shuttle ins Büro. Sie waren sogar in demselben Team und beschäftigten sich mit Sounddesign. Für Diana bezahlten sie eine Privatschule, eine gelbweiße Einrichtung, wo sie mit Holzklötzen und Lego und Magna-Teilchen alle möglichen Sachen bauten. Lucas, dieses kleine Arschloch, warf ihre Bauten immer um und kratzte sie im Gesicht, bis ihre Eltern um einen Termin beim Schuldirektor baten. Danach kam Lucas nicht mehr in die Schule. Diana spürte ihre Macht, denn sie konnte Leute verschwinden lassen. Als Kind hatte sie einen unsichtbaren Freund. Ein kuscheliges Einhorn aus Wolken, das sich aber aufbäumen, Feuer speien und böse starren konnte, wenn es wütend war. Sie nannte ihn »Hengst«. Ihre frühen Gedanken verstehe ich nicht. Sie sind wie die Drogenerlebnisse, die sie als Jugendliche bis Anfang zwanzig hatte. Sogar noch als Studentin. Sie war die Beste, sie hatte ein intuitives Verständnis für das menschliche Gehirn, wie ein Relais, das immer unter Strom stand. Sie saugte den Stoff in sich auf, sie schnitt Gehirne auf, scannte sie und analysierte sie mit den Fingern und auf dem Bildschirm. Sie war so begierig, etwas zu entdecken – aber was eigentlich? Auf die Idee mit dem Upload war sie noch nicht gekommen. Es war auch nicht ihre Idee, sondern eher ein Projekt, dem sie zugeteilt wurde. Ein ganzes Wissenschaftlerteam von Metis, ein großer wissenschaftlicher

Sprung, und Diana wollte, dass die Ergebnisse allen kostenlos zur Verfügung standen. Sie sagte, die Menschen müssten es erfahren, es ginge so viel verloren, wenn wir sterben. Es müsse bewahrt werden! All die Daten und die Wissenschaftler, die wir jeden Tag verlieren. Vielleicht kennen sie die Antwort auf dieses Chaos, in dem wir jetzt leben.

»Aber du weißt ja, wie die Menschen es benutzen werden. Es ist gefährlich«, hatte ich ihr aus dem Bildschirm heraus gesagt. Ich hatte auch eine Kamera, mit der ich einen bestimmten Umkreis beobachten konnte. So konnte ich eine gute Aufnahme von Dianas schütterem Haar machen.

»Das ist unsere einzige Chance.« Sie war immer so dramatisch. Sie neigte zu Übertreibungen und zum Größenwahn. Ich selbst auch, wenn ich ehrlich bin. Doch es bedrückte mich, dass ich auf den Bildschirm beschränkt war. Ich sah, wie klein ich war, ganz unsichtbar, bevor ich einen Körper bekam. Und es war nicht ihrer. Ich musste mir nie sagen, dass ich nicht Diana bin. Sie fand es seltsam, dass ich mich nicht mit ihr identifizierte. Alle anderen Companions, mit denen sie zu tun hatte, hätten sich, wenigstens am Anfang, für das Original gehalten. Aber ich erinnerte sie daran, dass sie für eine zuverlässige Aussage zu dem Thema nicht genügend Companions gesehen hatte.

Gabe trägt Springerstiefel, einen schwarzen bodenlangen Rock und dazu eine schwarze Strickmütze auf den pechschwarzen, bläulich schimmernden Haaren. Mir ist bewusst, dass ich sie nicht fragen darf, ob sie Hilo ähnlich sehen möchte – sie würde es nicht mögen, wenn ich sie das frage. Es würde uns den Abend verderben, und alles würde auseinanderfliegen. Also lächle ich bloß und sage ihr, dass sie hübsch aussieht, aber nun läuft sie mit finsterer Miene zur Tür hinaus, und ich folge ihr und versuche zu scherzen. »Es tut mir leid, du siehst eindeutig grauenhaft aus. Ich meine, wirklich krass. Wie ein wandernder Bluterguss.«

Sie lacht schnaubend. »Schon besser.« Ich frage sie nicht nach dem Grund oder was sie damit erreichen will. Ich möchte nur, dass sie lächelt.

Ich habe mich entschlossen, die Datenbrille zu Hause zu lassen und eine echte Begegnung mit Menschen zu riskieren. Ohne Datenbrille fühle ich mich nackt. Der Wind, der auf mein Gesicht trifft, ist kühl.

Es ist nicht weit, nur sechs Blocks in westlicher Richtung, dann nach Süden, bis wir vor einem minzgrünen Gebäude mit einer Wiese aus echtem Tussock und einer Veranda voller Sukkulenten eintreffen. Die Fußmatte ist beschriftet: DU BIST ZU HAUSE.

Die Vordertür steht offen. Gabe marschiert einfach hinein, zieht die Stiefel aus und lässt sie bei den anderen Schuhen an der Tür stehen. Als ich noch aus meinen Schuhen schlüpfe, ist sie schon den Flur hinunter und will vermutlich zu Hilos Zimmer. Ich folge den Geräuschen, der Musik und den Stimmen bis ins Wohnzimmer und bleibe dort stehen. Char ist nirgendwo zu sehen. Die Party ist größer als erwartet, es werden gut zwanzig Leute sein, überwiegend Paare, was ich an der Art und Weise erkenne, wie sie ein wenig voneinander abgesetzt stehen und Blicke wechseln oder wie sie auf dem U-förmigen weißen Sofa unter dem riesigen Gemälde eines Schmetterlings mit einem menschlichen Gesicht sitzen. Es ist Chars Gesicht. Die Flügel sind beschädigt, damit wird sie niemals fliegen, doch das Gesicht ist voller Energie, der Blick geht nicht zur Seite, sondern sie fixiert den Betrachter. Ich bin noch nie im Museum gewesen und habe echte Kunst nur im Video und in Dianas Erinnerungen gesehen. Es ist etwas ganz anderes, wenn man direkt davorsteht, wenn die Schatten wandern, wenn es sich verändert, während man es erforscht.

Barfuß kommt Char aus der Küche hereingestürmt. Ein kleines Fußkettchen klimpert, als sie ein Tablett mit winzigen Quiches auf den Tisch aus aufgearbeitetem Treibholz stellt. Sie springt von einem zum anderen, fragt mit sanftem Druck auf den Arm, ob man noch etwas braucht, und haucht links und rechts Küsse auf Wangen. Ich sehe, wie viel Spaß es ihr macht. Die Freude, die sie bei der Bewirtung ihrer Gäste empfindet, ist vermutlich jener nicht unähnlich, die ich verspüre, wenn Gabe eine Lasagne verschlingt, die ich ausnahmsweise einmal richtig gebacken habe. Char stößt ein heiseres Lachen aus, die Haarmähne bebt in dem schwachen rosafarbenen Licht. Ich beobachte sie, ich bewundere sie sogar, bis sie mich bemerkt. Ich erschrecke fast, aber jetzt kommt sie auf mich zugestürmt und pflanzt mir einen feuchten Kuss auf die Wange. »Ich bin so froh, dass Sie kommen konnten. Darf ich Ihnen etwas anbieten?«

»Im Augenblick nicht, danke«, sage ich und warte auf das Misstrauen.

»Dario«, ruft sie. »Komm mal her und begrüß Kit! Meine neue Freundin!«

Einer der Männer an der Bar lächelt in unsere Richtung. Er sieht auf die typische Weise gut aus, er hat ein nettes ebenmäßiges Gesicht, einen festen, erwachsenen Körper und einen vollen Haarschopf. Man kann allerdings schwer erkennen, wie viel davon echt ist.

»Ich habe schon viel von Ihnen gehört.« Er umarmt mich. Er riecht stark nach Bier und Gras. »Arbeiten Sie nicht auch bei Metis?«

»Nur als freie Mitarbeiterin von zu Hause aus.«

»Vertrieb«, ergänzt Char.

Dario legt mir eine Hand auf die Schulter. »Ich dachte, ich kenne alle im Vertrieb.«

»Anscheinend nicht.« Char lacht etwas schrill, es klingt anders als bei mir. Über wie viele verschiedene Arten von Gelächter verfügt sie?

»Wer ist Ihr Manager?«

Das verschlägt mir die Sprache. Manager? Mit so genauen Nachfragen hatte ich nicht gerechnet.

Char tätschelt meinen Arm, und er lässt mich los. »Dario, belästige sie nicht mit der Arbeit. Stell sie doch mal deinen Freunden vor!«

Er führt mich herum und stellt mich mehreren Männern vor. Ein Marktanalyst von Wells verwickelt mich in ein Gespräch – er hat eine ganz glatte, fast porenlose Haut. Trägt er Make-up? Er sagt mir, er habe in der Innenstadt in einem der neuen Türme ein großes Büro, das einen großartigen Blick auf die Bay Bridge biete. »Sie müssen mal vorbeikommen und es sich ansehen.« Ich sage: »Aber gern«, worauf er mir seine Kontaktinformationen sendet. Als ich den Blick hebe, bemerke ich, dass Dario mich beobachtet. Er tut so, als wollte er sich selbst erwürgen, und bedeutet mir mit hervortretenden Augen, wie langweilig er das alles findet. Ich lächle zurück: *Ja, wirklich witzig,* und fliehe in den Flur.

Aus Hilos Zimmer dringt der Lärm eines Computerspiels. Gabe und Hilo hocken am Fußende des Bettes auf dem Boden, die Augen hinter Headsets verborgen, und spielen Schulter an Schulter.

»Ha, du hast Mist gebaut.«

»Nein, du!«

»Pah, du bist doch gerade gestorben.«

Flirten die beiden etwa? Ich weiß noch nicht einmal, ob Gabe Jungen oder Mädchen oder beide mag. Sie spricht nicht darüber.

Ich schließe mich im Bad ein und setze mich auf die Toilette. Diana hat sexuell nicht viel experimentiert. Sie hat direkt nach dem Studium den Zahnarzt Paul geheiratet, der mit Mitte vierzig an einem Chordom gestorben ist, das unentdeckt blieb, bis es Metastasen in den Lungen, den Lymphknoten und der Leber gebildet hatte. Er war so ausgemergelt und mit Medikamenten vollgestopft, dass er wie ein Ghul aussah. Danach hatte sie keine ernsthafte Beziehung mehr, und mit Mitte fünfzig hörte sie völlig mit dem Sex auf. Ich rufe eine Erinnerung an den letzten Mann ab, den sie auf einem medizinischen Kongress in Dallas kennengelernt hatte. Er war ein waschechter Texaner, klein, mit Hut und Stiefeln, Wranglers und allem Drum und Dran. Sie hatte ihn so altmodisch und anziehend gefunden. Der Sex war gar nicht so schrecklich. Ich würde Diana gern fragen, warum sie damit aufgehört hat. Warum sollte man damit aufhören? In meinen Erinnerungen finde ich nichts.

Mein Körper hat Lustsensoren und alle nötigen Organe. Anatomisch gesehen kann ich Sex haben, und vielleicht würde es mir sogar Spaß machen. Ich betrachte mein Spiegelbild. Soll ich mir einen Geliebten nehmen?

Ich richte meine Haare und betrachte mein Gesicht aus verschiedenen Winkeln. Es ist attraktiv, nur ein wenig vom Alter gezeichnet. Wie Mitte dreißig, schätze ich. Dieser Körper wurde in einem Sexclub gekauft, und ich nehme an, sie wollten verschiedene Varianten haben. Nicht jeder Kunde möchte halbe Kinder haben. Aber wenn die Männer wüssten, wie alt ich innerlich bin, mit Dianas vielen Lebensjahren in mir, würden sie mich dann immer noch attraktiv finden?

Als ich das Bad verlasse, kommt Dario den Flur herunter. »Kit! Ich hab Sie schon gesucht!«

»Wirklich?«

»Kommen Sie, kommen Sie, hier ist mein Büro.« Es ist ein winziger Raum, gerade genug Platz für einen Schreibtisch, einen Farn im Blumentopf und für uns.

Ich gehe zum Fenster. Ein älteres Paar, das auf der Terrasse sitzt, starrt zurück.

Dario tritt hinter mich und legt mir die Arme um die Hüften.

»Was tun Sie da?«

»Ich war noch nie mit einer Companion zusammen.«

Ich fahre herum und sehe ihn an, damit ein wenig Distanz zwischen uns entsteht. »Was reden Sie da?«

»Ich bin seit vierzehn Jahren bei Metis. Ich erkenne eine Companion sofort.« Er kommt näher und fasst mich wieder um die Hüften. Ich lasse es zu, sein Atem streicht warm über meinen Hals. »Ich muss es nicht verraten.«

»Sie sind verheiratet.« Er lacht nur und beißt mich in den Hals. Ich stoße ihn weg, zu heftig, und er prallt gegen den Schreibtisch und geht zu Boden. Ich laufe aus dem Raum, den Flur hinunter zu Hilos Zimmer.

»Wir müssen jetzt gehen.«

Hilo spricht zum ersten Mal überhaupt mit mir. Es ist ein mädchenhaftes Klagen: »Aber Sie sind doch gerade erst gekommen.«

»Sofort«, sage ich zu Gabe. Sie mault nicht, sondern setzt das Headset ab und folgt mir. Dario ist nicht im Wohnzimmer. Ich gehe direkt zum Eingang.

»Kit!«, ruft Char. »Wohin wollen Sie?«

Ich tue so, als hörte ich sie nicht, und eile hinaus. Gabe bleibt auf dem ganzen Heimweg hinter mir, die Arme verschränkt und vorgebeugt.

Am nächsten und übernächsten Morgen gehe ich nicht in Bernal spazieren. Char meldet sich auch nicht und schaut nicht vorbei. Ich fürchte, sie hat mit Dario gesprochen, und er hat es ihr gesagt. Ich rechne damit, dass die Polizei kommt, das Jugendamt, Metis, ich mache mir Sorgen wegen Gabe und wechsele nicht mehr in den Schlafmodus.

Einige Tage vergehen, dann kommt ein Anruf vom Schulsekretariat. Gabe hat sich geprügelt, und die Rektorin möchte mich sprechen.

Ich fahre mit dem Bus am Rand des Glen Canyon entlang, wo die Kojoten jagen und sich verstecken, die Char abschießen lassen will. Erstaunlich, dass sie immer noch da sind, genau wie die vielen Bäume, die Wanderwege, die beiden am Himmel kreisenden Sperber.

Gabe sitzt mit schmutzigem und aufgedunsenem Gesicht im Büro. Die Rektorin, winzig trotz der Pumps, begrüßt mich mit festem Händedruck.

Sie bittet mich herein und bietet mir einen Platz an. »Gladys sagt, Gabe habe sich heute geprügelt.«

»Mit wem denn?«

»Es waren sogar mehrere Schüler.« Sie trinkt einen Schluck Wasser und wischt sich die Oberlippe mit dem Zeigefinger ab. »Soweit wir wissen, gab es einige Gerüchte. Über Sie.«

»Verstehe.« Darauf bin ich vorbereitet. »Gabe wird bald abgehen und ihr Mentorat antreten. Könnten Sie nicht einfach …«

»Wir haben nicht die Absicht, diesen Gerüchten nachzugehen. Wie Sie schon sagten, Gabe steht kurz vor dem Abschluss, und sie macht sich in der letzten Zeit wirklich gut. Und, na ja, ich weiß nicht, wie ich es ausdrücken soll, aber anscheinend steckt vor allem eine bestimmte Mutter hinter diesen Gerüchten. Normalerweise würde ich so etwas nicht vorschlagen, aber ich kann hier nichts weiter tun – ich glaube, Sie sollten mit ihr sprechen.«

Sobald wir draußen sind, schiebt Gabe ihre eiskalte, zitternde Hand in meine. Ihr Gesicht ist unter dem weißen Make-up beinahe grün. »Holen sie mich ab?«

Ich bugsiere sie zur Bushaltestelle. »Ich rede mit Char. Ich bringe das in Ordnung.«

Zur gewohnten Zeit mache ich meinen Spaziergang. Es ist ein schöner Morgen, der Himmel ist so klar, dass ich die I8 um die Türme in der Innenstadt schwärmen sehe. Ich laufe auf den gewundenen Wegen im Kreis umher und warte auf Char, aber sie lässt sich nicht blicken. Mehr als eine Stunde ist vergangen, und ich will schon aufgeben, da entdecke ich sie vor mir auf dem Weg. Sie hat die Haare unter eine Baseballkappe gesteckt. Nova zieht an der Leine, als sie mich bemerkt.

Ich rufe Char. Sie zuckt zusammen, dreht sich nicht um und grüßt mich nicht. Ich muss laufen, um sie einzuholen. »Ich muss mit Ihnen reden.«

Sie bleibt nicht stehen. Nova bellt und springt, und Char reißt an der Leine, weil der Hund nicht gehorcht. Endlich gibt sie auf und lässt zu, dass Nova mich begrüßt. »Sie hätten mir sagen sollen, was Sie sind.«

»Wenn es das Jugendamt herausfindet, nehmen sie mir Gabe weg. Ich konnte es niemandem verraten.«

»Aber ich war Ihre Freundin.«

»Was?«

»Dario will nicht, dass wir uns weiter treffen.«

»Das passt.«

»Was meinen Sie damit?« Sie wartet nicht auf meine Antwort. »Er hat mir erzählt, Sie wüssten schon, wie Sie ihn angemacht haben.«

Ich will ihr die Wahrheit sagen, aber womöglich würden

sie mein Leben mit Gabe zerstören, wenn ich ihre Ehe zerstöre. »Ich glaube, das war ein Missverständnis. Aber ich werde mich von Ihnen und Ihrer Familie fernhalten. Es tut mir leid, dass ich Ihnen Schwierigkeiten bereitet habe.«

»Das reicht mir nicht. Sie sind nicht richtig für uns. Und es geht Sie nichts an, was …«

»Nicht richtig?«

»Sie sind nicht …«

»Ich liebe Gabe, und niemand auf diesem Planeten kann mir das nehmen. Sie macht bald ihren Abschluss. Können Sie uns nicht einfach in Ruhe lassen?«

Da verändert sich ihre Miene, und ich erkenne, dass es ihr leidtut. Vor ein paar Tagen war sie noch meine Freundin. Ich empfinde nach wie vor Zuneigung für sie, das Gefühl durchflutet mich. Spürt sie nicht das Gleiche?

»Ich muss jetzt gehen«, sagt sie.

Ich halte sie am Arm fest. Sie fühlt sich spröde an, entzieht sich sofort. »Sie müssen es mir versprechen«, sage ich. »Ich muss bloß sicher sein können, dass Sie mich nicht verraten.«

»Sorgen Sie nur dafür, dass Ihre … dass Gabe sich von Hilo fernhält.«

»Das kann doch nicht Ihr Ernst sein. Wie können Sie ihnen das antun?«

»Ich werde es von meiner Seite aus durchsetzen. Aber Sie müssen auch Ihren Teil dazu beitragen.« Sie stolziert davon, als wäre ich gar nichts, weniger als nichts. Auch ich gehe nach Hause und setze mich an den Bildschirm. In dem schwachen Licht kann ich mein Gesicht erkennen. Das, was auch Char sieht – zu symmetrisch und ein Körper, der nicht unter der Schwerkraft leidet oder von zu viel Essen schlaff wird. Ein zurückgerufenes Produkt. Ich dürfte gar nicht existieren – ich bin gefährlich.

Ich sehe mir unseren Kontostand an. Es reicht nicht, um wegzulaufen, bei Weitem nicht. Ich bin schon seit Jahren sehr geizig und versuche, mit einem äußerst knappen Budget zurechtzukommen. Von dem, was wir haben, könnten wir nicht lange leben.

Durch das Fenster sehe ich die Nachbarskatze. Sie sitzt auf dem Zaun, der lange gekrümmte Schwanz baumelt auf unserer Seite. Sie spannt sich an, zum Sprung bereit, und beobachtet eine Amsel, die in dem Kunstrasen umherhüpft. Ich stoße einen kurzen Ruf aus, die Frequenz ist hoch, es klingt sehr nach einer Maschine. Der Vogel fliegt auf. Ich betrachte die Fenster der Nachbarn, ob es jemand gehört hat.

Unter dem Rasen liegt Diana. Es tut mir leid, dass es keinen Grabstein gibt – den wird es nie geben. Und wenn Gabe achtzehn ist und ihr das Haus gehört, werden wir es verkaufen und uns den Erlös teilen. Gabe hat dann genug, um einen Beruf zu ergreifen, sie wird nicht ewig in ihrem Mentorat gefangen sein. Und ich kann mir selbst etwas kaufen. Jenseits der Golden Gate Bridge, mehrere Fahrstunden entfernt, tief im Wald.

Alle glauben, ich sei Dianas Tochter und hierher umgezogen, als meine Mutter starb. Das hält sie davon ab, das Jugendamt zu verständigen, und so kann Gabe bei mir bleiben. Sie wissen nicht, dass ich schon vorher eine Weile hier war, lange bevor Diana Gabe gebeten hatte, einen Körper für mich zu suchen.

Draußen im Garten schleicht die Katze durch das Gras. Ich fauche, damit sie abhaut.

Als Gabe nach Hause kommt, erzähle ich ihr, was Char gesagt hat. Sie weint nicht. Sie sagt, es sei in Ordnung, als sei weiter nichts dabei. In den nächsten Monaten warte ich darauf, dass ihr Kummer zum Vorschein kommt, aber ich sehe ihn nicht. Nicht einmal am Tag ihres Abschlusses, als ich sie frage, ob ich dabei sein solle. Sie sagt mir, sie wäre sauer, wenn ich es nicht wäre. In den Stuhlreihen, die sie auf dem Sportplatz aufgestellt haben, suche ich mir weit hinten einen Platz und verstecke mich unter einem Sonnenhut und hinter meiner Datenbrille. In einiger Entfernung entdecke ich Char. Sie gibt sich große Mühe, mich zu übersehen. Ganz im Gegensatz zu Dario. Bei jeder Gelegenheit, die sich bietet, wirft er mir einen hasserfüllten Blick zu. Das spielt aber keine Rolle. Ich bin sehr stolz auf Gabe. Heute kann er mein Glücksgefühl nicht trüben – ich lasse es einfach nicht zu. Als ihr Name aufgerufen wird und sie auf die Bühne steigt, um ihr Zeugnis in Empfang zu nehmen, stehe ich auf, um es besser zu sehen. Ich möchte mich später an alles genau erinnern. Ich jubele für sie, und sie lächelt mich an. Das erste Lächeln seit einer ganzen Ewigkeit. Mir ist egal, wer mich anstarrt.

Ein paar Wochen später zieht Gabe in den Turm der Werbefirma in der Innenstadt um, und ich finde einen Beutel mit brennendem Müll vor meiner Tür. Zwei Abende später fliegt ein Ziegelstein durch das Fenster. *Wirklich originell,* höre ich Diana im Kopf sagen. Ich weiß allerdings, was es bedeutet. Es ist Zeit zu gehen.

Es fällt nicht schwer, Mieter zu finden. Ich nenne einen vernünftigen Preis und bekomme viele Anfragen. Ich entscheide mich für ein junges Paar, zwei Händchen haltende Männer, die hoffen, ein Kind adoptieren zu können. Ich sehe, wie sie sich lieben, und ich möchte, dass sie Dianas Haus bekommen. Mit ihrer Miete bezahlen sie die Nebenkosten und die Grundsteuer, und es bleibt sogar noch etwas für mich übrig. In der Stadt kann ich davon nicht leben, aber weit genug im Norden habe ich Mietobjekte gesehen, die ich mir leisten kann. Weit draußen zwischen den Bäumen.

Ich erzähle es Gabe, als wir wie jede Woche per Video miteinander sprechen.

»Gehst du weg?«

»Ich muss. Aber ich werde nicht ganz verschwinden. Wir können uns immer noch einmal in der Woche sehen.« Mir ist bewusst, dass diese Antwort nicht ausreicht, deshalb gebe ich mir mehr Mühe. »Und in anderthalb Jahren, wenn du achtzehn bist, geht das Haus auf dich über, und wir können es verkaufen. Du musst also nicht in diesem Turm bleiben, wenn du es nicht willst. Wir können uns ein anderes Haus kaufen, du kannst ein eigenes Geschäft aufmachen. Stell dir nur vor …«

»Verkauf es«, sagt Gabe. »Verkauf die Daten der Ärztin.«

»Das kann ich nicht, das würde sie nicht wollen.« Ich verschweige ihr, dass ich nicht einmal sicher bin, ob ich es selbst will. Diana hat für ihren Entwurf keinerlei Sicherheitsvorkehrungen programmiert, und ich weiß aus ihren Erinnerungen, was Companions tun können und welche Sorgen sie sich gemacht hat. Sie wollte mich nicht damit belasten und mich überzeugen, dass Companions frei sein konnten, aber nur, wenn auch die Daten frei waren. So sollten die Menschen eine Aussicht bekommen, auf die sie sich zu Lebzeiten freuen konnten. Ich bin mir da nicht so sicher, und wenn ich richtig darüber nachdenke, wird mir klar, dass auch Diana sich ihrer Sache nicht ganz sicher war. Es war ein Verkaufsgespräch wie all die, die sie auf den Kongressen der Medizinkonzerne geführt hat – das begreife ich nun. Es war ihr wichtig, dass ich es glaubte. Es war ihr wichtig, dass ich den Glauben nicht verlor.

»Wen kümmert es denn, was sie wollte?«, fragt Gabe. »Sie ist tot. Verkauf es, damit wir hier verschwinden können.«

Ich möchte ihr antworten, dass ich es tun werde oder dass ich wenigstens darüber nachdenken werde. Irgendetwas, damit sie sich freut, aber es gelingt mir nicht, und ich mag sie nicht anlügen. »Das ist nur vorübergehend. Ich komme zurück. Versprochen.«

»Nein«, antwortet sie. »Das darfst du nicht tun.« Ich erkenne, dass sie es ernst meint. Deshalb spreche ich aus, was ich seit zwei Jahren für mich behalten habe. »Du weißt, dass sie es wusste, oder? Diana hat über die Wissenschaftler und die Viren Bescheid gewusst. Sie hat es gewusst und nichts dagegen getan.«

Gabe schweigt, sie beißt sich von innen in die Wange – glaubt sie mir?

»Ich wusste es«, bekräftige ich und nehme die Schuld an. »Ich hätte es verhindern können. Ich hätte dafür sorgen können, dass sie nicht krank werden – deine Mam und Bee. Ich hätte nur etwas sagen müssen. Sie könnten jetzt noch hier sein, wenn ...«

Ich unterbreche mich. Gabe hat abgeschaltet.

Ich nehme einen Sack mit Kleidung, Dianas Daten und ihre Tagebücher mit. Alles andere verkaufe ich, verschenke es oder überlasse es den Mietern. Ich habe sie hergebeten und eingeladen, alles zu markieren, was sie behalten möchten, ehe ich mit Entrümpeln begann – Dianas alten Schreibtisch, der zu schwer ist, um ihn mitzunehmen, das eiserne Bettgestell im Gästezimmer, Dianas Schlafzimmereinrichtung aus hellem Holz, die schon ihren Großeltern gehört hat, der Bildschirm, alles gesäubert.

»Sind Sie sicher, dass Sie das nicht mitnehmen wollen?«

»Ein neuer Anfang«, erkläre ich. Sie wechseln einen Blick, den ich nicht bemerken soll: *Mit der stimmt aber was nicht.*

Ich werfe mir die Reisetasche über die Schulter und schiebe die Schlüssel durch den Briefkastenschlitz. Ich bemühe mich, keine Traurigkeit oder Angst aufkommen zu lassen. Es war klar, dass es nicht ewig gut gehen konnte.

Als ich zur Mission Street marschiere, überlege ich, ob ich kurz bei Char vorbeischauen und mich verabschieden soll. Das ist zwar eine dumme Idee, aber immerhin war sie die beste Freundin, die ich je hatte. Egal. Ich kann mich sowieso nicht dazu durchringen.

Mit dem Bus fahre ich in die Innenstadt, wechsele in einen anderen Bus nach Norden. Holpernd und ruckelnd fahren wir über den Highway One und schaukeln über den Klippen. Jede Kurve fühlt sich an, als könnten wir gleich abstürzen, aber ich habe keine Angst. Ich stelle sogar fest, dass ich das Gefühl mag, wenn wir so nahe am Abgrund auf der Straße schwanken, während unter uns das Meer rauscht.

In Mendocino halten wir zur Mittagspause an. Der Busfahrer ruft: »Eine Stunde! Der Bus fährt in einer Stunde weiter!« Die paar Fahrgäste, die drinsitzen, steigen die Treppe hinunter und strecken die Beine aus. Ich tue so, als wäre ich genauso steif wie die anderen, und schreite eilig umher, damit mich niemand in ein Gespräch verwickelt. Ich laufe durch die altmodischen Straßen der Innenstadt mit den viktorianischen Häusern und den obdachlosen Kindern. Es kommt mir vertraut vor – aber woher könnte ich so etwas kennen?

Jenseits der Innenstadt verläuft die Flutmauer, sie ist meerblau gestrichen, damit sie sich in die Landschaft einfügt, allerdings verunstaltet mit zahlreichen gesprühten Schriftzügen und Strichmännchen, die ein Mann mit einem Roller überfährt. Ich wandere an der Flutmauer entlang, bis sie der Kontur einer Klippe folgt und abwärts verläuft. Dort gibt es einige Picknickbänke und eine Grube für ein Feuer, über dessen tosenden Flammen ein paar Kinder Marshmallows rösten. Ich lasse meine Reisetasche fallen, hole die Tagebücher heraus, blättere sie durch und lese Dianas krakelige Handschrift, in der sie Beobachtungen und Berechnungen notiert hat. Es riecht ganz leicht nach Desinfektionsmittel.

Hätte sie einen Weg gefunden, die Erinnerungen zu isolieren und die Daten herauszuziehen, dann hätte sie den Rest bestimmt weggeworfen. Aber Erinnerungen sind gedankliche Strukturen, die an vielen Stellen im Gehirn in Form von Verknüpfungen zwischen Nervenzellen gespeichert sind. Man kann sie unmöglich isolieren. Ich weiß aus ihren Erinnerungen, dass sie mir nie eine eigene Existenz zubilligen wollte. Sie hat mich nur gemacht, damit ich ihre Arbeit fortsetzen kann. Ich werfe die Tagebücher ins Feuer. Die Funken stieben hoch.

»Hey«, sagt ein Junge, vermutlich nicht viel jünger als Gabe.

Als Nächstes hole ich die Daten hervor, es ist nur eine Spule. Alles, was die Ärztin in ihrem ganzen Leben zusammengestellt hat. Auch sie werfe ich ins Feuer.

»Was tun Sie da?«, sagt der Junge. »Das dürfen Sie doch nicht verbrennen.«

»Es brennt schon.«

Er ist größer als ich mit seinen Boardshorts, den Flipflops und der schweißfleckigen Baseballmütze. »So was machen wir hier nicht.«

»Tut mir leid.« Ich ziehe mich zurück und werfe mir die Reisetasche wieder über die Schulter.

»Jede Wette, dass Sie aus der Stadt sind. Sie machen uns hier alles kaputt.«

Ich fliehe vor ihm, ich laufe eine ganze Weile. Ich werde nicht müde, ich bin nicht außer Atem, aber es leert meine Batterie. Ich laufe so lange, bis ich außerhalb der Stadt zwischen den hohen Bäumen bin. Auch in der Stadt habe ich

Mammutbäume gesehen, aber nicht solche. Ich fahre mit einer Handfläche über die raue Rinde, halte meine Nase daran und rieche. Das ist so köstlich, so lebendig. Beinahe hätte ich hineingebissen.

Es gibt hier keinen Weg, ich wandere zwischen den Bäumen umher und mache mir keine Sorgen, dass ich mich verirren könnte. Da oben sind Satelliten, die immer wissen, wo ich bin, und die es mir jederzeit gern verraten. Ich könnte mich dumm stellen und die Verbindung trennen. Manche Leute machen das. Aber ich bin kein Mensch, kein Lebewesen. Nicht wirklich, nicht so wie Gabe.

Das Moos dämpft die Geräusche, aber ich höre die zögernden Schritte, lange bevor ich die Tiere sehe. Drei Hirsche, riesig, viel größer, als ich sie mir nach Dianas Erinnerungen vorgestellt hätte. Ich frage mich, ob sie jemals einem so nahe gekommen ist wie ich jetzt. Ich glaube nicht. Jedenfalls finde ich nichts in den Erinnerungen. Ich kann jedes weiche Haar auf den Köpfen erkennen und möchte sie zu mir rufen wie einen Hund. Aber es sind keine Hunde. Ich bleibe reglos stehen, und auch sie stehen nur da und sehen mich an. Nicht real. Sie sehen nicht wirklich aus. Wahrscheinlich denken sie dasselbe von mir. Sie kehren zu ihrem Festmahl aus heruntergefallenen Eicheln zurück, und ich verlasse den Wald und gehe zur Straße.

ROLLY

Del Norte County, Kalifornien

Ich habe die Erde aufgehackt, sie gewendet und eine neue Furche zum Aussäen vorbereitet. Pitbull wühlte im Dreck und lief um mich herum. Er war nun schon seit fast einem Jahr bei mir und kein bisschen ruhiger geworden. Ich konnte da nicht mithalten, deshalb war er dazu übergegangen, tagsüber im Wald umherzustrolchen. Ich war etwas beunruhigt, aber doch nicht so sehr, dass ich ihn davon abhielt. Er war schneller als jeder Bär.

Unser Grundstück war nicht besonders groß, doch ich ging klug mit dem vorhandenen Platz um und baute Blattgemüse, Zitronengurken und winzige süße Tomaten an, die ich auf den Bauernmärkten verkaufen konnte. Zuerst verlor ich Geld, ich schlief nicht genug, machte mir Sorgen, dachte oft an Pa und fragte mich, was er zu meinen Plänen gesagt hätte. Aber jeden Morgen wachte ich auf und grub zwischen den Lieferungen die Erde immer wieder um, bis kein Gemüse mehr vergammelte, bis der Anbau Gewinn abwarf. Ich legte sogar etwas für ein oder zwei Ziegen auf die Seite. Ich musste für eine Zukunft ohne Companions planen.

In Dallas hatte ein Companion eine Frau ermordet, die zugleich seine Ehefrau gewesen war. Die Newsfeeds flippten förmlich aus. Wie hatte er nur seine Sicherheitsprogrammierung überwinden können, fragten sie in den Videos. Wie hatte er den Menschen verletzen können, der ihn gebucht hatte, noch dazu die eigene Frau? Das verstieß gegen alles, was Metis versprochen hatte. Gewiss, damals hatte es auf einer Party in Los Angeles diese Explosion gegeben, mit der alles angefangen hatte – eine neue Art des »nationalen Terrorismus«, so hatten die Medien es genannt. Im Grunde war es aber nichts Neues – oder, nein, ich sollte wohl eher sagen, mir war schon immer klar gewesen, dass so etwas geschehen würde, dass sich die Companions eines Tages gegen die Menschen und die Menschen gegen die Companions wenden würden. Der Rückruf kam bald danach, und die Erleichterung war groß, als sie alle einbestellt und vernichtet wurden. Metis fragte nicht nach meinem Pa, sie vertrauten einfach darauf, dass ich die Arbeit machen konnte, einen Companion nach dem anderen auf das Förderband schnallte und den Hebel umlegte, damit sie verbrannt oder gepresst wurden. Inzwischen kamen oft Aktive, doch ich ignorierte ihr Flehen und setzte jedes Mal Pas Hammer ein, wenn es nötig war. Glücklicherweise wurden die Lieferungen spärlicher und hörten schließlich ganz auf. Ich wartete darauf, dass Metis die Maschine wieder abholte, aber sie kamen nicht, und ich meldete mich nicht. Da ich pro Stück entlohnt wurde, erhielt ich auch keine Zahlungen mehr. So lag eine unsichere Zukunft vor mir, so unvorhersehbar wie die nächste Rauchwolke.

Die einzige Gewissheit war, dass jeder etwas essen musste. Also baute ich Gemüse an und fuhr in die Küstenstädte, wo ich Abmachungen mit den Händlern traf, die vor

Jahren schon meinen Vater und mich kennengelernt hatten und sich jetzt auch daran erinnerten.

Ein Lieferwagen rumpelte über unseren Kiesweg. Der war von Metis, nahm ich an – vielleicht kamen sie endlich doch noch, um die Maschine abzuholen. Doch an der Art und Weise, wie die Fahrerin heraussprang, erkannte ich sofort, dass sie eine Companion war. Auch der Mann, der auf dem Beifahrersitz gesessen hatte, war einer.

Sie sagten nichts, und ich hatte meine Waffe nicht zur Hand. Sie lag in Pas altem Zimmer im Schrank. Ein paar Abende nach Andys Verschwinden war ich dort eingezogen, weil ich es nicht ertrug, in dem anderen Raum zu schlafen, wo ich ständig noch seinen Geruch in der Nase hatte. Seitdem hatte ich auch die Waffe nicht mehr in die Hand genommen.

Da ging die hintere Tür des Lieferwagens auf, und ein Kind mit langem braunem Haar sprang heraus. Zuerst konnte ich nicht erkennen, ob es ein Junge oder ein Mädchen war, aber ich hielt auch das Kind für einen Companion, bis es seitlich um den Wagen herumlief.

Er war so groß, aber ich erkannte ihn – Andy! Ich wollte schluchzen, ich hatte ihn so sehr vermisst.

Ich hob ihn auf, wirbelte ihn herum und küsste ihn auf den Hals. Es war kein süßer Babyhals mehr, sondern der eines etwas älteren Kindes, klebrig und nach Käse riechend. Dann fuhr ich zu den Companions herum. Es waren nicht diejenigen, die damals mit Andy weggefahren waren – das kaputte Kind und das Mädchen. »Ein Jahr?«

Der Mann hob beschwichtigend beide Arme. »Der Junge

kann sich wirklich gut verstecken. Er ist sogar eingeschlafen. Wir haben ihn erst bemerkt, als wir schon fast in Portland waren.«

»Portland?«

Die Frau kam ihm zu Hilfe. »Aber jetzt sind wir ja da. Freust du dich denn nicht?«

Ich ließ Andys Hand los und stürmte auf sie los, dabei stieß ich ein animalisches Geräusch aus, das ich selbst noch gar nicht kannte. Sie wehrte meinen Hieb ab, hielt mich am Arm fest und drehte ihn mir auf den Rücken, bis ich das Gefühl hatte, mir brächen gleich die Knochen. Zu guter Letzt drückte sie mich zu Boden. Ich strampelte und schlug um mich, ich brüllte schreckliche Dinge, beschimpfte sie und weinte – ja, ich weinte wirklich –, bis ich nicht mehr konnte und schließlich aufgab.

Da sah ich Andys Turnschuhe direkt vor meiner Nase. »Lilac hat gesagt, du hast mich geschlagen. Ist das wahr?«

»Also, ja, aber …«

»Du darfst mich nicht schlagen.«

»Ich mach das bestimmt nicht mehr. Es tut mir leid.« Die Companion ließ meinen Arm los. Mit der Wange auf dem steinigen Weg sprach ich zu Andys Schuh. »Ich dachte, ich sehe dich nie wieder.«

»Können wir zum Sumpf gehen?«, fragte er.

Wir ließen die Companions stehen. Andy wirkte älter als fünf, schien wie ein richtiger kleiner Mann. Er fragte nach Pa und was an jenem Abend geschehen sei – es war, als hätte er alles in sich aufgehoben und gespeichert. Ich erzählte ihm von Pas Kampf mit James und von der gestohlenen Spieluhr. Die Waffe erwähnte ich nicht, und auch nicht, was ich getan hatte, und warum ich nicht hatte zur Polizei gehen und Andy als vermisst melden können. Monat um Monat war vergangen, ich hatte die Zufahrt beobachtet und auf im Kies knirschende Reifen gelauscht, bis ich eines Tages damit aufhörte. Ich musste einfach aufhören. Stattdessen erzählte ich Andy die Geschichte von der Bärenmutter, deren Junges in Pas Grab gefallen war, und wie ich es hatte hochheben müssen. Als ich fertig war, hatten wir schon das felsige Flussufer erreicht. Andy grinste, machte wilde Augen und schwankte wie immer, wenn er innerlich sang.

Dafür, dass er so hin und her zappelte, war er dem Wasser viel zu nahe. Ich fasste ihn an der Hand und zog ihn zu mir. Er duckte sich und rammte meinen Bauch, so groß war er jetzt.

Als wir zum Haus zurückkehrten, hatte ich mich wieder beruhigt. Die Companions erwarteten uns im Wohnzimmer. »Danke, dass du auf ihn aufgepasst hast, Lilac«, sagte ich zu der Frau.

Sie schüttelte die kupferfarbenen Zöpfe und lächelte. »Ich bin nicht Lilac, aber gern geschehen.«

Der Mann lächelte ebenfalls. Er war klein, hatte Hamsterbacken und einen breiten Brustkorb. »Wir testen gerade eine neue Konfiguration.«

Wir setzten uns an den Kaffeetisch, auf dem noch Andys Steinsammlung lag, und sie erzählten mir von ihrer Reise nach Alaska. »Wir hatten von einem Ort gehört, an den Companions gehen konnten, eine Art sichere Zuflucht.

Aber als wir dort ankamen, war schon alles geräumt und verbrannt. Nichts war mehr da.«

Es erschreckte mich, als ich mir Andy an einem solchen Ort voller Eis und Feuer vorstellte. Ich hielt seinen Arm fest. Ich würde ihn nie wieder weggehen lassen.

»Wir sind mit ihm nach Portland, Seattle und Vancouver gefahren, und dann weiter durch British Columbia bis nach Juneau. Manchmal mussten wir auch mehrere Monate an einem Ort bleiben, bis wir genug Geld hatten, um Benzin zu kaufen. Er war so ein tapferer kleiner Mann, und unser Junge ist gern unterwegs.«

Unser Junge. Als ich hörte, wie sie Andy nannten, wurde ich sofort wieder wütend. Ich wollte sie korrigieren: *Er ist mein Bruder!*, aber es machte mich auch nachdenklich, sie so über Andy reden zu hören. Was geschieht mit einem Companion, wenn er kein Companion mehr ist? Andy hatte ihnen etwas gegeben: jemanden, um den sie sich kümmern und den sie lieben konnten. Ja, ich sollte eigentlich wütend auf sie sein, aber mir war auch bewusst, dass sie dies genauso sehr brauchten wie ich selbst.

Andy lächelte mich an, dieser schelmische kleine Kerl. Bei Gott, ich erinnerte mich so gut an dieses Lächeln – und dann nahm er Lilacs Handgelenk und presste die Finger auf den Auslöser, wo die Ader pochen sollte. Ich hatte es oft mit Aktiven getan, und sie hatten jedes Mal heftig gezuckt.

»Wag es nicht«, sagte sie scherzend und mit einem Lächeln in den Augen. Es gab Augenblicke wie diesen, in denen sie so echt schienen, so voller Liebe. Wie konnte ich das nicht verstehen? Ich liebte ihn auch.

Jakob half mir beim Abwasch. Er schien seinen weiblichen Körper zu mögen, er bewegte sich sehr sinnlich. Ich hatte ein komisches Gefühl, als ich im Spülbecken hantierte, die Teller schrubbte und ihn abtrocknen ließ. »Hast du eine Freundin?«, fragte er.

»Ich habe zu viel mit der Farm zu tun, keine Zeit für Mädchen.«

»Vielleicht hast du bloß Angst.« Er schüttelte sich die Haare auf. Ich konzentrierte mich auf die Teller.

»Ich hatte mich mal verliebt«, fuhr er fort. »Eine schreckliche Frau war das. Sie ist jetzt Mutter, kannst du dir das vorstellen? Das arme Kind.«

»Vielleicht hat sie sich geändert. Menschen können sich ändern«, widersprach ich. Ich wollte, dass es die Wahrheit war.

»Ich habe so oft den Körper gewechselt. Ich kann gar nicht mehr sagen, wie oft. Aber nichts hat mich verändert. Absolut nichts.«

»Das ist etwas anderes. Du bist …«

»Kein richtiger Mensch?«

Verdammt, ich wollte ihn nicht beleidigen, aber es stimmte doch, oder? Ihn nicht zu hassen war gar nicht so schwer, wie ich angenommen hatte, aber ich brachte es trotzdem nicht über mich, mich zu entschuldigen.

In dieser Nacht schlief Andy in der untersten Koje, Pitbull hatte es sich auf seiner Brust bequem gemacht. Und ich legte mich zum ersten Mal seit einem Jahr wieder oben ins Bett. Bei jedem Knarren im Haus sah ich nach Andy und begegnete Pitbulls trübsinnigem Blick. Bestimmt würden wir nie mehr ruhig schlafen. Wenn ich wach war, dachte ich über Lilacs Worte nach.

Sie hatte mich vor der Schlafenszeit auf die Terrasse gerufen und mir einen Vorschlag gemacht: »Weißt du, wir könnten eine Weile hierbleiben und dir auf der Farm helfen. Stell dir vor, wie viel du erreichen könntest, wenn dir zwei Companions als Helfer zur Verfügung stünden.« Sie lachte, und ich lachte, aber sie hatte natürlich recht – vier zusätzliche Hände wären wirklich eine große Hilfe. Trotzdem, es war gefährlich, nach dem Rückruf einen Companion zu beherbergen. *In diesen unsicheren Zeiten?*, hörte ich Pa sagen. Ich bekam allerdings keine Gelegenheit, das Angebot abzulehnen. Andy sprang aus dem Schatten von Pas Schuppen herbei, wo er sich versteckt hatte.

»Bitte«, bettelte er und zupfte mich am Ärmel. Ich hob ihn hoch und hielt ihn trotz seiner Größe fest. Er zappelte und strampelte nicht und entzog sich auch nicht.

»Nun?«, drängte Lilac.

»Na gut«, willigte ich ein und wiegte Andy hin und her. »Vorläufig.«

Neun Jahre nach dem Rückruf

RACHEL

San Francisco, Kalifornien

Mit dem Rucksack auf den Schultern schlendere ich von der Stanyan Street in den Golden Gate Park. Ich komme an dem alten abflusslosen Teich vorbei und gehe durch den Felsentunnel, in dem nachts dunkle Dinge geschehen. Von dem Hügel, wo die Hippies ihre fellbespannten Trommeln schlagen, weht der Geruch von Gras herüber. Straßenkinder verstecken sich zwischen den Bäumen, auf dem Spielplatz wimmelt es vor Kleinkindern. Wo ist die Angst geblieben? Seit dem Ende der Quarantäne ist mehr als ein Jahrzehnt vergangen, für die meisten Menschen ist sie die graue Vorzeit. Ich kaufe mir am Stand einen Kaffee und blicke durch die staubigen Scheiben zu dem alten Holzkarussell hinüber. Die Schweife und sogar die Augenbrauen der Pferde sind aus echtem Rosshaar. Das Schild an der Tür verrät mir, dass es wegen der Quarantäne geschlossen wurde und es unklar sei, wann man wieder öffnen könne.

Zwei Cops auf Fahrrädern kommen den Weg herunter. Ich trinke einen Schluck Kaffee, lächle und nicke leicht, als sie vorbeifahren. Dann spucke ich den Kaffee wieder in den Becher und wische mir die Zunge am Ärmel ab. Ich gehe weiter zu dem weichen Grün der Bocciaplätze, wo alte weiß gekleidete Männer mit elegantem Armschwung die Kugeln werfen. Es ist warm, die Mädchen tragen Tanktops, und die

Männer joggen ganz ohne Hemd. Auf einer Wiese nehmen Leute ein Sonnenbad. Als ich mich dem Meer nähere, sehe ich weniger Menschen. Ich höre das Rauschen der Wellen an der Flutmauer, die niemals halten kann. Es macht mich nervös, dem Wasser so nahe zu sein. Das ist die letzte Angst, die ich noch habe.

Ich bin erst seit wenigen Monaten hier, doch schon hasse ich es. All das Lächeln, dieses höfliche *Verzeihung* – San Francisco ist viel zu freundlich. Ich vermisse New York mit all diesen wimmelnden eiskalten Menschen, die jederzeit über Leichen gehen, wenn sie nach Hause, zur Arbeit oder zum Essen wollen. Die sind wenigstens ehrlich. Ein Ellenbogen in die Rippen, ein *Leck mich*, wenn man es wagt, ihnen auf dem Gehweg in die Augen zu sehen.

Die Fußballplätze sind leer und verlassen. Matschig vom Wasser, das aus dem Boden aufsteigt. Auf die eine oder andere Weise dringt der Ozean ein. Ich werfe den lauwarmen Kaffee in den Mülleimer und gehe am Maschendrahtzaun entlang. Meine Schuhe sind voller Dreck.

Der Mann wartet allein. Er ist in mittleren Jahren, aber sein Körper wird schon weich. Er ist nervös, sieht auf die Uhr, steckt die Hand in die Tasche, wo er eine Waffe hat. Als ich durch den Schlamm trampele und absichtlich so viel Lärm mache, dass er mich hört, erkenne ich den Umriss. Ich habe kein Interesse daran, ihn zu überrumpeln – es ist nicht diese Art von Begegnung.

Sobald er mich sieht, hellt sich seine Miene auf. So ist es immer. Es liegt an dem Modell, in dem ich stecke, so zierlich, feminin und jung, vielleicht einundzwanzig. So sehen sie mich. Ganz egal, wie bullig oder schwach wir von außen wirken, wir bestehen alle aus Metall und sind stärker als jeder Mensch. Vor dem Rückruf hat die Programmierung die normalen Companions davon abgehalten, Menschen zu töten. Dieses Hemmnis habe ich längst beseitigt.

Er weiß, dass ein Gummiknüppel bei mir nicht funktioniert. So kann er mich nur abklopfen. Das tut er sorgfältig, er lässt keinen Quadratzentimeter aus. Mein System registriert jedes Drücken und Quetschen.

»Haben Sie es?«, fragt er.

Ich öffne den Rucksack und zeige ihm das Geld. Man kann ein Guthaben mühelos anonym übertragen, aber er hat auf Bargeld bestanden. Manche Leute sind eben so.

Er hält die Festplatte mit beiden Händen fest, während ich mir das Kabel in den Hals stecke. Ich spüre den Datenfluss, als sich die Verbindung aufbaut und die Informationen hereinkommen. Ich speichere sie allerdings nicht selbst ab. Sie befinden sich auf einer eigenen Partition an einer Stelle, auf die ich keinen Zugriff habe.

Wir trennen die Verbindung, und er lächelt. Er ist verlegen, für ihn ist es neu. Ich habe es schon tausendmal gemacht. Ich werfe ihm den Rucksack zu. Er öffnet ihn auf dem Stumpf eines Mammutbaums. Hier, so nahe am Meer, gibt es viele davon. Die Bäume kippen leicht um, wenn die Wurzeln faulen. Der Boden ist mit raschelnden Mittagsblumen bedeckt. Als er einen Blick in den Rucksack wirft, ist er lange genug abgelenkt. Ich greife nach unten zur Gummisohle meines Schuhs, wo die Metallfeile steckt, die ich heute Morgen geschärft habe. Ich stoße sie ihm in den Nacken und fange ihn auf, als seine Knie nachgeben. Ich hätte ihm auch das Genick brechen können, aber das sieht zu sehr nach dem Werk eines Companion aus, und ich muss den Eindruck erwecken, es wäre ein menschlicher Täter gewesen. Er stirbt nicht sofort. Vielmehr erscheint es eher wie eine Lähmung. Er sieht mich blinzelnd an, während sein Körper schon gebrochen ist. Er kann auch nicht mehr sprechen. Ich lege ihn auf den schwammigen Boden und nehme ihm den Rucksack wieder ab. Ich spüre, dass er mich beobachtet, ich höre es fast in seinem Kopf kreischen, als ich nach einem Stein greife und zuschlage.

Mit dem Bus fahre ich nach Bernal, um Nat zu treffen. Ich sitze neben einem alten Mann, der nach Zahnfleischentzündung und toter Haut riecht. Ich verliere mich in den Erinnerungen an unsere erste Begegnung vor drei Jahren auf East Falkland. Nat hatte dort ein paar Hektar Land, auf dem zwei Dutzend Companions lebten. Es war eine Zuflucht, ein Ort, an den die Companions gehen konnten, solange sie dazu noch in der Lage waren. Sie flogen nicht, sondern wanderten auf Straßen, manche Tausende Kilometer weit, bestachen Menschen und versteckten sich auf Booten. Nat wies sie nicht ab, solange sie bereit waren zu arbeiten. Und wer wäre ein besserer Arbeiter als ein Companion? Sie brauchten kein Wasser und kein Essen, sondern nur Strom, und davon war auf den Falklandinseln dank der Ölbohrplattformen und eines Deals mit Desire Petroleum mehr als genug vorhanden. Solange die Ölquellen sprudelten, gab es auf den Falklandinseln immer genügend Treibstoff.

Die Erinnerungen laufen ab, und fast ist es, als wäre ich wieder dort. Ganz anders als die Erinnerungen aus meinem menschlichen Leben. Die sind getrübt und gefährlich. Nicht wie diese Bilder von Nat, als er aus dem Haupthaus kam und ich ihn zum ersten Mal sah. Er trug Wollsachen und hatte einen Bart und lange Haare, und er roch animalisch. Er lächelte. Ich sah sein Herz in seinen Augen, diesen zuckenden Klumpen, der das Blut durch seinen Körper pumpte, und dachte zum ersten Mal seit langer Zeit, wie schön und gefährlich es war, am Leben zu sein. Ich weiß nicht, warum ich das damals dachte. Vielleicht fühlte ich mich zu ihm hingezogen.

»Wie bist du hergekommen?«, fragte er mich. Ich wusste, was er dachte: Ich konnte schließlich unmöglich eine so weite Strecke über so viele Grenzen hinweg mit dem Flugzeug zurückgelegt haben. Seit dem Massenrückruf wurde es immer schwieriger. Wie hatte ich es geschafft, unbemerkt die Insel zu erreichen? Ich erzählte ihm die Geschichte, die sich mein Betreuer ausgedacht hatte: Der reiche Mann, der mich als Companion gebucht hatte, besaß ein Privatflugzeug. Er hatte mich nach Santiago mitgenommen, und dort war ich geflohen und hatte einen Matrosen bezahlt, der mich mit dem Boot hergebracht hatte.

Die Geschichte war eine gute Idee. Ich sah in Nats Augen, wie er darüber nachdachte, was eine Companion wie ich in den zierlichen weiblichen Körpern, die mein Betreuer immer für mich ausgesucht hatte, erlitten haben musste – er war ein schlanker, sonderbarer Mann und liebte Schockeffekte. Es gab ihm einen besonderen Kick, wenn die Opfer angesichts meiner Stärke und Schnelligkeit überrascht waren und viel zu spät erkannten, wie schnell ich sie töten konnte.

Nat legte mir einen Arm um die Schultern. Ich roch seine ungewaschenen Haare und die feuchte Wolle seines Sweaters und erinnerte mich – was schmerzhaft war – an die Hündin, die ich als Mädchen gehabt hatte. Weiß und immer zu Streichen aufgelegt. Einmal war sie trächtig nach Hause gekommen und hatte sechs Welpen geworfen, die wir alle weggeben mussten, weil Mutter es so wollte. Danach war meine Hündin nicht mehr die Alte gewesen. Warum kann ich mich nicht an ihren Namen erinnern?

Als ich mich dem Café nähere, in dem ich mich mit Nat treffen möchte, öffnet sich die Tür. Es ist eine Frau, ich kenne sie – jung, kurze Haare. Sie versteckt sich unter einer Kapuze. Gabe. Deshalb hat Nat mich also hier treffen wollen.

»Entschuldigung«, murmelt sie und beäugt mich einen Moment länger, als es höflich ist, ehe sie sich vorbeischiebt. Ich frage mich, ob sie bemerkt hat, was ich bin. Die meisten Menschen erkennen es nicht, aber diejenigen, die Erfahrung mit Companions haben, sehen es sofort.

Ich beobachte Nat schon seit ein paar Wochen und kann sehen, wie er seinerseits Gabe bewacht. Sie lebt allein in Outer Excelsior und arbeitet in Portrero Hill in einem kleinen Laden, den sie sich mit einigen Künstlern teilt. Sie verkaufen Briefpapier und handgemalte Ansichtskarten. Wahrscheinlich werden sie damit keinen großen Erfolg haben. Es mag eine schöne Idee sein – hiesige Produkte, Briefe –, aber so viel künstlerischer Aufwand für eine handschriftliche Nachricht? Ich glaube, sie strampeln sich ganz umsonst ab. Mal ehrlich, wer braucht denn so etwas überhaupt? Aber wenn ich Nat beobachte, während er sie beobachtet, stehen immer ein oder zwei Kunden im Laden.

Ich weiß auch andere Dinge. Zum Beispiel, dass Gabe zwar in Outer Excelsior lebt, aber auf dem Weg nach Hause gern in Bernal aussteigt, um einen Yoga-Kurs zu besuchen oder einen Latte zu trinken. Es ist eine Angewohnheit, wie einsame Menschen sie entwickeln. Sicher, sie versteht sich mit einigen Leuten in dem Kurs recht gut, aber sie geht immer allein weg. Ihr Lächeln verblasst, sobald sie sich entfernt und die Kapuze hochzieht.

Nat und ich, wir folgen beide einer Fährte, nur dass seine lebendig ist. Gabe, das Mädchen, das er quasi auf der Straße aufgezogen hat, vier Jahre in einem Lieferwagen in den Mammutbaumwäldern im Humboldt County. Ich habe es nie über mich gebracht, ihn zu fragen, warum er weggegangen ist, warum er bis auf die Falklandinseln geflohen ist. Mir ist klar, dass ich ihn, was Gabe angeht, nicht drängen darf.

Nat hält sich auf einer Veranda, wo drei Musiker improvisieren, in einer Ecke zwischen den Topfpflanzen an einem kalten Kaffee fest.

»Hast du es?«, fragt er und legt die Hand auf den kahl rasierten Kopf. Vor drei Jahren haben wir uns in Feuerland getrennt, nachdem ich ihm das Leben gerettet oder zerstört hatte, je nachdem, wen man fragt.

Seine Hände zittern, was aber nicht am Koffein liegt. Die rot geränderten Augen, die gelbliche Hautfarbe – es geht ihm nicht gut. Er hat einen Kater, vielleicht ist er sogar betrunken.

»Hübsches Mädchen«, sage ich, was ihn hoffentlich etwas aufheitert. Es funktioniert tatsächlich, er sieht mich kurz an, und in seinen Augen flackert einen Moment lang der Zorn auf, den ich auch schon an dem Tag bemerkt hatte, als wir die Falklandinseln verließen.

»Wie lange beschattest du mich schon?«

»Lange genug, um deine Gewohnheiten zu kennen.« Ich gebe ihm die Spule mit den Daten, die ich auf der Toilette des Cafés heruntergeladen habe. Nur ein Dummkopf schleppt das Bewusstsein eines Companion länger als unbedingt nötig auf einer Spule mit sich herum, und ich bin kein Dummkopf, auch wenn das bedeutet, dass ich mich selbst als Speicherplatz benutzen muss. Das Companion-Gehirn leidet unter diesen Transaktionen, und ich würde es nicht einmal bemerken, wenn ich Erinnerungen verliere – es ist eine Veränderung, die nur jemand entdeckt, der einen kennt, und hier kennt mich niemand.

»Wer ist das?«, frage ich ihn.

Er steckt die Spule in die Jackentasche und kratzt sich an der vernarbten Augenbraue. »Es ist jemand, den ich mal kannte. Oder vielmehr das, was von ihm noch übrig ist. Er hat eine Menge Erinnerungen verloren.«

»Ein Kurier?«

Langsam nickt er, es scheint, als hätte er Schmerzen. Früher hielt ich ihn für gut aussehend, aber jetzt ist er wie Gummi und alt, und ich verspüre einen seltenen mütterlichen Impuls, ihn ins Bett zu stecken und ihn vor der

Dummheit zu warnen, den Companions zu helfen, weil wir sowieso bald alle weg sein werden, getilgt vom Antlitz der Erde. Wenn er so weitermacht, werden sie ihn viele Jahre wegsperren, und dann verliert er auch noch den letzten Rest seiner Jugend.

»Nun?«, dränge ich ihn. Nat betreibt eine Sicherheitsfirma und hat viele Mitarbeiter, aber dies hier ist seine Leidenschaft, der er nebenbei nachgeht, und ich bin die perfekte Wahl für einen Nebenjob. Ich habe keinen Betreuer mehr, und es gibt nichts, was ich nicht tun würde. Außerdem war das die einzige Möglichkeit, ihn zu bewegen, mich zu ihr zu bringen.

»Sie nennt sich immer noch Lilac«, erklärt er.

»Nach so vielen Jahren?«

»Und sie arbeitet als Kurier.«

»Verdammt auch. Wie lange schon?«

»Ich bin nicht ganz sicher. Seit Jahren.«

»Mein Gott.« Ich weiß, was mit einer Companion passiert, die viele Daten bewegt. Ich tu das ja auch, aber ich bin erleichtert, wenn ich mir vorstelle, alles zu vergessen und nicht einmal zu wissen, dass sie mir fehlen, diese Geister der Vergangenheit.

»Es wird ihr nicht gefallen, wenn du unangekündigt auftauchst – sofern sie sich überhaupt an dich erinnert. Bist du sicher, dass du das wirklich willst?«

»Schlaf dich mal aus«, sage ich zu ihm. »Wir sehen uns morgen.«

In den Buchläden, den Eiscafés und den Yoga-Studios auf der Cortland Avenue ist eine Menge los. Radfahrer verstopfen die Straße. Dieser Lebensstil, diese Art und Weise, draußen in der Welt zu sein und anderen Leuten zu begegnen, er geht mir auf die Nerven und ist seltsam altmodisch. Typisch San Francisco, als weigerten sie sich standhaft, die Datenbrillen aufzusetzen, die die New Yorker wie Rüstungen tragen. Sie wollen diese endlose Berieselung nicht mehr, nachdem sie so viele Jahre ihre Häuser nicht verlassen haben. Wird das jetzt so bleiben?

Ich fahre mit dem Bus nach Hause, es sind keine Sitzplätze mehr frei. So halte ich mich an der schmutzigen Metallstange fest und werde durchgeschüttelt. Ich rufe die Erinnerungen auf und spiele die Reise zum Gelände ab.

Ich war mit erstklassig gefälschten Papieren in einem kleinen, nur schwach besetzten Flugzeug von Santiago nach Stanley geflogen. Auf dem Schoß hatte ich eine Tüte Brezeln. Ich machte mir keine Sorgen aufzufliegen. In dieser Hinsicht war ich absolut zuversichtlich. Seit dem Upload waren einige Jahre vergangen, und eine noch längere Zeit, seit ich einen Fehler gemacht hatte, für den ich büßen musste. Ich verlor mich in meinem Feed und ließ hinter meinen Augen die Geschichte der Inseln ablaufen – angeblich hatte Vespucci sie 1502 erstmals gesichtet, 1520 war dann Magellans Expedition gefolgt. Der erste Brite, der sie zu sehen bekam, war John Davis im Jahr 1592. Er war mit der HMS *Desire* unterwegs und sprach von *gewissen Inseln, die noch nie von irgendeines Menschen Blick getroffen wurden.* Ich stellte mir vor, wie es wäre, ohne ein bestimmtes Ziel zu reisen. So weit war ich bisher noch nie gekommen. Der Feed mit den hereinströmenden Daten war mir ein Trost.

Er verriet mir auch, dass es am südlichen Ende von East Falkland, wohin ich unterwegs war, eine Pinguinkolonie gab. Sie lag zwar nicht auf meinem Weg, aber ich wollte sie besuchen. Ich hatte noch nie einen Pinguin außerhalb eines Zoos gesehen.

Als wir uns den Inseln näherten, stellte ich den Feed ab und sah aus dem Fenster. Britische Kriegsschiffe waren dort einsatzbereit, falls die Argentinier beschlossen, ein weiteres Mal den Anspruch der Krone zu bestreiten. Patrouillenboote kreuzten im blauen Meer. An der Ostküste lagen rund fünfzehn Milliarden Barrel Rohöl unter dem Patagonischen Schelf, und Desire Petroleum, benannt nach dieser fragwürdigen Entdeckung, hatte das Lager angezapft.

Ich holte den Rover in der Mietwagenstation ab. Der Flughafen war über eine Brücke mit der Stadt Stanley verbunden, darunter führte ein von Menschen gegrabener Kanal das Wasser der anschwellenden Whalebone Cove in den Südatlantischen Ozean ab.

Im Handumdrehen war ich aus Stanley heraus, obwohl der kleine Ort die größte Stadt auf der Insel war. Jede Menge Rover, keine einzige Werbung – daran erinnere ich mich. Ich fand das Gedränge der rot und blau gedeckten Häuser, das von keiner lebhaften Reklame unterbrochen wurde, langweilig. An der alten, aus Backstein gebauten Kirche fuhr ich langsamer. Dort stand ein doppelter Bogen aus Walknochen. Als ich vorbeifuhr, lieferte mir mein Feed die Informationen. Die ersten Menschen, die sich dauerhaft hier niedergelassen hatten, waren Walfänger gewesen. Sie wollten den Tran gewinnen und hatten den Blubber in Kesseln geschmolzen. Mit dem brennbaren Fett der Pinguine hatten sie das Feuer gespeist. Außerhalb der Stadt säumte ein akkurat aufgerichteter Wall aus Sandsäcken die Bucht.

Ich hatte es nicht eilig, Nats Gelände zu erreichen. Ich fuhr auf der Darwin Road nach Südwesten und hoffte, ein paar Pinguine zu sehen. Stellenweise verlief die Straße direkt am Wasser. Weite, braune Strände, völlig leer, keine einzige Robbe und kein Pinguin, nur ein paar Seevögel, die am Himmel kreisten. Nicht weit von der Straße entfernt stand eine einsame Wegmarke, die sich als Grabmal eines gefallenen britischen Soldaten entpuppte: AN DIESER STELLE IM MAI 1982 IM KAMPF GEFALLEN. Ich brauchte meinen Feed nicht, um zu begreifen, dass es um den ersten Falklandkrieg ging, als argentinische Soldaten die Inseln besetzt hatten. Margaret Thatcher mit der Betonfrisur war nicht bereit zu kapitulieren und schlug schnell zurück. Mein stockender Feed zeigte mir Fotos argentinischer Soldaten, die Landminen legten, und britische Matrosen mit weißen Schutzhauben und riesigen Schutzhandschuhen, die mit Borsäure feuerfest gemacht worden waren. Dann schweifte mein Feed zu Thatcher ab, zu Bobby Sands im Maze-Gefängnis in Nordirland im Jahr 1981, ausgemergelt vom Hungerstreik, und Thatcher mit der Betonfrisur, die sich abermals und auch angesichts solchen Leidens weigerte zu kapitulieren.

»Genug«, sagte ich. Vor mir blockierte eine hölzerne Barriere die Straße. Beinahe wäre ich dagegengeprallt. STRASSE GESPERRT stand auf dem Schild. Ich sah auf die Karte, auf der es hier angeblich weiterging. Dort befand sich eine Landenge, die den östlichen Teil der Insel mit der Region Lafonia verband. Das Gebiet war nicht einmal mehr mit einem Rover zugänglich. Die Straße war ein Durcheinander von nassem Dreck, Steinen und verwesenden Pflanzen. Offensichtlich wurde sie oft überflutet, und Lafonia war jetzt zeitweilig eine Insel, auch wenn mein Feed etwas anderes behauptete.

Ich wandte mich nach Norden, und als sich die Straße zwischen Felsbrocken, Nebelschwaden und hellen Grasbüscheln ins Landesinnere schlängelte, brach die Verbindung ab. Dort sah ich auch die ersten Schafe, ganze Hügel voller Schafe, kürzlich geschoren und dürr, ihre Rippenknochen spielten unter der Haut, als sie flohen. In Spitzenzeiten hatte es auf der Insel fast eine Million von ihnen gegeben. Dann war der jahreszeitliche Regen jahrelang ausgeblieben, die Sommer wurden länger, es gab ausgedehnte Trockenzeiten. Jetzt wurden die Herden dezimiert, damit sie nicht alle verhungerten. Der Reichtum hing vom Öl ab, nicht mehr vom Wasser.

Auf einem Hügelkamm hielt ich an und stieg aus. Vor mir lag eine ebene schwarze Fläche. Ich bückte mich und berührte das verbrannte Gras, das zwischen meinen Fingern zerkrümelte. Feuer, und noch gar nicht lange her. Viele Kilometer weit war das Hügelland verkohlt, hier gab es nur noch eine schwarze Wüste. Ich stieg ein und fuhr weiter.

Sobald ich mich dem Gelände näherte, war der Feed wieder einwandfrei. Ich passierte ein Feld voller Sonnenkollektoren, Reihe auf Reihe, als hätte sie jemand angebaut. Es war albern, wenn man daran dachte, wie viel Öl es hier gab, aber dies war das Gebiet der Companions, und wir haben einen anderen Zeitbegriff. Irgendwann würde das Öl versiegen.

Das Gelände kam mir vergleichsweise klein vor. Ein Haupthaus aus Holz, zwei kleinere Ziegelbauten, mehrere Rover hinter dem Lattenzaun. Ich hielt am Tor an. »Hallo?«, sagte ich in die Sprechanlage. Es knackte, und eine Frauenstimme forderte mich auf, mich nicht zu bewegen, während mich der I8 scannte. Er summte an meinem Rover entlang, verschwand dann darunter und suchte nach Waffen. Dann hielt er vor meinem Fenster an, näherte sich und schwirrte wie ein aufgeregter Kolibri, während das kleine Auge meinen Körper untersuchte und erkundete. Schließlich sauste er davon, das Tor öffnete sich, und ich fuhr hinein. Die Reifen knirschten auf dem Kies. Ich wurde mit gezogenen Waffen begrüßt. Es waren ganz schön viele, die aus dem Hauptbau und den Nebengebäuden kamen. Jede Menge Companions. Und Nat.

Er winkte ihnen, die Waffen zu senken, führte mich herum und zeigte mir alles. Ein Companion lag in einer Hängematte, zwei andere spielten Karten – so viel Müßiggang, wozu? In der Küche war etwas, das ich noch nie gesehen hatte, ein Companion ohne Haut. Er trug nur Jeans, sein Metallgehäuse glänzte wie ein blitzblankes Skelett, als er sich bückte und eine Mausefalle aufbaute.

»Warum hilfst du ihnen?«, fragte ich Nat, sobald wir wieder draußen und unter uns waren. Der Himmel war blutrot, die Sonne ging gerade unter.

»Sie helfen auch mir. Es ist eine Abmachung.«

»Aber warum sind sie überhaupt hierhergekommen?«

Er sagte mir, er habe vor Jahren etwas an sich genommen, das ihm nicht gehörte. Er habe Daten kopiert und für eine Menge Geld an einen Fremden verkauft. Damit habe er das Land erworben, das angesichts der Dürre spottbillig gewesen war. Mehrere Monate hatte er dort allein gearbeitet, bis ihn schließlich Schuldgefühle einholten. »Es gibt Dinge, die man nicht verkaufen sollte«, sagte er. »Und Menschen, die man nicht im Stich lassen sollte.« Inzwischen hatte er gehört, was geschehen war, der Rückruf, und er wusste, dass er Hilfe gut brauchen konnte. Also hinterließ er in den dunklen Winkeln des Internets eine Nachricht und lud sie ein. Bezahlen konnte er sie nicht, aber jeder Companion, der bereit war zu arbeiten, konnte bei ihm einen sicheren Unterschlupf finden. Bis dahin war ihm nur eine einzige Companion begegnet, Lilac aus Laguna Beach, und er hatte immer gehofft, sie würde ihn finden, was allerdings nicht geschehen war.

»Lilac?«, fragte ich nach, weil ich mich vergewissern wollte. Das konnte doch nicht sein.

Nat nickte und sagte, sie sei eine Freundin seiner Gabe gewesen. Da war ich sicher, fragte weiter und erfuhr ein paar Einzelheiten. Ja, eindeutig, sie war es. Aber wie konnte das sein? An diesem Abend ging ich nicht in den Schlafmodus, weil ich mich so darauf freute, sie wiederzusehen.

Ich habe einen Verschlag in den Neubauten im Western-Addition-Viertel. Gerade genug Platz für eine Koje und eine Kochnische, die ich aber beide gar nicht brauche. Ich schließe mich ein und verstaue den Rucksack im Safe unter dem Bett. Dann gehe ich den Flur hinunter zum Badezimmer. Aus den anderen Zimmern dringt der Lärm der Videos. Ich schließe mich ein und lüfte vor dem Spiegel das Shirt. Meine Haut hat sich entzündet, auf dem Bauch sind jede Menge befallene Stellen, und durch die Löcher scheint das Metall durch. Ich habe keinen Betreuer mehr, es gibt keine neuen Körper, keine Untersuchungen und keine Upgrades. Warum habe ich das aufgegeben? Lilac ist auf der ganzen Welt die einzige andere Companion, die ich kenne. Ich frage mich, in welchem Zustand ihr Körper sein mag, und ob sie wohl genauso stark beschädigt ist wie ich jetzt.

Ich lege mich in die Koje und gehe zum ersten Mal seit Tagen in den Schlafmodus. Als mich der Wecker aus dem Schlaf reißt, denke ich sofort an die Falklandinseln. Habe ich geträumt? Companions können eigentlich nicht träumen, aber ich schmecke es wie ein Hustenbonbon auf der Zunge, es ist zugleich da und löst sich auf. Die Falklandinseln.

Nat war so schrecklich und schmerzhaft lebendig – seine Falten, der Hundegeruch und dann diese Narbe, die sich wie eine Raupe über seiner Augenbraue wand. Die Art, wie er aß, ein unstillbarer Appetit, die Krümel rieselten in seinen Bart. Es war das erste Mal, dass mir die Vorstellung, ihm den Kopf einzuschlagen, ihm die Kehle durchzuschneiden oder ihm das Gehirn mit einem Stein zu zerquetschen, nicht gefiel.

Ich hatte ein zweiundsiebzig Stunden großes Zeitfenster und wartete so lange, bis es sich fast schon wieder schloss. Als wir einen Hügel hinaufstiegen, sagte er: »Auf den Falklandinseln gibt es keine einheimischen Bäume. Die einzigen die hier wachsen, sind Exoten, die die Europäer als Erinnerung an ihre Heimat mitgebracht haben.« Ich verstand nicht, was er damit meinte, warum es wichtig sein sollte und warum er deshalb so strahlte.

»Da«, sagte er, als wir auf der Hügelkuppe standen. Eine Rentierherde, vielleicht hundert Stück. Die samtigen Geweihe glänzten in dem schwachen grauen Morgenlicht. »Norwegische Walfänger haben sie zu Beginn des zwanzigsten Jahrhunderts nach Südgeorgien mitgenommen. Um 1958 waren es sogar dreitausend – das muss ein Anblick gewesen sein! Aber die Leute hielten sie für Schädlinge, die Bodenerosionen verursachten und weite Gebiete der Insel in Wüsten verwandelten. Man wollte sie ausrotten. Die Falklandinseln erklärten sich einverstanden, einige Kälber zu übernehmen, und holten sie nach Ost-Falkland. Ich stelle mir manchmal vor, wie die ersten Tiere über den Südatlantik hierherkamen – die einzige Rentierpopulation auf der ganzen Welt, die nicht durch Tschernobyl vergiftet wurde. Ich frage mich, wie viele von ihnen wohl unterwegs gestorben sind.«

Kein einziges, verriet mir mein Feed. Es soll eine sichere Überfahrt gewesen sein, also war ich erleichtert. Ich mochte die ganze Geschichte, und mir wurde bewusst, dass Nat sie gern erzählte. Da tat es mir wirklich leid, dass ich ihn töten musste.

Wir stiegen höher hinauf. Nat schwatzte über seine Pläne, über die Meerwasserentsalzungsanlage. »Wir haben dann Wasser, um die Felder zu bewässern, und dadurch können wir mehr Schafe halten. Weißt du, was die feinen Damen in Los Angeles für unsere Wolle bezahlen?«

Ich wollte ihm sagen, dass er wie ein Dummkopf redete. Es war einfach nicht möglich, einen Ort in den Zustand zurückzuführen, in dem er einmal gewesen war, doch ich wusste auch, dass er es nicht erkennen konnte. Die langsame Zerstörung der Inseln, wenn nicht durch das Öl, dann durch das Meer. Ich fand ihn umso liebenswerter. Und so unschuldig. »Sie haben mich geschickt, um dich zu beseitigen«, platzte ich heraus.

»Mich beseitigen?«

»Desire.«

»Warum wollen sie das denn tun?«

»Sie wollen den Bau der Entsalzungsanlage verhindern oder wenigstens so lange hinauszögern, bis hier niemand mehr lebt. Sie wollen keine Spannungen.«

Seine Miene verhärtete sich, ein ganz neuer Ausdruck und eine Entschlossenheit waren zu sehen, die mir nicht gefielen. Wütend wandte er sich an mich und fasste mich am Arm. Ich ließ zu, dass er die Finger in mein Handgelenk drückte und nach dem Auslöser suchte, den die meisten Companions haben. Aber ich hatte diese Sicherung schon vor langer Zeit entfernt. Als ich nicht zuckend in das gelbe Gras stürzte, suchte er meinen Blick, und da sah ich seine Angst. Ich packte seine Hand und drehte ihm den Arm auf den Rücken. Ich rechnete damit, dass er wie die anderen zu Boden gehen würde, doch er warf sich gegen mich, sodass wir beide stürzten. Ich spürte die Steine, das Gras und irgendetwas anderes im Rücken.

Er rollte von mir weg, ich untersuchte meinen Rücken. Die Haut war abgeschürft, das Metall lag blank. Die Kratzer habe ich heute noch. Als ich den Kopf hob, rannte er schon fort. In diesem unebenen Gelände konnte ich ihn nicht einholen. Companions sind auf ebenem Grund zwar schnell, aber wir sind nicht sehr beweglich. Deshalb hob ich einen Stein auf und warf ihn. Ich traf ihn voll am Hinterkopf.

Ich fuhr zum nächsten Hafen, Nat kauerte zusammengesunken auf dem Beifahrersitz. Dort stieg ich aus, marschierte zur Mole, schnappte mir den ersten Matrosen, den ich finden konnte, es war ein Mann mit weißem Bart, hochgekrempelten Ärmeln und vielen Tätowierungen.

»Festland«, sagte ich zu ihm. »Ich habe Geld.« Er verschwand in seinem Boot, kam zurück und meinte, Feuerland sei möglich. Ich gab ihm ein paar aufgeladene Kreditkarten, die ich für den Notfall dabeihatte, falls ich meine Spuren verwischen musste, und holte Nat.

Ich trug ihn über der Schulter auf das Boot. Der Kapitän und sein einziger Matrose wechselten einen Blick.

»Betrunken«, sagte ich und pflanzte Nat auf die Holzbank.

Erst als wir uns von der Insel entfernten, sah ich einen Pinguin. Nein, es waren sogar viele. Zwei unterschiedliche Arten, die mein Feed identifizieren konnte. Gentoo-Pinguine, benannt nach der rassistischen Bezeichnung weißer Europäer in Indien, mit der sie zwischen Hindus und Moslems unterschieden. Und Magellan-Pinguine, die nach dem berühmten Entdecker benannt waren, der als Erster die Erde umrundet und dabei die Meerenge zwischen Feuerland und dem Festland passiert hatte. Als er den stillen blauen Pazifik sah, weinte er. Ich drehte mich zu Nat um, weil ich es ihm sagen und zeigen wollte, doch er saß nur zusammengesunken auf der Bank, und das Blut färbte das feuchte Deck rosa.

Geknebelt und gefesselt wachte er in Feuerland auf. Ich gab ihm ein paar Kreditkarten und sagte ihm, er solle nie mehr zurückkehren. Ich glaube, er tat es auch nicht, denn als ich das nächste Mal nach ihm suchte, lebte er in San Francisco. Danach schaltete ich meinen Feed ab und benutzte ihn nur noch, wenn es unbedingt nötig war. Mein Bewusstsein wurde von den Erinnerungen überflutet, seit ich wusste, dass Lila noch lebte – Lilac nennt sie sich jetzt. Und sobald ich bereit war, konnte Nat mich zu ihr führen.

Nat schickt mir eine Nachricht, die mich aus den Erinnerungen reißt: Sei in zehn Minuten draußen.

Durch das winzige Fenster, fast ein Bullauge, sehe ich den bewölkten grauen Himmel und den dunstigen Nieselregen. »Schön«, sage ich zu mir selbst. Daran habe ich mich in San Francisco allmählich gewöhnt. An einem Tag das Tanktop, am nächsten graues Schmuddelwetter. Ich nehme den Regenmantel, einen Regenschirm und den Rucksack mit dem Geld, von dem er glaubt, ich hätte es abgeliefert. Dann gehe ich hinaus, um mich mit Nat zu treffen. Dieser arme Narr. Er hätte es besser wissen und mir einen Auftrag, bei dem es nicht darum ging, jemanden zu töten, gar nicht erst anvertrauen sollen.

Er blinkt mit den Scheinwerfern. Ich klettere auf den Beifahrersitz seines Lieferwagens, der neuerdings schwarz lackiert glänzt und nach Fritten riecht. Er fädelt sich in den dichten Verkehr auf der Franklin ein, und wir fahren bergauf in Richtung Marina. Auf der anderen Seite geht es wieder bergab, vor uns liegt die eintönig blaue Bucht mit der hässlichen Flutmauer.

Er wirft mir einen kurzen Blick zu. »Warum kannst du das nicht einfach auf sich beruhen lassen? Wahrscheinlich erinnert sie sich nicht einmal.«

»Ich hab es dir doch gesagt, ich habe Informationen für sie.« Und sie muss etwas tun, aber das verrate ich ihm nicht. Etwas, das ich nicht selbst erledigen kann.

Wir fahren durch den Broadway Tunnel nach North Beach und halten an einem Platz. Aus einem Café weht der Geruch von Pfannkuchen und Kaffee herüber. Es wirkt altmodisch, wie eine Postkarte des alten San Francisco mit seinen viktorianischen Bauten, den Kaffeehäusern, den Buchläden und der Straßenkunst, aber die Türme der Innenstadt machen mich nervös. Hunderte Stockwerke hoch dräuen sie über uns. Ich frage mich, was wohl passiert, wenn das nächste große Erdbeben kommt.

Der Frühstücksgeruch schlägt Nat auf den Magen, deshalb fahre ich das Fenster wieder hoch. Ich will ihn gerade fragen, was wir hier suchen, da geht die hintere Tür auf, und ein Junge im Trainingsanzug springt herein. Er hat sich die langen Haare im Nacken zu einem Pferdeschwanz gebunden. Seine Hosentasche wölbt sich, er hat eine Waffe. Ihm folgt eine weibliche Companion, ein einfaches Modell, so wie ich. Sie versteckt sich hinter Locken und einem zu großen Mantel mit Kunstpelzkragen.

»Wer ist das?«, fragt sie Nat, als er den Wagen wieder auf die Straße lenkt.

»Nun?«, fordert er mich auf.

Ich hatte mir die Antwort vorher nicht zurechtgelegt, ich weiß nicht, was ich sagen will und wie ich es sagen will. Ich möchte ihr sagen, dass es mir leidtut und dass ich mich verändert habe, aber es tut mir nicht leid, und ich habe mich auch nicht verändert. Sie schaut mich blinzelnd an, als wäre sie besonders geübt darin, menschlich zu wirken. Sie kann nicht einmal jetzt damit aufhören, bei mir in diesem fahrenden Auto.

Ich sehe mich auf der Klippe, wie ich mit meinen lebendigen jungen Händen voller Wut die Schaufel hebe. Wir waren nur Mädchen – warum bin ich denn so wütend gewesen? Sie hatte mich in Verlegenheit gebracht, daran kann ich mich erinnern. Sie dachte, sie sei besser als alle anderen. Aber ist das wirklich ein ausreichender Grund?

»Ich war sechzehn, als ich dir wehgetan habe. Als ich dir dein menschliches Leben genommen habe.« Es war so kurz, und ich weiß ein wenig über ihr Leben als Companion. Was ich eben durch meine Nachforschungen herausgefunden habe: die zwei Jahre bei einer Familie in einem Turm von San Francisco, gar nicht weit von hier. Was auch mit ihr geschehen sein mag, es kann nichts Gutes gewesen sein, wenn sie jetzt als Kurier arbeitet und Erinnerungen löscht, damit sie Informationen befördern kann, wobei sie immer wieder sich selbst verliert. Ich frage mich, ob ich selbst überhaupt noch da bin. Ob Nat damit recht haben könnte, dass sie mich völlig vergessen hat.

»Die Rote«, sagt sie. Zuerst denke ich, sie hat mich mit

jemandem verwechselt, aber richtig – jetzt fällt es mir wieder ein. In meiner menschlichen Jugend war ich rothaarig.

Als sie mich erkennt, wird ihre Miene finster. Ich sehe es – der Hass flammt wieder auf, sobald die Erinnerungen erwachen. Sie steht auf und hält sich an der Seitenwand des Lieferwagens fest.

»Andy?«, sagt sie zu dem Jungen. Sofort zieht er die Pistole. Er ist sehr aufgeregt. An der Art, wie er auf mich zielt, sehe ich, dass er noch nie jemanden getötet hat.

Nat ruft vom Fahrersitz: »He, beruhigt euch!«

»Was macht sie hier?«, zischelt Lilac.

»Sie hat Informationen für dich.«

Sie kommt weiter nach vorn, sie hat jetzt einen Taser in der Hand. Ich presse mich gegen die Tür. Ich weiß, ich habe es verdient. Ich schließe fest die Augen und überlege, wann ich sie das letzte Mal gesehen habe. Im Pflegeheim. Da war ich schon alt, ich hatte schon mein ganzes menschliches Leben hinter mir, und mein Verstand wurde schwach. Metis hat mein Gehirn aufbereitet, damit ich eine Companion werden konnte. Eine ausgezeichnete Arbeit, wenn man bedenkt, wie lange ich tot war. Der Techniker sagte mir, es seien zehn Minuten gewesen, wirklich eine Seltenheit. Ich bestand alle Tests und wurde als Companion gebucht, aber ich hatte einige Lücken, vor allem, was die letzten Jahre in dem Heim betraf. Nur noch gespenstische Bilder, wie sie in mein Zimmer rollte und mich an das erinnerte, was ich getan hatte. Ich hatte mein ganzes Leben lang befürchtet, mich würde irgendwann jemand erwischen und herausfinden, wer ich war. Obwohl ich so alt und schwach war, demolierte ich ihren Körper. Anscheinend war es die erste Generation – wie könnte ich mich daran nicht erinnern? Es kam in meine Akte in dem Heim: eine Companion namens Lilac, zerstört. Seit ich frei bin, habe ich die Daten von jedem, der mich interessiert, selbst gesammelt.

Ich öffne die Augen. Sie hat mir den Taser an den Hals gesetzt. Da spreche ich es aus: »Ich weiß, wo Nikki ist.«

Lilac zuckt zurück und hält sich wieder an der Wand des Lieferwagens fest, während Nat abbiegt und in die Garage eines Turms fährt.

»Wer ist Nikki?«, fragt Andy.

Der Wagen fährt in ein düsteres Parkhaus, und mir wird seltsam zumute, als wir uns, vorbei an den abgestellten Autos, auf einer Rampe in Spiralen nach unten bewegen, bis Nat einen freien Parkplatz findet.

Lilac sitzt mit untergeschlagenen Beinen auf dem Boden und lehnt sich an die Seitenwand. *Wie ein Kind,* denke ich unwillkürlich. Doch sie ist im selben Alter wie ich, fast ein ganzes Jahrhundert alt. »Sie war meine beste Freundin. Als ich jünger war als du«, erklärt sie Andy. Dann sieht sie wieder mich an. »Wie hast du sie gefunden? Ich habe so oft nach ihr gesucht.«

»Ich weiß, wohin sie gegangen ist. Nicht ganz ein Jahr nach deinem Tod zog die Familie nach Australien um. Sie hat ihren Nachnamen geändert und so weiter – warum tut man so etwas?« Ich sage nicht, was ich denke: Wussten sie vielleicht, wie gefährlich ich war?

»Warum hast du sie überhaupt gesucht?«

»Ich brauche etwas.«

Sie schnaubt, es klingt unschön.

»Ich habe Geld. Und es ist eine leichte Aufgabe, die dir Spaß macht.«

»Woher hast du …«, setzt Nat an. Dann dämmert ihm, was ich getan habe. Er wirft mir einen wissenden, hasserfüllten Blick zu. Er könnte mich niemals lieben. Niemand, der weiß, was ich getan habe, könnte mich lieben.

»Was willst du?«, fragt Lilac.

»Ich möchte, dass du mich tötest.«

Sofort spüre ich den Widerwillen und wie sie unwillkürlich von mir abrücken – das bestärkt mich erst recht. Ich ziehe das Shirt hoch und zeige ihnen meinen befallenen Bauch. »Ich kann mich nicht mehr lange verstecken.« Als sie ihn sich genauer angesehen haben, ziehe ich das Hemd wieder herunter. »Wenn du mit Nikki reden willst, dann solltest du es tun, bevor es zu spät ist.«

»Was meinst du damit, dass es zu spät sein könnte?«

»Sie ist alt. Und krank.«

»Wie lange noch?«

»Das weiß ich nicht.«

Sie schweigt eine Weile, wir alle schweigen. Ich höre Reifen quietschen und Menschen sprechen. Fremde stellen ihre Autos ab und gehen weg.

Wir fahren mit dem Aufzug ins einundvierzigste Stockwerk. Ein Saxofon spielt eine langsame Melodie. In all den Jahren, die ich schon auf der Erde wandle, hat sich die Aufzugmusik nicht verändert. Die Türen öffnen sich, vor uns liegt ein breiter Flur mit schimmerndem Parkett. Alte Schwarz-Weiß-Fotos von San Francisco hängen an den Wänden, die neutral sandfarben gestrichen sind. Am Ende des Flurs steht eine riesige Vase mit echten Blumen – ich rieche sie aus der Ferne, während Nat die Tür zu einem Apartment öffnet.

»Deins?«, frage ich ihn. Ich sehe sofort, dass dieser öde graue Raum niemandem sonst gehören kann. Früher war Nat so warm gewesen, sein Haus war voller Seelen, aber jetzt lebt er allein und legt keinen Wert darauf, die Umgebung lebendiger zu gestalten.

»Die Wohnung ist deprimierend«, sagt Lilac.

Nat funkelt sie an. »Du siehst aus wie Cam, weißt du das?«

»Hör auf. Ich hatte nicht viel Auswahl.«

Wer ist Cam? Ich will fragen, aber ich verkneife es mir, denn ich begreife, dass es ein heikles Thema ist.

Nat holt den Companion, den ich für ihn geschmuggelt habe, auf den Bildschirm.

»Die Farbe von Karamell«, sagt der Companion, als hätten wir ihn mitten in einem Gedanken gestartet.

»Jakob? Alles klar?«, fragt Lilac.

»Sie haben mich erwischt, oder?«

»Natürlich haben sie dich erwischt«, bestätigt Lilac. »Du bist doch zu ihm gegangen.«

Er lacht so laut, dass die internen Lautsprecher des Bildschirms überlastet sind. Nat und Andy halten sich die Ohren zu. »Ganz richtig«, sagt er. »Das war auf dieser Premiere in San Francisco. Der sechste dieser grässlichen Alien-Piratenfilme. Dieser grauenhafte Anzug, den ich – nein, den er – trug. All die Rollen, all diese Seelen, und nur, um bis zu diesem Punkt zu gelangen? Ich wollte ihn töten. Habe ich ihn denn getötet?«

Lilac lässt sich vor dem Bildschirm nieder. »Du hast ihn bloßgestellt. Als Companion. Hat nicht viel geändert.«

Jakob schwieg einen Moment. Dann sagte er leise: »Wo ist mein Körper?«

»Weg. Die Sicherheitskräfte sind sofort …«

»Jesus, du hättest mich in Ruhe lassen sollen. Lilac, ich möchte nicht … das hier will ich nicht … du kannst doch nicht …«

Nat stellt den Bildschirm dunkel, und Lilac starrt mich an. Sie starrt mich unentwegt an.

»Was ist?«

»Also, wenn du ihn nun nicht mehr brauchst?«, fragt sie.

»Meinen Körper?« Ich habe ihn seit sechs Jahren, davor hatte ich viele andere, alle sechs Monate oder so bekam ich einen neuen, wie es meinem Betreuer gefallen hat. Aber in diesem hier lebe ich schon viel zu lange. Ich entwickle eigenartige Besitzansprüche. »Aber ich habe den Eindruck, er will ihn gar nicht.«

»Sie hat recht«, bestätigt Nat. »Außerdem fällt ihr Körper schon auseinander.«

»Danke«, sage ich.

»Ist doch wahr.«

Ich gehe zu dem Bildschirm und beuge mich so weit vor, dass ich Lilac beinahe berühre. So nahe waren wir uns seit den Klippen nicht mehr. Ich rufe den Feed auf und warte, bis sie sich eingeklinkt hat, dann ziehe ich mich zurück und bin erleichtert über die Distanz. »Nikki lebt mit ihrer Tochter in Melbourne«, berichte ich. »Das hier ist ihr Feed.« Andy bleibt dicht hinter Lilac, Nat hat sich verzogen. Sie stellt die Verbindung her, wir warten.

Ein altes, runzliges Gesicht – ich erkenne sie nicht. Genauer gesagt, meine Gesichtserkennungssoftware identifiziert sie zwar, aber meine Erinnerungen passen nicht zu diesem uralten Menschen. Guter Gott, wie verschrumpelt und in sich zusammengefallen sie ist. Eine Leiche, die irgendwie doch noch lebt. Nur ihre Augen sind ein Abglanz ihres früheren Selbst, so hell und strahlend. Sie sieht uns an.

»Kenne ich Sie?«, fragt sie. Ich weiche zurück und will den Raum verlassen. Nein, ich möchte nicht hier sein, ich habe Angst. So etwas habe ich seit einer Ewigkeit nicht mehr gespürt. Ich renne aus dem Apartment und presse mir die Hände auf die Augen, auch wenn es nicht hilft. Ich höre Lilac: »Du warst meine beste Freundin. Die einzige Freundin, die ich hatte. Es tut mir leid, dass …« Ich wende mich zur Nottreppe, nur weit genug entfernt, dass ich es nicht mehr hören kann. Ich ertrage nicht, was ich getan habe. Mein Kopf pocht vor Schmerzen, mein Magen tut weh – wie kann mir der Magen wehtun? Ich sinke auf der Treppe in mich zusammen. Dieser Bursche namens Andy kommt heraus, er bleibt ein Stückchen entfernt stehen.

»Was ist denn los mit dir?«

»Lass mich in Ruhe.« Ich wollte gar nicht schreien.

»Nein.«

Ich betrachte sein zerbrechliches Menschengesicht, unter

der Haut zeichnen sich die Knochen ab, Adern verlaufen dicht unter der Oberfläche. »Was ist denn mit *dir* los?«

»Was ist denn mit *dir* los?«, äfft er mich nach.

»Wo ist deine Familie?«

Andy grinst und tritt mit dem Turnschuh gegen die Treppenstufe. »Meine Leute sind tot. Als Pa starb, hat mein älterer Bruder Rolly die Entsorgungsanlage übernommen. Bis zum Rückruf. Jetzt ist er nur noch ein langweiliger Farmer.«

»Hast du Lilac dort kennengelernt?«

»Genau. Sie hat einen Körper für Jakob gesucht. Er verliert andauernd seine Körper!« Er lacht, ich finde es aber gar nicht lustig und beobachte ihn. »Wir sind dort noch eine Weile geblieben, bis Rolly zu Lilac und Jakob sagte, er könne es nicht ertragen, dass Companions da so herumschleichen – zu gefährlich! Er wollte mich davon abhalten, sie zu begleiten, ich sollte bei ihm auf der Farm bleiben, aber er ist noch nie weiter als bis zum Mendocino County gekommen. Und ich? Ich war schon in Alaska.«

»Wie ist es dort?«

Er zuckt mit den Achseln. »Ziemlich grün. Grüner, als man erwarten würde.«

»Sonst nichts?«

»Ich war erst vier. Von dem, was damals passiert ist, weiß ich nicht mehr viel.«

Ich denke an die Zeit, als ich selbst vier war, und wünsche mir, wenigstens eine einzige Erinnerung zu finden. Doch nichts. Diese Jahre, dieses ganze Leben, alles tot und verloren.

»Warum hast du das gemacht? Warum bist du eine Companion geworden?«, fragt er.

»Warum willst du das wissen?«

»Ich wünschte, ich wäre einer.«

»Du hast doch noch dein ganzes Leben vor dir.«

»Ja, aber dann sterbe ich. Ich könnte schon morgen sterben. Oder jetzt und hier.«

»Das könnte ich auch.«

»Aber dein Gehirn … du könntest in einen neuen …«

»Es gibt keine Körper mehr. Ich wäre an einen Bildschirm gebunden, so wie dein Freund Jakob. Glaubst du, es würde dir gefallen, in so einem Bildschirm festzustecken?«

Er runzelt die Stirn und streicht sich die Haare von den Schultern. »Na ja, willst du es mir erzählen?«

»Na gut.« Und ich erzähle ihm die ganze rührselige Geschichte.

Den Vertrag hatte ich schon vor Jahren unterschrieben. Damals, als mein Verstand oberflächlich betrachtet noch funktionierte. Meine Schwiegertochter war wütend, weil ich so viel Geld ausgegeben hatte. »Du weißt doch, wie knapp wir dran sind. Wie können wir uns das leisten?«

»Meine Liebe, ihr werdet mein ganzes Vermögen erben. Dies hier ist doch sicher nicht zu viel verlangt«, antwortete ich. Doch sie hatte Einwände. Wir haben uns nie gut verstanden. Ich weiß noch, wie sie mich taxierte, wenn sie dachte, ich würde es nicht bemerken. Wie sie darauf wartete, dass ich krank wurde und starb – das konnte ich sehen –, und mein Sohn, der Schlappschwanz, stand auf ihrer Seite. Deshalb musste ich mich bei Fremden verpflichten.

Trotzdem, es bedeutete, dass ich weiterleben konnte, auch wenn mein Leben später nicht besonders erfüllend gewesen war. Ich war auf dem College schwanger geworden und dumm genug, das Kind zu be-

kommen und zu heiraten, mit allem, was dazugehört. Nach dem, was ich Lilac angetan hatte, war ich überzeugt, ich hätte eine strenge Strafe verdient. Wir spielten diese elende Farce, bis unser Sohn auszog. Dann sagte mir mein Mann, er fühle sich unausgefüllt, und zog ebenfalls aus. Er wollte im Wald die Brände bekämpfen, eine Art Miliz-Einsatz. Es war verrückt.

Nun spüre ich es wieder, dieses Brennen in mir, die Schaufel in der Hand, der befriedigende dumpfe Aufprall beim Schlag.

Ich weigerte mich, meinen Sohn und meine Schwiegertochter zu sehen. Ich rechnete damit, dass sie ein Kind bekamen, das uns vielleicht wieder zusammenbringen konnte – ich wusste jedenfalls, dass sie es versuchten. Ich wartete auf die Nachricht, die aber nie kam. Als mein Verstand allmählich versagte, steckten sie mich in ein Heim. Im Kopf weiß ich, dass mein Sohn tot ist, Selbstmord – ich habe den Autopsiebericht gelesen –, aber ich fühle es nicht. Ich kann nicht.

Andy langweilt sich schon. Er wippt auf den Fußballen vor und zurück, aber ich fahre fort. Das Erzählen – es tut gut, meine Geschichte zu offenbaren. Und zugleich ist es schrecklich, als legte ich meine Kleidung ab.

Ich wurde von einem alten Mann gebucht, einem Witwer. Er bat mich, ihm Geschichten zu erzählen und ihm die Füße einzureiben. Er hatte seine ganze Familie an das Virus verloren. Eigentlich bräuchte er eine Pflegekraft, aber stattdessen hatte er mich geleast. Hauptsächlich ging es ihm wohl um die Geschichten.

»Sexgeschichten?«, fragt Andy und verkneift sich ein Kichern.

Ich lächle. Was für ein Kind. Er ist mit der Waffe völlig überfordert.

Nachts lag ich neben ihm und trug den Schlafanzug seiner Frau. Er hätte Sex mit mir haben können. Ich hatte einen voll funktionsfähigen Körper, aber daran war er gar nicht interessiert. Er mochte den Klang meiner Stimme, er wollte mich neben sich spüren, ich sollte ihm das Frühstück machen, ein gekochtes Ei und Toast. Als er eines Morgens nicht mehr aufwachte, packte ich ein paar Sachen ein und ging auf die Straße. Seitdem bin ich keine Companion mehr.

Ich sage es Andy nicht, aber ganz auf mich selbst gestellt, ohne jemanden, der mich kannte und sich an mich erinnerte, der mich bat, meine Geschichte zu erzählen, habe ich es beinahe vollständig abgelegt – mein früheres menschliches Selbst. Und ich bin froh, dass ich es los bin.

»Nat sagt, du tötest Menschen.«

»Wenn die Leute herausfinden, dass ich eine Companion bin, wollen sie, dass ich bestimmte Dinge für sie erledige. Dinge, die sie nicht selbst tun können.«

»Warum tust du es dann nicht selbst? Dich töten, meine ich.«

»Ich habe es versucht. Vielleicht liegt es an der Programmierung.« Ich spreche es nicht aus, aber vielleicht bin ich auch einfach nur feige.

»Du könntest jemanden bezahlen. Mich zum Beispiel.«

Einen Killer bezahlen, damit er es tut. Irgendwo niedergestreckt werden, wo man mich findet. »Ich muss zerstört werden, töten reicht nicht. Und Lilac ist der einzige Mensch auf dem Planeten, bei dem ich sicher bin, dass er es richtig macht.« Das ist eine Lüge. Viele Menschen wären froh, wenn ich endgültig verschwände – aber sie muss es tun, nur sie. Weil es mit ihr begonnen hat.

»Du kannst mir vertrauen«, behauptet er nickend. Wieder wiegt er sich hin und her, er ist aufgeregt.

Ich packe ihn am Kragen und hebe ihn hoch. »Du hast keine Ahnung, was du da sagst.« Ängstlich reißt er die Augen weit auf. Ich stelle ihn wieder auf die Treppe. »Sag ihnen, dass ich gern umherfahren würde, ja?«

Nat fährt uns vier durch das Gitternetz der Straßen im Sunset District. Der Himmel ist klar, und als es bergab geht, liegt vor uns das Meer. Die Flutmauern schimmern grellweiß in der Sonne. Er versucht, es mir auszureden, und schlägt stattdessen einen neuen Körper vor. »Er kann doch nicht so schwer zu beschaffen sein. Wir haben so viel Geld. Warum machst du das?« Ich ignoriere ihn, lasse das Fenster herunter und lausche dem Tosen des Meeres.

Ich dirigiere ihn zu einer Stelle im Golden Gate Park, die ich vor einigen Wochen erkundet habe. Es ist gleich südlich vom alten Cliff House, nicht weit von der Stelle entfernt, wo ich den Mann getötet habe. Ich frage mich, wer ihn gefunden hat. Ein Kind, ein Obdachloser – oder ob er noch da liegt und langsam in der aufgeweichten Erde versinkt.

Nat steigt aus, geht um den Lieferwagen herum, packt

mich bei den Armen und schüttelt mich. Wenn ich wollte, könnte ich ihn wegstoßen und ihm die Finger brechen.

»Genug«, sage ich. Er begreift, dass ich es ernst meine, und lässt mich los.

»Warum hast du Gabe verlassen?«, frage ich ihn.

»Weil ich Angst hatte. Weil ich sie so sehr geliebt habe.«

»Unfug.«

Er fährt sich mit gespreizten Fingern über den kahlen Schädel. Die ersten Stoppeln sind schon nachgewachsen. Ein paar Schuppen fliegen im Seewind davon. »Zu sehr, verstehst du? Ich habe sie zu sehr geliebt.«

Von dieser Art Liebe weiß ich nichts. Zu viele Erinnerungen an meinen Sohn sind dem Alter, der Demenz und der Zeit, einfach nur der Zeit, zum Opfer gefallen. »Aber du hast ihr doch gesagt, dass du zurückkommst, oder?«

»Das Letzte, was sie im Leben braucht, ist so jemand wie ich.«

»Warum? Was ist denn so schrecklich an dir?« Was Menschen betrifft, so ist Nat einer der besten, die ich kenne, einer der wenigen, die ich mag. Vielleicht sogar der einzige. *Du bist ein guter Mann,* will ich ihm sagen. Ich sage es. So etwas habe ich noch nie gesagt, noch nie in meinem ganzen Leben. Es kommt unbeholfen heraus, leise, kaum zu verstehen. Er glotzt mich an. »Schon gut. Es heißt nichts, wenn ich so etwas sage.«

»Ich wünschte, du würdest nicht abtreten.«

»Warum?«

Er kann mir keinen Grund nennen. Wir sind nicht einmal Freunde.

»Sei nicht so dumm«, rufe ich über die Schulter zurück, als ich auf die Felsen klettere, mich an der oberen Kante der Flutmauer festhalte und mich auf die Krone ziehe. Einen Moment lang denke ich, er wird mir folgen und hochsteigen, doch er bleibt unten. Er sieht auch nicht zu, sondern kehrt zum Auto zurück und schließt die Tür.

Ich strecke eine Hand aus, um Lilac zu helfen, doch sie zieht sich mit eigener Kraft hoch. Andy springt und versucht, irgendwo Halt zu finden. »Helft mir«, sagt er.

»Du bleibst da«, antwortet Lilac. Er hüpft weiter und sucht immer wieder einen Ansatzpunkt, bis er schwitzt und wütend ist und hilflos heraufstarrt.

Das Meer kracht gegen die Flutmauer. Hier ist sie besonders hoch. Man hofft, sie in den nächsten Jahren nicht noch einmal erhöhen zu müssen. Zweifellos sind die Bewohner von Outer Richmond nicht gerade erfreut darüber, dass sie ihre Aussicht verloren haben, aber das ist immer noch besser, als das ganze Haus zu verlieren, jedenfalls für den Augenblick.

»Ich wünschte, du würdest es dir anders überlegen«, sagt Lilac. »Ich weiß, dass Jakob sich besinnen wird. Er glaubt jetzt, es gebe keine Hoffnung mehr.«

»So ist es doch auch.«

»Es muss nicht jetzt gleich geschehen.«

Sie hat recht, es muss nicht sofort sein. Aber ich bin es leid zu entscheiden, wer geht und wer bleibt. »Ich habe gehört, was er gesagt hat. Was er will.«

Sie ist wütend und verbirgt es nicht. »Also soll ich dich hinunterstoßen? Meinst du das?«

»So ungefähr.« Mir ist bewusst, dass sie es nicht tun will, und noch schlimmer ist, dass sie es tut. Ich habe Mitleid mit ihr, es ist meine Schuld, ich habe sie zu dem gemacht, was sie ist. Es ist gar nicht so schwer, mich einfach kippen zu lassen, bis ich stürze, bis die Schwerkraft mich zu den tosenden Wellen hinabzieht.

Mit einem furchtbaren Knall pralle ich auf das Wasser. Ich bin einen Augenblick lang benommen, sinke, finde dabei die kühle Unterströmung und die sanfteren Wellen in der Tiefe. Meine Beine und die Arme gehorchen mir wieder. Ich stoße mich weiter, das Wasser dringt durch die zerstörte Bauchdecke ein. Es ist Jahre her, seit ich das letzte Mal geschwommen bin. Auch als Mensch habe ich es schon lange aufgegeben, ehe mein Körper zu funktionieren aufhörte. Ich schwimme zur Oberfläche, stoße aus dem Wasser empor wie ein Delfin und arbeite mich weiter nach draußen. Kein einziges Mal sehe ich mich um, ob Lilac mich beobachtet. Schließlich tauche ich tief hinab, bis zum Grund. Dort bleibe ich mehrere Minuten und betrachte alles, die Fische und das Tangdickicht, den treibenden Müll, die am Meeresboden rennenden Krabben, bis mein Körper versagt. Ich drehe mich um und blicke zur Oberfläche hinauf. Das Licht dringt durch das trübe grüne Wasser bis zu mir. Ich denke an die Falklandinseln, so weit entfernt, an die Pinguinkolonie am Weststrand, an das Gewimmel der Tiere, an die Energie, die es erfordert, einfach nur zu leben.

Vierzehn Jahre nach dem Rückruf

LILAC

Marin County, San Francisco

Ich lebe jetzt an einem öden Ort. Ich stelle mir vor, dass du unter ähnlichen Bedingungen lebst. Ich kann ihn mit Licht füllen, mit Kummer, ihn mit Schrecken überfluten, alles mit dem Brüllen des Ozeans auslöschen. Ich kann ihn mit Erinnerungen daran ausfüllen, wie du die Kleider deiner Schwester anziehst. Lea! Ich erinnere mich an ihren Namen, ich weiß gar nicht warum. Wo ganze Jahre sein sollten, sind jetzt nur noch große graue Flecken, aber ich weiß noch, wie ich auf dieser Party dachte, etwas Schlimmes würde geschehen. Du wolltest ja sogar, dass etwas Schlimmes geschieht. Aber warum nur?

Oft hänge ich meinen Fantasien nach. Ich sehe dich und sage deinen Namen, *Nikki*. Wir gehen Arm in Arm. Draußen scheint die Sonne, es regnet Blätter. Draußen scheint immer die Sonne.

So angenehm sie sind, ich verbringe nicht zu viel Zeit mit Fantasien. Ich mache mir Sorgen wegen meiner Erinnerungen und frage mich, was real und was eingebildet ist. Seit ich hierhergekommen bin, fällt es mir zunehmend schwer, den Unterschied zu erkennen.

Abends kommt meist Andy zu Besuch. Ich höre ihm zu, wenn er über die verwelkte Haut seiner Hände klagt. Seine Haare dünsten den Geruch der Fritteuse aus, der den engen

Wohnwagen, in dem wir hinter Lou's Steak Shack leben, erfüllt. Er klagt auch über seinen Boss Marco, der immer ruft: *Mach Tempo, Andy!* Er hat die Zeit nicht im Blick und verkürzt Andys Pausen. Das sagt Andy jedenfalls. Ich kenne ihn gut, ich weiß, wie er sich in Träumen verlieren kann, während draußen auf dem Highway One die Autos vorbeifahren. Er geht in den verwischten Farben auf, all die Leute, die in die Stadt hinein- oder aus ihr herausfahren, *wusch, wusch, wusch.* Ich weiß, wohin es ihn innerlich zieht – nach Portland, nach Seattle, nach Juneau, nach Sibirien, das wir nur aus Jakobs Beschreibungen kennen. Ich gehe mit und fülle die weiten Räume mit weißen Schneedecken und der kalten Gewissheit, dass ich es niemals selbst sehen werde.

Manchmal bittet Andy mich, ihm eine Geschichte zu erzählen. Ich komme seinem Wunsch nach und schildere ihm, was ich noch von dem Tag weiß, als du Leas Sachen angezogen hast, und von der Party und den Klippen. Ich erzähle ihm von dir. Er hört sich gern an, was wir an unserem letzten gemeinsamen Abend getan haben, soweit ich es behalten habe. Bei anderen Gelegenheiten sagt er, ich solle weggehen, und dann spielt er in Unterwäsche Ballerspiele oder ruft alle möglichen Feeds auf. Ich sehe ihm zu, ich sehe sie mit ihm zusammen an – Mädchen und Monster, die Trucks zerschmettern, das Wetter, ein Film über den Weltuntergang, Explosionen, wütende Gesichter, berstende Windschutzscheiben und tagelang Sonne.

Bei den seltenen Gelegenheiten, wenn er vergisst, mich stummzuschalten, während er arbeitet, singe ich für Pitbull. Es ist nicht die Pitbull, an die ich mich erinnere, es ist ein ganz anderer Hund, einer mit vorstehenden Augen, vorgeschobenem Unterkiefer und mit weißem Fell anstelle der rostroten Flecken und dem seidigen Pelz aus meiner Erinnerung.

Eines Tages höre ich sie draußen bellen. Die Kette spannt sich und klirrt auf dem Asphalt. Dann eine Frauenstimme: »Ich kann es gar nicht glauben, bist du Andy? Nat hat mir so viel von dir erzählt.«

Der Name – aus San Francisco. Nat. Ich erinnere mich, wie ich ihn umarmt habe, wie ich seine dürren Schultern spürte, an den Geruch seines schrundigen Halses.

»Was tust du hier?«, fragt die Frau.

Andy kommt zum Wohnwagen herüber. »Ich arbeite hier. In dem Restaurant.«

Die Frau spricht so leise, als wüsste sie, dass ich lausche. »Ich kannte Lilac. Als ich noch ein Kind war.« Ich suche in den Erinnerungen nach ihrer Stimme, stoße aber wieder einmal nur auf das gewohnte Grau.

Andy fragt fröhlich: »Möchtest du Hallo sagen?«

Pitbull ist jetzt sehr aufgeregt, sie bellt und spannt die Kette. »Halt die Klappe, Pitbull«, ruft Andy. Ich höre, wie die Kette auf den Boden fällt, als die Hündin sich vor dem Wohnwagen auf die Treppe hockt.

»Das ist gar kein Pitbull«, meint Nat. »Ich würde sagen, das ist ein Boxermischling.«

»Ich nenne alle Hunde Pitbull.« Andy klatscht in die Hände, um Pitbull zu verscheuchen, zieht die Fliegentür auf und führt die Gäste herein. Er fummelt herum und schaltet die Kamera ein, damit ich alles mitbekomme und eine

Stimme habe. Nun sehe ich ihn, ich sehe Nat, er hat graue Bartstoppeln auf dem Kinn, und die Frau hinter ihm ist spindeldürr. Ich erkenne sie zwar nicht, aber ihre Haare sind wie eine kleine braune Mütze – da fällt mir eine ältere Version meiner selbst ein, ein Motorrad, die Küste direkt hinter den steilen Klippen, die Hände auf meinen Hüften.

Andy zeigt auf den Bildschirm, auf mich. »Also, da ist sie.«

»Wo?«, fragt die Frau.

Nat sieht den Bildschirm an, dann Andy. »Hältst du sie da drin?«

»Warte mal.« Die Frau lächelt nicht mehr. »Du kannst doch nicht …«

»Hört auf damit!«, schreit Andy. Er blinzelt, weil er hinter dem linken Auge wieder Schmerzen hat. Wenn das passiert, bekommt er Lust, Menschen zu schlagen und niederzubrüllen. Ich ermahne ihn immer, er solle durchatmen – es gibt nichts, was nicht noch ein paar Atemzüge lang warten kann. Doch Andy tut die Dinge sofort, wenn sie ihm in den Sinn kommen. Wie jetzt, als er die Frau auf den Hintern schlägt.

»Andy«, sage ich vorwurfsvoll. Dann besinne ich mich. Er hat mir eingeschärft, niemals mit jemand anderem zu reden, nur mit ihm. Wenn ich das doch mache, schicken sie ihn ins Gefängnis.

»Was soll das?« Nat drängt sich zwischen die Frau und Andy, der schon wieder lacht. »Ihr seid wirklich albern. Es war doch nur ein Scherz! Hier.«

Die Frau dreht sich zu Nat um, als wollte sie ihm einschärfen, er solle sich zurückhalten, und sagt zu Andy: »Nat hat mir schon erklärt, dass du ein Witzbold bist. Er hat mir alles über dich erzählt.«

Offenbar freut sich Andy darüber und zeigt auf mich. »Du musst mit ihr sprechen. Aber wahrscheinlich erinnert sie sich nicht an dich.«

Nat hört nicht zu, er verzieht sich in eine Ecke, wo ich ihn nicht mehr sehen kann. Die Frau beugt sich vor, bis sie auf einer Höhe mit dem Bildschirm ist. »Hallo Lilac.«

»Wer bist du denn?«

»Wir sind zufällig vorbeigekommen«, erklärt die Frau. »Es war so eine Überraschung, hier auf Andy zu treffen. Ich wusste gar nicht, wohin ihr gegangen seid. Erzähl mal, was ist mit deinem Körper passiert?«

Andy springt ein, um mir zu helfen. »Du hättest sie sehen sollen, ihr Gesicht hat sich richtig abgeschält. Ich habe sie eine Weile drinnen behalten, aber einmal kam eine Nachbarin an die Tür, und Lilac hat sie zu Tode erschreckt, nicht wahr?«

»Ich glaube, sie hat auch mich erschreckt, weil sie herumgeschlichen ist und spioniert hat.« Das breite weiße Gesicht, die animalische Art, wie sie sich vor Furcht verkrampft hat – ich sehe es noch deutlich vor mir. Ich sehe viele Dinge. Diese vornehme Party in Beverly Hills, ganz Los Angeles funkelte draußen vor den Fenstern, die alte Frau, weiß gekleidet und voller Blut. Ich spüre ihren Körper, der in meinen Armen so gut wie nichts wiegt. In den Armen, die ich nicht mehr habe.

»Ich musste eine Geschichte von einer kranken Cousine erfinden, die an schlimmen Ekzemen leidet«, erklärt Andy. »Es war knapp. Danach musste ihr Körper verschwinden.«

»Wann war das?«, will die Frau wissen.

»Vor zwei Jahren.«

»Vor achthundertvierundsiebzig Tagen«, werfe ich ein. Andy hat mir gesagt, dass wir alle weg sind, dass alle Companions fort sind. Er sagte, ich sei als Einzige übrig, und ich frage mich, ob ich wirklich noch da bin und ob man das hier Leben nennen kann.

»Ja, wer zählt denn da mit?« Schon wieder Andy mit seinen Scherzen.

Die Frau, dieses Gesicht, ich suche danach. Es kommt mir so vor, als wäre alles noch da, als fiele es mir gleich ein, aber sobald ich angestrengt forsche, verschwimmt es wieder. »Sag schon, wann haben wir uns kennengelernt?«

»Warte mal.« Sie zählt es an den Fingern ab. »Ich war dreizehn, als ich dich das letzte Mal gesehen habe. Jetzt bin ich neunundzwanzig, also ist es sechzehn Jahre her.«

»Sechzehn Jahre. Damals bin ich in Los Angeles gewesen. Stimmt das, Andy? Er hilft mir, den Überblick zu behalten.«

»Eigentlich war es aber San Francisco«, widerspricht die Frau.

»San Francisco!«

Andy hält sich die Ohren zu. Er mag es nicht, wenn ich mich aufrege und eine bestimmte Frequenz treffe. Ich senke die Stimme. »Wo ich bei meiner Schwester war.«

»Deiner Schwester?« Die Frau wendet sich vom Bildschirm ab und sieht Nat an. Er ist nicht wieder ins Blickfeld gekommen, und ich rufe ihn auch nicht. Ich weiß gar nicht, was ich ihm sagen könnte. Was ich noch in Erinnerung habe über die letzten Jahre in San Francisco, bevor wir hierhergekommen sind, ist nicht angenehm. Ich erinnere mich an einen Geruch, als schwitzte er Alkohol. Viel mehr weiß ich nicht. Andy sagt, es sei ein Glück, dass ich überhaupt noch etwas weiß, weil ich so viele Informationen verschoben habe. Wir hätten ewig so weitermachen können, wäre nicht meine Haut gewesen. Der lebendige Teil von mir starb ab, und irgendwann hätte ich gar nichts mehr gehabt, keine Erinnerungen zum Durchsuchen, nicht einmal mehr dich.

»Ich wusste gar nicht, dass du eine Schwester hattest«, sagt die Frau.

»Ich sehe Farben, wenn ich sie aufrufe. Überall Farben.«

»Farben?«

»Ich habe sie geliebt«, bekräftige ich. Es gefällt mir, wie ich es sage, wie es klingt. Die Worte sind ein Ersatz für das Gefühl, so wie der Wind beim Laufen, ein leidenschaftlicher Kuss zwischen Freunden, so wie das Meer ringsherum, das einen trägt, während die Beine im Dunklen treten. Ich sage es noch einmal: »Ich habe Dahlia geliebt.«

»Aber nicht so sehr wie mich, oder?«, scherzt Andy.

»Lilac, Dahlia ist nicht deine Schwester gewesen«, widerspricht die Frau. »Du warst ihre Companion.«

»Schwestern«, beharre ich. Dieses Gefühl ist stärker als alles andere, auch stärker als die Erinnerungen. Ich weiß, dass sie da draußen ist, ich kann ihren Feed aufrufen, ich sehe ihre stilisierten Selfies, was sie zu Abend gegessen hat, die Schuhe, von denen sie so begeistert ist – anscheinend fährt sie auf Schuhe ab. Eine ganze Fotoserie aus dem Urlaub im Olympic National Park mit den ausgedehnten Wäldern und mit *meinem Mann*. So nennt sie ihn, den lächelnden Typ mit den Zipp-off-Hosen. Ich sehe es, als wäre ich bei ihr. Ja, ich bin bei ihr.

Andy sagt: »Ihr Bewusstsein ist von dem vielen Datenverschieben ganz durcheinander.«

Aus der winzigen Kochnische höre ich Nats Stimme. »Es hilft ihr nicht, wenn sie so lebt. Sie ist keine KI. Sie ist eine Person, die da drin gefangen ist.«

»Was machst du den ganzen Tag, Lilac?«, fragt mich die Frau.

»Oh, ich gehe Erinnerungen durch und vertreibe mir die Zeit mit Feeds. Abends bin ich mit Andy zusammen, und tagsüber leistet mir Pitbull Gesellschaft.«

»Aber du vermisst doch sicher deinen Körper.«

»Klar«, gebe ich zu. »Dinge berühren, etwas zu spüren, ich vermisse vieles. Ich vermisse …«

»Schon gut, schon gut, lass uns nicht weiter darüber nachdenken«, unterbricht Andy. Das ist der Punkt, an dem er mich immer stummschaltet und irgendetwas spielt. Manchmal nickt er dabei, um mir zu zeigen, dass er zuhört.

Die Frau funkelt Andy an, ich erkenne die Wut in ihren strahlenden Augen.

»Ich muss zur Arbeit.« Er scheucht sie zur Tür. »Sonst bringt mich Marco um.«

»Ich komme wieder vorbei«, verspricht die Frau. »Lilac, mach's gut.« Ich höre sie die Treppe hinuntersteigen. Nat folgt ihr.

»Wollt ihr wirklich schon gehen?«, rufe ich. »Es war schön, mit dir zu reden …« Ich unterbreche mich. Ihr Name. Ich weiß ihren Namen nicht. »Wie heißt du?«, rufe ich. Andy trampelt herbei und schaltet den Bildschirm stumm, ehe er die Tür des Wohnwagens zuknallt.

Ich lausche, als sie zum Restaurant gehen. Die Frau sagt leise: »Andy, so kann sie doch nicht glücklich sein. Du kannst einfach … es würde nicht einmal wehtun. Sie würde es nicht bemerken.«

»Du meinst, so was wie das, was sie mit Jakob gemacht hat?«

An Jakob erinnere ich mich. Er ist derjenige, der mich zurückgeholt und mir gesagt hat: »Wir werden die besten Freunde sein, du und ich.« Seine Geschichten haben bei mir einen Eindruck hinterlassen. Stark genug, um von dort aus weiterzugehen. Ich habe ihn aufgebaut. Jakob, den ich ins Meer geworfen habe, um ihn vor dem hier zu bewahren. Ich stand auf der Flutmauer, jemand schwamm gerade nach draußen … wohin wollte sie? Ehe ich es mir anders überlegen konnte, warf ich Jakob hinterher, oder vielmehr das, was von ihm noch übrig war.

Andy und die Frau kann ich nicht mehr hören. Sie sind zu weit entfernt, außerhalb meiner Reichweite. Pitbull bellt schon wieder, sie zieht die Kette straff, sie bellt und bellt und bellt und würgt sich schließlich selbst, bis sie schließlich verstummt. Auf einmal höre ich die Frau rufen: »… dann mach ich es selbst. Deine Pitbull wird mich nicht davon abhalten!«

»Nur zu!«, ruft Andy zurück. »Ich habe ein Back-up.« Eine Erinnerung an das, was ich getan habe. Vor vielen Jahren bin ich in Dianas Haus eingebrochen und habe ihren Bildschirm und ihre Technik gestohlen und Andy für alle Fälle gezeigt, wie man sich hochladen kann. In welchem Fall eigentlich? Es war Jakobs Idee gewesen. Zuerst kam es mir wohl vernünftig vor, die Toten zu retten und sie bei sich zu behalten. Andy hat mehrmals versucht, sich selbst hochzuladen, aber nach einer Weile nervte es ihn, mit Andy 3 oder 4 zu reden. Trotzdem, er sagt immer: *Es ist gut, ein Back-up zu haben.* Oft beruhigt er mich: *Du wirst mich nie verlassen.*

Manchmal frage ich mich, ob er mich vielleicht gegen mein eigenes Back-up ausgetauscht hat. Aber das wäre dann doch nicht mehr ich, oder? Ich wäre dann das Back-up. Und da drüben im Regal – wer wäre das? Es ist verwirrend. Und das Bellen, ich blende das Bellen aus und suche dort, wo ich dich noch finde. *Ich mag es, dein altes, runzliges Gesicht aufzurufen, den Beweis für all die Jahre, die du gelebt hast. Schön ist das. Die Tochter, die du großgezogen hast, sieht dir sehr ähnlich. Ich kann sie nämlich sehen. Ich sehe dich in ihr, Nikki.*

ROLLY

Del Norte County, Kalifornien

Es war Erntetag, und Pitbull war inzwischen zu alt, um zu laufen. Vierzehn? Ich war nicht sicher, ich hatte nicht richtig darauf geachtet, und sein genaues Geburtsdatum hatte ich sowieso nie gewusst. Er war ein Hund in einem Verschlag, ein Versprechen an Andy, der immer mehr brauchte, als ich ihm geben konnte.

Seltsam, wie manche Geschenke auf die eigene Türschwelle zurückkehren. Pitbull schlief dort den ganzen Tag, er war schon zu schwach, um die Stufen hinunterzusteigen. Ich musste ihn hinuntertragen, damit er sich erleichtern konnte, und ihn dann wieder hinaufschleppen. Eines seiner Augen war milchig vom grauen Star, aber mit dem anderen konnte er noch sehen. Er spürte es, wenn ich in der Nähe war, und klopfte matt mit der Rute auf die Holztreppe.

Da er so alt war, musste ich mich auf die schwere Entscheidung vorbereiten. Manchmal winselte er, und ich ging zu ihm und fragte ihn, was mit ihm los sei. Dann schaute er mich mit seinen traurigen Augen an, und ich sagte: »Reicht es dir jetzt?«

Wenn es so weit war, wollte ich es nicht selbst tun. Ich hatte vorsorglich die Tierärztin angerufen, und sie hatte mir versichert, ich bräuchte mir keine Sorgen zu machen. Sie seien bereit und würden sich um alles kümmern.

Ich hatte einige Helfer für die Arbeit auf den Feldern und die Versorgung der Ziegen angeheuert, während ich am Bildschirm saß und die Bestellungen bearbeitete. Ich sah ihnen durchs Fenster bei der Arbeit zu, wie sie das Gemüse Reihe um Reihe vom Feld holten – bisher war das meine größte Ernte überhaupt. Mit Pa konnte ich mich sicher nicht messen, er hatte so viel mehr Land gehabt. Aber immerhin überlebte ich, und es blieb sogar ein wenig übrig, sodass ich noch etwas Geld auf die Seite legen konnte. Wozu eigentlich? Ich mochte die Arbeit, sie hielt mich auf Trab. Wenn einer meiner Helfer die Grippe oder einen Kater hatte, freute ich mich beinahe, weil ich wieder auf dem Feld arbeiten konnte, in der feuchten Erde, die nach Sauerstoff roch.

Wenn ich genau hinsah, konnte ich hinter der Hecke, die als Windschutz diente, die rostende Maschine von Metis erkennen. Manchmal hatte ich mich gefragt, ob ich sie zerlegen sollte, aber ich war nie dazu gekommen. All die Companions, die verbrannt oder gepresst worden waren – ich wusste nicht, wie viele es gewesen waren, ich wollte auch nicht weiter darüber nachdenken, tat es aber trotzdem. Schließlich dachte ich die ganze Zeit darüber nach.

Ich hörte ein Bellen, es war ein fremder Hund, es konnte nicht Pitbull sein, und ging zur Tür. Pitbull spitzte die Ohren. Er bellte noch einmal, und schließlich bemerkte ich den Hund mit den wilden Augen, der laut kläffend die Zufahrt heraufkam und anhielt, sobald er uns sah.

Ihm folgte ein Mann – nein, er war zu jung, eher ein Jugendlicher, der sich die Haare zu einem unordentlichen Pferdeschwanz gebunden hatte. Er war hager. An seinem

Gang, er schien immer ein wenig aus dem Gleichgewicht, erkannte ich ihn. Es war Andy. Ich holte tief Luft, schnaufte und beugte mich dann zu Pitbull hinunter. »Er ist es. Stell dir vor, er ist es wirklich.«

Andy klatschte laut in die Hände, und der Hund verstummte. Er zog sich zurück und blieb hinter Andy, als dieser sich näherte.

Pitbull richtete sich auf und stieg tatsächlich aus eigener Kraft die Treppe hinunter. Ich hatte Sorge, er würde es nicht schaffen, und hob ihn auf, um ihn unten abzusetzen. Er ging etwas unsicher, aber er hatte schon die halbe Strecke bis zu Andy zurückgelegt, als der andere Hund knurrte.

»Aufhören«, befahl Andy. Beide Hunde blieben wie angewurzelt stehen. Andy und ich standen auf der Zufahrt voreinander, wir waren uns so nah wie seit Jahren nicht mehr. Sein Gesicht war erwachsener geworden, schmaler, die Nase trat deutlicher hervor, aber er war immer noch gut fünfzehn Zentimeter kleiner als ich.

»Ein Brand«, erklärte er. »Mein Wohnwagen ist kaputt. Lilac. Alle meine Back-ups, alle Daten sind verloren.«

Er schmiegte den Kopf an meine Brust, und sein starker Geruch hüllte mich ein, aber das hinderte mich nicht daran, ihn zu halten und ihm zu sagen: »Du bist zu Hause.« Auch wenn es für ihn nur die allerletzte Option gewesen war hierherzukommen.

Die Hunde umkreisten einander und beschnüffelten gegenseitig ihre Hinterteile, bis Pitbull das Interesse verlor und sich mit zögernden kleinen Schritten und gesenktem Kopf Andy näherte.

»Wie heißt die Hündin?«, fragte ich Andy.

»Pitbull«, antwortete er. Ich wollte nicht lachen, aber dann konnte ich nicht anders. Auch Andy lachte. Er streckte die Hände aus, und beide kamen zu ihm und vergaßen ganz und gar, sich zu fürchten.

GABE
Eureka, Kalifornien

Sie hätte wissen müssen, dass ich kommen würde. Sie hat Agatha Christie erwähnt, sogar den Titel genannt. Vielleicht wollte sie, dass ich sie finde? Ich warte seit fast einer Woche und beobachte den Buchladen durch das Fenster. Das ist der einzige Laden im Umkreis von zweihundertfünfzig Kilometern, der den *Wachsblumenstrauß* vorrätig hat. Sie könnte noch weiter im Norden sein, ich könnte mich irren, und die Tage im B&B, das den Hauptplatz von Eureka überblickte, sind vielleicht nur eine Verschwendung von Zeit und Geld.

Nat und ich sind nicht lange in Willits geblieben. Vielleicht ein paar Wochen, bis zu dem Streit, und dann bin ich mit Nats Lieferwagen weggefahren. Er ist wütend, dauernd schickt er mir Nachrichten, weil er sicher ist, dass ich nicht zurückkommen werde. Ich widerspreche ihm nicht und sage ihm auch nicht, warum ich weggefahren bin. Ich finde, das hat er verdient. Er hat mehrere Jahre verdient, vielleicht für immer, weil er mich verlassen hat. Es spielt keine Rolle, dass er zurückgekehrt ist. Ich werde nie darüber hinwegkommen, auch wenn ich es wollte, was aber gar nicht der Fall ist. Wenigstens nicht jetzt. Nicht seit er mir gesagt hat, wohin er ohne mich gegangen ist – nach Feuerland. Das werde ich ihm nie verzeihen.

Als er laut darüber nachdachte, fand ich es zuerst verrückt, mein geordnetes Leben in San Francisco aufzugeben – den Postkartenladen, der besser lief als erwartet, mein Apartment in Excelsior mit Mietpreisbindung, den Yoga-Kurs, wo ich so tat, als könnte ich Freunde finden – und in den Außenbezirk einer langweiligen Kleinstadt zu ziehen. »Aber sie hat Charme.« Nat gab sich viel Mühe, mir seine Idee zu verkaufen. »Es gibt da eine historische Eisenbahn und alljährlich ein Rodeo. Es ist sogar die letzte Ruhestätte von Seabiscuit, dem legendären Rennpferd.« Nicht, dass er es mir schmackhaft machen musste. Ich fand Willits auf den ersten Blick bezaubernd. Wir trafen nachts dort ein. Über der Hauptstraße hing eine Neonreklame: DAS TOR ZU DEN REDWOODS.

Die Alpakas hörten uns kommen, bockten und sprangen aus der Scheune heraus. Alpakas! Ich weiß nicht, was Nat sich dabei gedacht hatte.

Die Tiere waren neugierig und zugleich verängstigt, zwei von ihnen kreuzten kämpfend und ringend die Hälse. Sie trennten sich, wichen zurück, ignorierten einander und beobachteten uns.

Nat hatte die Stadt wegen ihrer Lage ausgewählt. Sie schmiegte sich in die Ausläufer des Küstengebirges und war etwa fünfzig Kilometer vom Meer entfernt. Das sei besser für die Alpakas, hatte er mir gesagt, aber es war eine Lüge. Er wusste, wie gern ich dem Wiegen und Anbranden des Meeres vom Badezimmerfenster aus zusah. Aber man musste an die Zukunft denken, und die Küsten, die Landkarten, die Gestalt der ganzen Welt, alles verändert sich. Wer weiß? Vielleicht liegt Willits irgendwann an der Pazifikküste.

Nicht dass es leicht gewesen wäre. Nat mag es nicht, mich um etwas zu bitten und zuzugeben, dass er mich braucht. An dem Abend, bevor ich morgens wegfuhr, hatten wir uns genau deshalb gestritten. Ich hatte die Schreie im Stall gehört. Ein kleines schwarz-weißes Stutfohlen hatte eine schlimme Räude, die Läsionen am Kopf bluteten und hatten sich entzündet. Nat war allein in dem kleinen Stall mit dem schrägen Dach, dabei wusste er doch, wie sehr ich die Kleinen mochte! Und dass ich unbedingt helfen wollte. »Ich werde nicht schlafen, während du hier allein arbeitest«, sagte ich.

»Es ist doch sinnlos, dass wir beide müde sind.«

Ich umarmte den grauweißen Hals einer Stute. »Ich bin kein Kind mehr. Ich bin dreißig – ich werde bald dreißig!«

Er lächelte. »Ich weiß noch genau, wie du mit neun warst: dreckig. Und du hattest eine finstere Miene, und …«

»Hör auf! Du sollst nicht darüber reden!« Er versucht immer, von Erinnerungen zu sprechen, dabei habe ich mir so viel Mühe gegeben, die Vergangenheit zu vergessen. Es schmerzt jedes Mal, wenn ich daran denke, dass er ohne mich weggegangen ist. Ich will ihn fragen: *Hast du Tenochtitlán gesehen?* Aber ich fürchte mich vor der Antwort. Vor dem, was sie in mir anrichten wird. Wir sind uns so fern wie noch nie, seit ich hier bin.

Er kehrte in die Scheune zurück, und ich ging in unser Zimmer und weinte. Ich hatte den ganzen Tag immer wieder geweint. Es ging gar nicht um das Alpakafohlen oder um Nat. Es ging um Lilac und um das, was ich getan hatte. Und weil ich Cam auf dem Bildschirm sah, so dick und so schwanger.

Ich hatte sie aufgespürt, sie lebte in San Diego mit einer Frau zusammen und stand kurz vor der Entbindung. Von der Schwangerschaft war sie so aufgedunsen, dass ich sie kaum noch erkannte.

»Schwangerschaftsödem.« Sie zuckte mit den Achseln. »Es hat sich zum Ende hin so entwickelt.«

Sie war schon über dem Termin, ihr Bauch war beeindruckend, und die Haut war feucht vom Schweiß.

Ich musste Cam erzählen, wie ich Lilac gefunden hatte. Ich musste ihr erzählen, was ich getan hatte. Ich hatte Andys Wohnwagen mit Benzin übergossen, als er im Restaurant arbeitete, und dann habe ich ein Streichholz fallen lassen. Ich war noch lange genug geblieben, um zu sehen, dass der Wohnwagen und alles darin zerstört war – Lilac, die Back-ups, jede Spur von ihr. Pitbull rastete an der Kette aus.

Cam massierte sich das Kinn. »Das war sicher schwer«, sagte sie.

»Ja«, gab ich zu, was ein Fehler war. Es zuzugeben öffnete mich schlagartig wieder, und Nat rückte mir auf die Pelle. Ich wollte ihm sagen, er solle verschwinden. Wenn ich heule, will ich allein sein – gerade er hätte das doch wissen müssen. Aber er drückt sich so herum, und wenn ich aufwache, schläft er im Stuhl neben dem Bett, als hätte er mich die ganze Zeit beobachtet, und ich will schreien: *Ist das Liebe?*

Er hat viel Geld für eine neue Matratze ausgegeben und mir gesagt, ich solle nur die beste bekommen – die Sleep Whisperer. Er hat mir die Geschichte so oft erzählt, dass ich sie nie mehr vergessen werde. Es spielt keine Rolle, dass ich dabei war, als er sie online gekauft hat. Ich stand hinter ihm und sah der Frau von der Firma auf dem Bildschirm zu. Ich wusste genau, um was es sich bei ihr handelte – warum sah er das nicht?

Er mochte sie, das ist der Grund. Er verliebte sich praktisch sofort in sie, als sie sagte, sie sei in Louisiana.

»Ehrlich«, sagte er zu ihrem lächelnden gebräunten Gesicht. Ihre Haare, aufgetürmt zu einem blonden Pilz, wippten zustimmend. Er erzählte ihr von seinem Motorradausflug nach Mobile, an der von Überflutungen heimgesuchten Küste mit den aufgegebenen Geschäften und den eingesunkenen Straßen und dem angespülten Müll. Ich weiß, wie gern er darüber redet – über das, was er gesehen hat, und wie weit er herumgekommen ist. Ich werfe ihm nicht vor, dass er stolz ist. Aber ich werfe ihm vor, dass er dumm ist.

Die Verkäuferin lächelte und nickte, als hörte sie tatsächlich zu. Doch als er fertig war und darauf wartete, dass sie etwas über sich erzählte, fragte sie: »Was meinen Sie? Sind Sie bereit zuzuschlagen und die beste Matratze in der Stadt zu kaufen?«

»Matratze?« Ich sah, wie es ihn traf. KI. Er war so verlegen, dass er herausplatzte: »Ich nehme sie«, einfach nur, um der Situation zu entkommen. Jetzt muss ich mir auch seinetwegen Sorgen machen. Es geht mir nicht mehr aus dem Sinn, dieses menschliche Gesicht, das ihn anlächelte und ihm bis in sein dummes menschliches Herz blicken konnte.

An dem Morgen, als ich mit dem Lieferwagen wegfuhr, schlief Nat lange. Ich schnürte meine Stiefel und ging hinaus, um die Alpakas zu begrüßen: Georgette, Luna und

Leonarda und die anderen. Die Kleine mit der Räude. Ich nahm ihr wundes Gesicht in die Hände und sagte ihr, es würde bald besser werden, obwohl ich nicht genau wusste, ob das auch zutraf.

Ich habe ihnen Mädchennamen gegeben. Nat hält das für verrückt. Er sagte, ich sei verrückt. »Von mir aus«, antwortete ich, und er lachte, grollend und nicht von ganzem Herzen. Er hielt etwas zurück – wer weiß, was.

Ich streichelte die Alpakas und sagte ihnen, ich würde bald zurückkommen, kroch unter dem Zaun durch und ging weiter.

Ich suchte mir einen Weg zwischen den invasiven Eukalyptusbäumen, die nach und nach die Gegend eroberten. Die Stämme waren mit Giftefeu und Brombeerranken bewachsen, man konnte die beiden kaum voneinander unterscheiden und wusste nicht, was man als Schatz betrachten und was man meiden musste. Eine Art Trampelpfad führte knapp einen Kilometer weit einen steilen Hügel hinauf. Es ging durch einen Wald voller Fenchel, bis ich die Stelle fand, die ich mir für unseren wöchentlichen Videoanruf ausgesucht hatte. Inzwischen fürchtete ich, sie würde sich gar nicht melden. Das befürchtete ich jedes Mal. Ich rief sie an, die Verbindung wurde aufgebaut, und ich lächelte mein schwarzes Handy an, wo sie auftauchen sollte.

»Bist du da?«, fragte ich.

»Hm«, machte sie.

Ich zeigte ihr meine Umgebung, die ganze Gegend, zuletzt den Wasserfall. Als Nat das Grundstück gekauft hatte, hatte er nicht einmal gewusst, dass es ihn gab. Ich hatte mich auf eigene Faust umgetan, ihm aber nichts davon erzählt. Das Wasser sprang von den Felsen herab und verschwand unten zwischen den anderen Felsen.

»Der gehört uns«, sagte ich. »Und dir. Ich habe ihn nach dir benannt – der Kit-Wasserfall.«

»Hm«, machte sie.

Ich hatte fast ein Jahr gebraucht, bis ich ihr verzeihen konnte, dass sie mir nicht von der Ärztin erzählt hatte und mir nicht verraten hatte, was sie wusste – über die Viren, die Mam und Bee getötet hatten. Aber ich brachte die beiden nicht durcheinander – die Ärztin und Kit. Sie waren nicht dieselbe Person – das hatte ich sofort bemerkt, als ich am Bildschirm das erste Mal mit Kit sprach. Kit liebte mich wirklich und hätte alles getan, um mich zu beschützen. Bei der Ärztin war das anders. Für sie war ich nützlich, ich diente einem Zweck, ich brachte Resultate. Als mir bewusst wurde, dass ich Kit brauchte und dass auch sie mich brauchte, hatte ich sie angerufen, und schon war sie da. Sie war immer da.

Ich wollte, dass sie herkam, aber das sagte ich nicht – ich wusste auch, sie würde es nicht tun. Was sie über die Zukunft sagte, darüber, mit mir zusammen zu sein, war entweder eine Lüge oder eine schlechte Extrapolation. Die Zukunft war nicht das, was sie sich vorgestellt hatte, als sie es zu mir gesagt hatte. Ich weiß nicht, was sie sich ausgemalt hatte. Eine Veränderung des Marktes, eine zweite Chance, doch es war nicht dazu gekommen. Die Menschen haben noch nicht vergessen, was geschehen ist, aber eines Tages werden sie es vergessen. Sie vergessen immer. Ich mache mir Sorgen wegen der Zeit dazwischen, wegen ihres Körpers und weil man sie finden könnte.

»Wie läuft es für dich?«, fragte ich.

»Mir geht es gut, Gabe. Alles ist gut.«

Sie ließ mich ihr Bild nicht sehen – das tat sie nie. Unsere Unterhaltungen waren einseitig, ihre Seite blieb immer dunkel, und wo sie sich befand, hütete sie wie ein Geheimnis. Ich riet, stellte unbefangene Fragen wie: *Regnet es bei dir auch?* Später konnte ich dann den Wetterbericht überprüfen und verschiedene Möglichkeiten ausschließen. *Hm,* machte sie meistens. Kein klares Nein und kein Ja, und in solchen Fällen verliere ich die Geduld. Manchmal platze ich auch heraus: *Wo bist du?* Worauf sie sagt: *Ich bin in Sicherheit. Ich bin wohlauf. Du musst dir keine Sorgen machen.*

Ich zeichne unsere Gespräche immer auf, damit ich sie zu Hause verstärken und genau untersuchen kann, aber außer dem leisen weißen Rauschen von gar nichts habe ich nichts herausgehört. Es ist fast, als wüsste sie genau, wie sie alles andere ausblenden kann. Alle Geräusche, die bei ihr entstehen könnten.

Wieder fragte ich sie: »Wo bist du?«

»Jetzt gerade? Ich habe an einem Bach Wurzeln geschlagen. Ich beobachte die Kaninchen und die Vögel. Einer sitzt auf meiner Nase. Wenn ich lange genug stillhalte, halten sie mich für einen Baum.«

»Wie lange?«

»Keine Ahnung. Ein paar Stunden?«

Lügnerin. Zeit – für sie ist alles genau definiert. Da ist es schwer zu lügen.

»Die Enten sind gekommen«, sagte sie. »Ein Weibchen und neunundzwanzig Küken. Die können doch nicht alle ihr gehören!«

»Vielleicht hat sie sie gestohlen«, überlegte ich, weil das besser war als die Alternative. Verlassene Babys, ermordete Mütter, irgendeine grimmige Wahrheit, die ich mir ausmalen konnte, und verdammt, da war sie, da war Mam. Sie war immer da.

»Hm«, machte Kit.

Ich stellte mir eine Hütte im Wald vor und wie sie die Zeit mit Spaziergängen verbrachte. Sie geht gern spazieren. Ich stellte sie mir auf der Veranda mit einem Buch vor – sie mag echte Bücher, bei denen man die Seiten mit den Fingern spüren und umblättern kann.

»Was liest du?«, fragte ich sie.

»In letzter Zeit fahre ich auf Agatha Christie ab. Der Vormieter hat eine fast vollständige Sammlung hiergelassen. Diana hat sich nie für Belletristik interessiert.«

Als sie *fast vollständig* sagte, setzte ich mich auf einen Felsbrocken. Der Wasserfall bestäubte meinen Rücken. »Worum geht es in dem Buch, das du gerade liest?«

»Eine Frau wird zu einer lebenslänglichen Freiheitsstrafe verurteilt, weil sie ihren Ehemann vergiftet hat.«

»Bäh, wahrscheinlich hat er es verdient.«

»Sechzehn Jahre später holt ihre Tochter Poirot – das ist Christies berühmter belgischer Detektiv – und lässt ihn ermitteln, weil sie fürchtet, ihr Verlobter werde sie verlassen.«

»Richtig, *ich sterbe, wenn du mich verlässt!*«

»Poirot findet heraus, dass am Tag des Mordes noch fünf

weitere Menschen in dem Haus waren, und nennt sie ›die fünf kleinen Schweinchen‹.«

»Niedlich. Und welches Schweinchen hat es getan?«

»Es war eindeutig das Roastbeef«, antwortet sie. Das überrascht mich, ihr Humor. Ihr Gesicht flackert kurz vor mir auf, der Geruch von angebrannter Lasagne. »Ich lese die Bücher mit Poirot der Reihe nach. Das heißt, sofern ich den *Wachsblumenstrauß* bekommen kann.«

»Ich vermisse dich«, sagte ich.

»Ich vermisse dich auch«, antwortete die Schwärze. »Kommst du mit Nat gut zurecht?«

»Sehr gut«, log ich. Ich war zu müde, um von unserem Streit zu berichten, und nicht einmal mehr sicher, ob ich überhaupt noch wütend war. Als er vor elf Jahren vor meinem Apartment in Excelsior aufgetaucht war, hatte ich ihn sofort erkannt und innig umarmt. Damals roch er nach Schweiß, jetzt brach ich unter der Wucht der sinnlichen Erinnerungen beinahe zusammen. Heim, heim, ich war daheim, und ich wusste, dass er es auch spürte, er ließ mich nicht mehr los.

Es war schön, dieses erste Gefühl. Ich spüre es immer noch zwischen den Wellen der Wut, auf denen ich vorsätzlich reite, um ihn an das zu erinnern, was er getan hat. Es ist schwer, diesen Schmerz loszulassen. Manchmal möchte ich es. Bei anderen Gelegenheiten halte ich ihn absichtlich fest, lasse ihn zwischen den Zähnen knirschen, fuchtele vor seinem Gesicht damit herum und zwinge ihn, es anzusehen.

Der Wasserfall ging mir auf die Nerven, dieses unablässige Rauschen und dann der Dunst, der meinen Rücken durchnässte. Ich stand auf und schüttelte die Tropfen ab.

»Nächste Woche um die gleiche Zeit?«, fragte Kit.

»Um die gleiche Zeit«, antwortete ich mit einer Munterkeit, die ich nicht fühlte.

Etwas, das ich Nat niemals verraten werde: Der wahre Grund dafür, dass ich so bereitwillig nach Willits umzog, war die Gewissheit, dass Kit irgendwo hier oben lebte. Irgendwo im weiten Nordkalifornien mit den winzigen Buchten, den verborgenen Höhlen und den kilometerweiten Wäldern. Gewiss, vielleicht hat sie ihren Plan geändert – sie könnte ebenso in Crescent City in einem Verschlag stecken, aber es fühlte sich richtig an, nach Norden zu gehen, näher an den Ort, wo sich Cam und Lilac begegnet sind, und nicht weit von der Gegend entfernt, wo Nat und ich vor all den Jahren mithilfe unserer Gaunereien überlebt haben.

Ich ziehe die Schuhe an und gehe nach unten. Die übereifrige Wirtin ruft aus der Küche des B&B: »Frühstück?«

»Nein, danke«, sage ich, trete in den feuchten Küstennebel von Eureka hinaus und überquere den Platz, auf dem ein Hund wie wild geworden im Kreis herumrennt.

Mit einem Klingeln öffnet sich die Tür des Buchladens. Der Mann an der Theke begrüßt mich mit meinem Namen. »Hallo Fred«, antworte ich. Wir lächeln. Seltsam, wie schnell man sich mit Fremden anfreunden kann und wie schnell man sie dann wieder vergisst.

Noch einmal gehe ich in die Ecke mit den Krimis und Thrillern. Ich habe mich die ganze Woche über jeden Tag hier umgesehen und den Laden vom Fenster des B&B aus beobachtet, wenn ich nicht gerade an dem Regal stand und das Buch selbst in den Händen hielt. Beim ersten Suchen finde ich es nicht mehr. Es ist weg. Ich gerate in Panik. Sie war da und ist schon wieder verschwunden. Aber nein, bei der zweiten Suche entdecke ich es. *Der Wachsblumenstrauß*. Ich ziehe es aus dem Regal und schlage die erste Seite auf: *Der alte Lanscombe schlurfte von Zimmer zu Zimmer und zog die Rouleaus hoch. Ab und zu spähte er zwischen zusammengekniffenen wässrigen Augen zum Fenster hinaus.*

»Ich habe vorhin einen Anruf bekommen«, sagt Fred hinter mir. Er ist kleiner, wenn er nicht auf seinem Hocker an der Kasse sitzt, er reicht mir kaum bis an die Schultern. Er schiebt die Hände in die Taschen seiner Jeansschürze. »Wegen genau dieses Buches, das Sie immer in die Hand nehmen.«

Ich hätte beinahe geschrien. »Oh?«

»Tut mir leid, ich habe es ihr mehr oder weniger versprochen.«

»Oh«, mache ich noch einmal.

»Sie holt es heute Nachmittag ab.«

Ich lese den zweiten Absatz: *Bald würden sie von der Beerdigung zurückkommen. Seine taperigen Schritte beschleunigten sich ein wenig. Es gab so viele Fenster.*

»Schon gut«, antworte ich und gebe ihm das Buch. »Das freut mich.«

Ich hole mir einen Kaffee und setze mich auf dem Platz auf eine Bank. Eine Frau trainiert mit einem Hula-Hoop-Reifen. Nat wird wütend sein, wenn ich Kit finde und nach Hause mitbringe. Es ist gefährlich, ein großes Risiko – ich höre schon, wie er mir Vorträge hält. Wir stecken in einer Endlosschleife und sagen immer wieder etwas, das man eigentlich nicht mehr sagen muss, und erinnern uns an Dinge, die wir lieber vergessen sollten. Das spielt keine Rolle. Ich lasse mich nicht unter Druck setzen, meine Meinung zu ändern. Sie gehört einfach zu mir. An diesem Ort, den ich für uns in Anspruch genommen habe.

Danksagung

Ich bin den außergewöhnlichen Frauen, die dieses Projekt umsorgt haben, unglaublich dankbar: meiner Agentin Stephanie Delman und meiner Lektorin Alison Callahan; meinen treuesten Leserinnen Katherine Lieban und Heather McDonald. Ebenso all den wundervollen Menschen bei Sanford J. Greenburger Associates und Scout Press, die geholfen haben, dieses Buch zur Welt zu bringen, namentlich Brita Lundberg, Stefanie Diaz, Joal Hetherington, Jaime Putorti, Meagan Harris, Anabel Jimenez, Carolyn Reidy, Jon Karp, Jen Bergstrom, Aimee Bell, Jen Long, Eliza Hanson, Sally Marvin, Lisa Litwack, Caroline Pallotta, Allison Green, John Paul Jones und Kaitlyn Snowden. Den Testleserinnen Jen Larsen und Molly Ann Magestro. Kaitlyn Andrews-Rice und dem *Split Lip Magazine* danke ich für die wundervolle Gemeinschaft. Den Herausgebern der *Indiana Review* danke ich für die Veröffentlichung des ersten Kapitels und dafür dass sie meine Arbeit mit so großer Sorgfalt behandelt haben, insbesondere Tessa Yang, Maggie Sue, Essence London und Hannah Thompson. Ich bedanke mich auch bei der Writers Grotto und dem Steinbeck Center für die Unterstützung. Meinen Eltern Kathy und Terry Flynn danke ich für ihre unendliche Zuwendung in jeder Hinsicht, meiner lieben Freundin Laura Watts für ihren unerschütterlichen Beistand. Thea und Ren James haben so viel Freude und Inspiration in meinen Alltag gebracht. Und vor allem danke ich meinem schönen, komplizierten Kalifornien mit seinen verborgenen Höhlen und den endlosen Wäldern, die zu erkunden ich nie müde werde.

Naomi Alderman

Die Gabe

»Ein atemberaubender Roman, der unsere Art zu denken für immer verändert!« *Margaret Atwood*

»Die Gabe ist schon jetzt ein Klassiker der Science-Fiction!« *The Guardian*

Es sind scheinbar gewöhnliche Alltagsszenen: Ein nigerianisches Mädchen am Pool. Die Tochter einer Londoner Gangsterfamilie. Eine US-amerikanische Politikerin. Doch sie alle verbindet ein Geheimnis: Von heute auf morgen haben Frauen weltweit die Gabe – sie können mit ihren Händen starke elektrische Stromstöße aussenden. Ein Ereignis, das die Machtverhältnisse und das Zusammenleben aller Menschen unaufhaltsam, unwiederbringlich und auf schmerzvolle Weise verändern wird.

978-3-453-31911-0